文春文庫

# 世界が青くなったら

武田綾乃



文藝春秋

イラスト　萩森じあ
デザイン　木村弥世

# 世界が青くなったら

# プロローグ

昨日の夜、上手に塗れたマニキュアを可愛いねって褒めてほしい。

飾り棚に置かれたガラス瓶を手に取りながら、佳奈《かな》はちらりと隣に立つ坂橋亮《さかはしりよう》の顔を見上げた。店内の飾り窓から差し込む光が彼の柔らかな髪に透けている。すらりと通った鼻筋、垂れ目がちな二重瞼《まぶた》、シャツに包まれた細い体軀《たいく》。その全てが好きだと思った。

身体の内側で暴れ回る心臓の動きがバレないように、佳奈はそっと鼻で息を吸った。四月に相応《ふさわ》しい生を漲《みなぎ》らせる花の香りが店奥に設置された棚から漂っている。付き合って二年経つというのに、まだこんなにもドキドキしていると知ったら亮は呆れるだろうか。

「店員がいないな」

店内をキョロキョロと見回し、亮が少し困ったように言った。そういえばどうしてこの店に来たんだっけ。夢の中にいるみたいに、前後の記憶があやふやだった。

「ここ、何の店だった？」

佳奈の問いに、亮はあっさりと首を竦《すく》めた。

「分かんない。佳奈が歩いてて入りたいって言ったんだろ？『気になるから入ってい い？』って言ってさ」

「そうだったっけ」

「そうだよ。それにしても変な店だよな、最近出来たようには見えないけど」

ダークブラウンを基調にした店内の柱は年季が入っていて、とてもじゃないが新築には見えない。入り口付近には飾り棚が、その足元にはラタン素材のカゴがずらりと並んでいる。棚に置かれているのは少し高級そうな品で、光沢のある将棋セットやアクセサリーが陳列されていた。一方、カゴには近所の遊園地のマスコットキャラクターのキーホルダーや誰かが使った形跡があるレターセットなどのガラクタと思《おぼ》しき品が乱雑に押し込まれていた。

「分かった、アンティークショップじゃない？」

「俺にはリサイクルショップに見える」

「それって何が違うの？」

「さあ。名前の響きとか」

亮が歩く度に、スニーカーの靴底が床板を蹴った。佳奈はその後を追い掛ける。店内の奥で何かを見付けたのか、亮が急に足を止めた。

「すげぇ」

「何が？」

彼の身体の横から、その先にあるものを覗《のぞ》き込む。そこにあったのは、巨大な鉄道模型だった。平面という意味でも立体という意味でも、複数のレールがあちこちで交差している。レールは鉄を思わせる銀色をしていて、その上をいくつものブリキの汽車が走り続けていた。それらはあちこちで交差しているが、決してぶつかったりしなかった。

「あ、なんか書いてある」

その内の一台を佳奈は指さす。黒のボディの側面に、金字で『Kassiopeia《カシオペイア》』と刻まれていた。

「亮、こういうの好きでしょ？」

「うん、好き」

「素直だね」

亮の腕を軽く叩くと、彼は照れたように目線を落とした。細い黒のスキニーが膝の辺りでうっすらと皺《しわ》を作っている。

「もう少し見てる？」

「あとちょっとだけ」

「分かった。他のところ見てるね」

鉄道模型を凝視している亮を置いて、佳奈は更に奥へと足を進めた。奥は通路のようになっていて、その壁にはブリキ製のバケツが吊るされている。ドライフラワー、生花、鉢植え。それぞれに適した形で加工された植物が、壁を鮮やかに彩っていた。

通路の先には重々しい扉があり、クラシカルなデザインの銅製錠でしっかりと施錠されている。物置なのかもしれない。その横にはカウンターがあり、その奥にもいくらか空間があるようだ。

　もしかしたら店員はこの奥にいて佳奈たちの来店に気付いていないのかもしれないが、買うものが決まっているわけではないのでわざわざノックするのは憚《はばか》られた。

　花も売り物なのだろうか。バケツにぼんやりと映り込む自身の顔を見て、佳奈はそっと髪を整えた。肩までの長さのボブヘアはきちんと内巻きのままだ。眉を隠す前髪を小指で軽く流し、佳奈はにやつきそうになる口元を軽く引き締めた。亮といるといつもこうなる。一緒にいるだけで幸せで、だからこそこんな日々がいつまで続くのかと不安になる。

　シャツ越しに、いつのまにか自身の肘を摑《つか》んでいた。はっ、と唇から零《こぼ》れた吐息で、佳奈は自分が息を止めていたことに気付く。しんと静まり返った店内で、ブリキの列車がレールを走る音だけが響いている。

　ぞっと肌が粟立《あわだ》つ感覚。沈黙が項《うなじ》を刺激した。

「亮」

　咄嗟《とっさ》に佳奈が振り返ったのと、扉が開いたのは同時だった。先ほどまで店内で鉄道模型を眺めていたはずの亮が、入り口の前に立っていた。出て行こうとしているのではない。扉を背にし、彼はただこちらをじっと見ていた。まるでたった今この店に入ってきたばかりだとでもいうように。

　見開かれた彼の目に、小さく水が張る。天井から吊るされた星を思わせるペンダントライトが、両目にある小さな海に光のさざ波を立てていた。

「……亮？」

尋ねた佳奈に、亮は唾を呑んだ。その顔色は随分と悪かった。蒼褪《あおざ》めた唇を動かし、亮は「佳奈」と静かに名前を呼んだ。

違和感に、佳奈は自身の手をぎゅっと握り締める。昨晩塗ったターコイズブルーのマニキュアが両手の十個の爪を彩っている。

亮はこちらへ歩み寄ると、ぎゅっと佳奈を抱き締めた。二本の腕が、佳奈の身体を包み込む。その力の強さに、佳奈はパシパシと彼の背を叩いた。じゃれつかれたのかと思った。

「どうしたの？」

尋ねても、亮は何も言わない。甘えるように、佳奈の肩口に鼻先を押し付けている。くすぐったくて、佳奈は思わず笑ってしまった。

「ねえ、亮ってば」

もう一度背中を叩くと、今度こそ亮は顔を上げた。前髪の下で、彼の少しやつれた両目が細められる。亮は佳奈の手を取ると、その指先を優しく握った。

「俺、佳奈のこと幸せにするから」

その言葉を聞いた瞬間、世界が一瞬で遠のいた。喜びが身体の奥底から噴き出し、内側から滲《にじ》む熱が頬を赤く染める。

もしかして、これってプロポーズってやつなのだろうか。亮に握り締められたままの自分の左手の薬指を、佳奈は静かに見下ろした。大学生で結婚なんて早いって親には言われるかもしれない。でも、二人で一緒にいられるなら反対されたって構わないって思ってしまう。


亮は真っ直ぐに、佳奈の目を見つめた。

「今度こそ、ずっと一緒にいよう」

「今度こそ？　今までもずっと一緒なのに」

「……うん。そうだった」

「変な亮」

笑う佳奈の頬を、亮の指先が静かに撫でた。少しだけ乾燥した彼の指が肌に擦《こす》れてピリピリする。

「俺、佳奈が好きだ。本当に」

屈託のない『好き』の二文字は、日常で聞くには少しくすぐったい。熱くなる自身の頬を手の甲で押さえ、佳奈は照れを隠すように唇をすぼませた。

「本当に今日は素直だね」

「素直になるべきだったって、後悔してるから」

「何か後悔してることがあるの？」

佳奈の問いに、亮は困ったように眉尻を下げるだけだった。彼の少し大きな手が、そのまま佳奈の手を摑む。お互いの五つの指が交差して、手の平同士が密着した。

「さ、早くここを出よう」

アンティーク調のドアノブに手を掛け、亮は繋がっている手を引いた。隙間から差し込む光がやけに眩《まぶ》しい。店の内側と外側。その境界線を、佳奈は自身の意思で踏み越えた。

第一話

# 自己満足を売る店

Kassiopeia

その日は身体の異変で目が覚めた。

胃の奥がチクチクと刺激され、冷たい痛みが器官に走る。ベッドシーツを握り締め、佳奈は激しく咳き込んだ。喉奥から何かがせぐりあげる。早朝の爽やかな空気に不相応な、得体の知れない違和感が佳奈の身体を蝕《むしば》んでいた。

喉を押さえると、皮膚越しに何かがそこにあることが分かる。佳奈が大きく咳き込む度に、それはずるずると少しずつ喉を這い上がってきた。吐き気で両目に涙を滲ませながら、佳奈は意を決して喉奥に指を突っ込んだ。親指と人さし指で、そこにある物体を無理やりに掻《か》き出す。

「――ッ」

声にならない悲鳴と共に、唾液塗《まみ》れのそれがベッドシーツへと転がり落ちた。大きさは五センチほど。トゲトゲしていて、青く透き通っている。イガグリをガラス細工で作ったら、きっとこんな見た目になるだろう。

カーテンの隙間からは四月の陽光が差し込んでいた。こうして呼吸を繰り返していると、普段となんら変わらない朝のように思える。一人暮らしをしているワンルームマンションのベッドの上で、佳奈は得体の知れない物体と対峙《たいじ》した。

一体、何が起こっているのだろう。

指先で口端を拭《ぬぐ》い、恐る恐るその先端の棘《とげ》部分に触れる。見た目とは裏腹にその棘はふにふにと柔らかかった。

「んん？」

カーテンを開け、陽の光にそれを翳《かざ》してみる。中心に近付くほど青が濃くなり、棘の先端になるほど明るい色合いとなる。海を凝縮させたような色だ。正体は分からないが、便宜上トゲトゲとでも呼んでおこうか。

指先に力を込めると、今度は硬い感触が返ってきた。どうやら少しずつ硬くなっているらしい。見た目だけでなく、本当にガラス細工のような硬さになっている。もしも最初からこの硬度だったなら、吐き出している途中で大怪我をしていたに違いない。

もしかして、何か大きな病気だろうか。自覚症状がないことが逆に怖くなり、慌ててスマートフォンに文字を打ち込む。

「吐き出す　トゲトゲ　青い　病気」検索。

いくらスクロールしてみても、関連のありそうな情報は出てこなかった。近くにあったタオルで口元を拭い、ついでにトゲトゲも拭いておく。

吐き出す時は強烈な不快感に襲われたが、今はなんてことない。普段通りの体調だ。とりあえずスマートフォンでトゲトゲの写真を撮り、佳奈はそれを亮へ送ろうとした。相談したいことがある時、佳奈はいつも恋人に真っ先に連絡することにしている。

それを話すと中学・高校時代の友人たちからは「あの佳奈が彼氏にハマっちゃうなんてね」とよく笑われる。確かに、当時の自分が彼氏に甘える姿は想像できない。

亮とは昨晩も電話をしていた。マニキュアが塗られた指先を見下ろし、佳奈は「ふふ」と笑みをこぼした。幸せにすると言われたことを思い出したのだ。

「……あれ」

スマートフォンを操作している途中で、佳奈の指の動きは止まった。LINEの友達欄に亮の名前が出てこない。データが飛んでもいいように電話番号も教え合っていたが、アドレス帳にも坂橋亮の名前はない。

昨晩の電話の履歴も、テキストのやり取りも、何もかもが残っていない。流石《さすが》におかしい。無意識の内に唾を呑む。額に滲んだ汗は冷たかった。心臓がバクバクする。胸騒ぎが止まらない。

そういえば今年の正月、年賀状をもらっていた。立ち上がり、佳奈は棚の引き出しの中身を掻き回す。だが、亮の年賀状だけが見つからない。そこまで考えて、佳奈は視界の端に何か強烈な違和感を覚えた。写真立てに飾っておいた、交際一年目記念の旅行写真。海を背景に二人で写っていたはずの写真には、ピースしている自分の姿しか存在しない。

スマートフォンの画像フォルダを漁《あさ》っても、SNSを確認しても、そこに坂橋亮の痕跡《こんせき》は見つからなかった。

質《たち》の悪い悪戯《いたずら》だろうか。吐き気を覚え、佳奈はその場にしゃがみ込んだ。

亮以外の人間はどうなっている？　指先を震わせながら、スマートフォンを確認する。アルバムの中に友達はいる。家族もいる。

――なのに、亮の姿だけがどこにもない。

何かが起きている。そう、佳奈は確信した。自分と同じように異変が起こっている人間はいないのかとTwitterを確認する。だが、トレンドは昨晩起こった「ブルーフラッシュ」などという自然現象の話題で埋め尽くされており、その中から情報を精査することは難しかった。

青、青、青。世界が真っ青に染め上げられた写真ばかりが、タイムラインに流れてくる。「綺麗」だとか「奇跡」だとかそんな耳当たりの良い言葉が並んでいたけれど、今の佳奈にはそんなものに興味を持つ余裕はなかった。

会いに行かなければ。

ただそれだけを思った。亮に会いたい。顔を見て、「変なドッキリはやめてよ」って笑いたい。

身支度を簡単に済ませ、佳奈は普段の大学用バッグを肩に提げて家を出た。亮に会ったら、もっとちゃんとお洒落《しゃれ》しておけば良かったと後悔するかもしれない。そう、頭の片隅で考えながら。

電車に乗り、三駅先にある亮の住むマンションへと向かう。朝の駅は学生や会社員の姿が多く、亮と連絡がつかないこと以外はあまりにも普段通りだった。壁に掲示された不動産会社の広告では、若い男女が二人、幸せそうな表情で見つめ合っている。『あなたが帰る場所でありたい』なんて手垢《てあか》の付いたフレーズが、美しい白のフォントで添えられている。

改札を抜け、商店街を進み、住宅街を歩くこと八分。築三十年のマンションで、オートロックはない。亮が住んでいるのは７０３号室。週末に何度も泊まりに来た部屋だ、間違えるはずがない。

乗り込んだエレベーターがようやく停まり、佳奈はつんのめるようにして飛び出した。足をもつれさせながら、狭い通路を駆ける。

７０３号室は、確かにそこに存在した。記憶通りの姿で、なんら変化がないまま。祈るような気持ちで、佳奈はインターフォンを鳴らした。指先の震えはボタンに押し付けられた途端に止まる。

ピンポーン、と間の抜けた音がその場に鳴り響く。しかし応答はなかった。もう一度インターフォンのボタンを押す。もう一度、もう一度。それでも反応がない。

頭の内側がずきりと痛んだ。弱気になんてなりたくないのに、身体が勝手に蹲《うずくま》る。込み上げる吐き気を誤魔化すように、咄嗟にハンカチで口元を覆う。眼球の裏側がチカチカする。息が苦しい。立ち上がる気力がない。

「あの、大丈夫ですか」

佳奈を現実に引き戻したのは、投げかけられた声だった。そろそろと顔を上げると、704号室の扉からスーツ姿の若い男がこちらを心配そうに見つめていた。彼の顔は見たことがある。以前、亮と一緒にいた時に、挨拶を交わしたことがあったから。

「救急車が必要なら呼びますけど」

「そ、そこまでじゃないので大丈夫です」

ふらつきながらも立ち上がり、佳奈はふるふると首を横に振った。「本当に大丈夫ですか?」と男は眉根を寄せた。

「そうは見えないですけど」

「あの、それより703号室の人ってもう出掛けたか分かりますか?」

「703号室?」

佳奈の問い掛けに、男は訝《いぶか》しげに首を捻《ひね》った。

「その部屋、俺が住み出してからずっと空いてますけど」

ワケがわからない!

頭が混乱したまま、佳奈は大学へと向かった。とにかく誰かと会いたかった。一人で抱え込むには、あまりに謎が大きすぎる。

「お、佳奈。おはよー」

二限目の日本文学の授業は五十人ほどの学生が参加している。教室に入るなり、土井茉《どいま》莉《り》がこちらを振り返って手を振った。ハーフアップにした髪を紺のバレッタで留めている。細い黒縁眼鏡は彼女の知的な雰囲気に合っていた。

茉莉の隣の席に座り、佳奈は深々と溜息を漏らした。茉莉は大学に入ってから仲良くなった友達で、同じ食べ歩きサークルに所属している。タイミングが合う時は、一緒にランチをする仲だ。

笑いながらこちらを見た茉莉は、佳奈の顔を見るなりぎょっとした。

「どうしたの？　ひどい顔だけど」

「顔に出てる？」

「出てる出てる。寝坊した？　化粧も髪もめちゃくちゃだけど」

「ちょっと色々あって……」

自然ともう一度出た溜息に、茉莉が心配そうな眼差しを寄越す。

「珍しいじゃん、佳奈が弱音吐くなんて」

「怪奇現象が起こってさ。ねぇ、茉莉は亮のこと分かるよね？」

亮は同じ大学の社会学部に通っていた。学部は違うけれど、茉莉を含めた三人でランチをしたこともある。

デニムパンツに立てた爪が肌へぼんやり突き刺さる。茉莉は小首を傾げた。

「リョウって？」

「坂橋亮だよ」

「もしかして芸能人の名前？　ごめんね、私テレビとかあんま見ないからさ」

その反応に愕然《がくぜん》とする。言葉を失った佳奈を見て、茉莉は何かを察したようだった。

「もし大事な話なら、どっか外で聞こうか？」

「でも今から授業あるし」

「授業なんてサボっちゃえばいいって。教授には悪いけど、今は佳奈の方が大事だよ」

「茉莉ぃ！」

思わず抱き着いた佳奈の背を、茉莉は笑いながら軽く叩いた。頬に擦れた茉莉の黒髪からはヘアミルクの甘い香りがした。


茉莉と佳奈が移動したのは、大学に併設されているカフェだった。授業と授業の間に空き時間が出来た時によく使う。客の八割は女性で、名物のシフォンケーキを幸せそうに頬張っている。皿にたんまりと盛られた生クリームはシフォンケーキよりも体積があり、どちらがメインなのか分からない。

「佳奈は何にする？」

「紅茶とアップルパイ」

「私はホットコーヒーとベイクドチーズケーキで」

店員に注文を伝え、佳奈と茉莉はようやく真面目な顔で向き合う。先ほどメニュー表を指さした自身の爪は、微《かす》かにマニキュアが剝《は》げていた。指先を動かすと、桜貝を思わせるコーラルピンクがきらりと光る。一昨日、亮と会うためにあれだけ張り切って準備したのに、そのことすら自分の生み出した妄想なのかと思えてくる。

「これは真面目な確認だけど、私、二年前から彼氏がいたよね？」

何言ってんの、当たり前じゃん。そう一笑に付してくれることを願っていたのだが、茉莉は驚いたように目を丸くした。

「いたの？　初めて聞いたけど」

「茉莉にも会わせたことあるよ、覚えてない？」

こちらの問いに、茉莉は腕を組んで考え込んだ。その眉間《みけん》に皺が寄る。

「それって一回だけ？　申し訳ないんだけど本当に記憶にない。写真とかあったら思い出すかもしれないけどさ」

「それが、写真もないの」

「どういうこと？」

ごくん、と唾を呑む。自分の身に起こったこととはいえ、それを口に出すのは勇気が要った。指を握り込み、佳奈は息を吸い込む。震える指先を隠したかった。

「頭がおかしくなったって思われちゃうかもしれないんだけど、目が覚めたら彼氏に関する痕跡が全部無くなってたの。家に行っても住んでないって言われたし」

「……すっごく言いにくいんだけど、私のことからかってる？」

「からかってないってば。全部本当のことなの。連絡先も、年賀状も、トーク履歴も、何にも残ってない。写真なんて、二人で写ってたはずなのに私しかいないの。そんなの普通だとありえないでしょ？　夜逃げとか失踪じゃ説明しきれない」

「うーん。連絡先は削除されただけの可能性があるし、写真は誰かが加工したのかもよ？　例えば相手がスパイとか凄腕不倫男だったりして、痕跡を消したって可能性もあるよね」

「ちょっと茉莉、真面目に聞いてよ。そんな小説みたいな話があるワケないでしょ。それに、絶対に茉莉にも会わせたんだよ。どれだけ凄腕スパイでも、茉莉の脳内から彼氏の記憶を消すことは出来ないでしょ？」

「そうは言われても、私には元々会った記憶がないからなぁ」

「でも、会ったんだよ。本当なの。信じて」

眼鏡のレンズ越しに、茉莉と視線がかち合う。水で少し湿らせた彼女の唇が、緊張を孕《はら》んだ空気を吐き出した。

「分かった。少なくともそれが佳奈にとって真実だってことは信じるよ。佳奈が悲しんでるのも、パニックになってるのも間違いないワケだし」

軽々しく全面的に肯定しないところが茉莉らしい。「うん」と佳奈は頷《うなず》き、グラスに入った水を飲んだ。喉の渇きを潤したかった。

「それにしても、佳奈に恋人だなんて想像できないな。恋愛に興味がないってずっと言ってたから」

「亮に会ってなかったら今もそう思ってた気がする」

店員が運んできた注文の品が、二人の前にそれぞれ置かれる。湯気を立てる紅茶に、佳奈は角砂糖を一つ入れた。白い塊が液体の中で崩れていく。

「佳奈はその亮って子が好きなの？」

「大好き」

「即答じゃん。それじゃあ、どうにかしないとね」

茉莉のフォークがベイクドチーズケーキを小さく割る。その滑らかな断面が、フォークに歪《ゆが》んで映り込む。

「私さ、今の科学で解明できないことっていくらでもあると思ってるの」

「茉莉、占いとか好きだもんね」

「ああいうのもさ、二百年後とかに科学的に解明されるかもしれないでしょ？　今解明できていないことも、未来では根拠が見つかるかもしれない。佳奈の問題もそういうことなのかもよ。それこそほら、昨日のブルーフラッシュとかもそうでしょ？　あんなに大掛かりな自然現象が起こったのに、世界中の誰もまだその原因を摑めてない」

「そういえばTwitterに流れてたな……。何なのアレ」

「嘘、あんだけ眩しかったのにリアルタイムで気付かなかったの？　佳奈の家って遮光カーテンだっけ」

「そうだけど。何、眩しいって」

尋ねた佳奈に、茉莉はフォークの先端を向けた。

「昨日の夜……日本時間の二十四時に世界的に発生した異常気象だよ。世界中の空が一瞬、真っ青な光を放ったってやつ。私、早起きするためにカーテン開けてたからさ、一瞬で目が覚めたよ」

「そんなに？」

「アレは太陽光レベル。青い太陽があるならこんな感じになるだろうなって思った。ネットだとどっかの国の攻撃だの発電所の爆発事故だのなんだの言われて大騒ぎだったんだけどさ、結局、原因はまだ分かってないんだよねぇ」

昨晩は確か、二十三時にはベッドに入った。亮とLINEで通話をしていて、そのまま眠ってしまったのだ。亮とはいつも長電話になってしまうため、どちらかが寝落ちすることは珍しくない。

「寝てたから気付かなかったのかな」

「爆睡してたらありえるんじゃない？　私と妹だけが起きてさ、慌てて居間に行ったの。ニュースでも一応は取り上げてたけど、速報ってレベルじゃなくてさ。ネットの方が色々と早かったな」

茉莉は実家暮らしだ。大学には片道一時間掛けて通学している。一人暮らしするほどお金がないと入学してすぐの懇親会で話していた。

珈琲を一口含み、茉莉はソファー席の背もたれへと身を預ける。

「もしかすると、ブルーフラッシュと佳奈の彼氏が消えたことは関係してるかもよ」

「ええっ」

「だってタイミングが良すぎるでしょ。それに……」

茉莉はそこで逡巡《しゅんじゅん》するように口を噤《つぐ》んだ。彼女が指で顎を擦《さす》っている間、佳奈はアップルパイを口に運ぶ。ゴロゴロとしたリンゴの果肉がふかふかのパイ生地に挟まっている。

前髪を右耳に掛け、茉莉は微かに身を乗り出す。

「実は私も、昨日不思議なことがあったんだよね。正直、他人に言うほどのことじゃないと思ってたんだけど、佳奈の話を聞いてたらもしかしてと思って」

「勿体《もったい》ぶらないで教えてよ」

続きを促すと、茉莉はゆっくりと口を開く。

「すっごくリアルな夢を見たんだよね」

「夢？」

「そう、夢。私は一人で電車に乗ってて、窓からは海しか見えなくて。ぼーっとしてたら、急に隣に人が座ってきてね。〝本当なら絶対に会えない人に会わせてもらえる、『奇跡が起こる店』がある〟って教えてくれたの。住所を書いてさ、紙を渡してきて……」

そこで言葉を区切り、茉莉は横に置いていた鞄から手帳を取り出した。ページの隅で、探偵の格好をした兎が舌を出している。確か、どこかの出版社のマスコットキャラクターだ。

「これ」と言って茉莉が見せてきたページには、郵便番号から番地まで、住所が詳細に茉莉の筆跡で書かれていた。その下には簡易な地図と、『Kassiopeia』という単語が添えられている。

「目が覚めたらね、手帳にメモしてあったの。間違いなく私の文字だから、多分、寝ている間に書いたんだと思うんだけど」

「寝てる間に書いたぁ？　そんなことありえる？」

「だから、不思議なことって言ったでしょ」

「夢の中でメモを渡してきた人ってどんな人だったの？」

「ぼんやりとしか覚えてないけど、男の人だったな。黒髪で眼鏡をかけてて……あー、だめ。細かいところまでは思い出せない」

頭を振った拍子に、茉莉の黒髪が軽やかに揺れた。

消えた恋人、突然の青い光、眠っている間に書き残したメモ。不可解な出来事がこうも立て続けに起こるなんて、偶然以上の繋がりを感じる。

「世界が変になっちゃったのかな」

厚みのあるパイ生地を、フォークに力を込めて無理やりに割く。勢い余って大きな音を立ててしまい、佳奈は咄嗟に目を伏せた。「変って？」と茉莉が続きを促す。

「私たちの知らないうちに何か重大なことが起こって、それで亮がいなくなったのかも」

「佳奈だってブルーフラッシュが怪しいと思ってるんじゃないの？」

「そこまでは分かんないけどさ。でも、亮が私に秘密を持ってたって可能性はあるよね。世界の命運を握る大きな秘密」

「流石にそこまでいくと漫画の読み過ぎじゃない？　って思っちゃうけど」

「はぁー。私、亮のことちゃんと分かってあげられてなかったのかな。結婚したいって思ってたのに」

「結婚！」

しんみりとした呟《つぶや》きだったのに、茉莉が目を剝《む》いたせいでこちらも驚いた。大仰《おおぎょう》に仰《の》け反らした姿勢を正し、茉莉は大声を出した自分を恥じるように今度はわざとらしく声をひそめる。

「佳奈ってその彼氏と結婚するつもりだったの？」

「『結婚してください』ってプロポーズされたワケじゃないけどさ、二年付き合ったら考えてもおかしくないでしょ」

「そりゃおかしくないけど……なるほどな、結婚かぁ。そりゃあダメージでかいね。自分の周りだと彼氏がいる子すら少ないから、なんか不思議な感じだ」

そう言うと茉莉は開いたままの手帳に目を落とした。「本当なら絶対に会えない人に会わせてもらえる」と茉莉は先ほどの自分の言葉を繰り返す。

「もしかして、そういうことなのかもね」

「そういうことって？」

「絶対に会えない人ってのが、佳奈の彼氏なのかも。きっとさ、私が夢に見たのはお告げだったんだよ。佳奈と一緒にこの店に行けっていう」

「ええ？」

あまりにも都合が良すぎる。だが、それこそが全てが繋がっている証《あかし》なのかもしれない。口の中に残っている甘さを流し込むように、カップに残っていた紅茶を飲み干す。

空になったカップをソーサーに置き、佳奈は真っ直ぐに茉莉を見つめた。

「行ってみよう。その店に」

「了解」

にやりと口角を上げ、茉莉は残りのチーズケーキを平らげた。


茉莉の手帳に記されていた住所は、大学の最寄り駅から三駅先にある火良《ほら》駅の近くだった。各駅停車しか止まらない、こぢんまりとした駅だ。周辺には古書店やアンティークショップ、古着屋などが集まっている。最近ではリノベーションカフェが増え、テレビで取り上げられることも多い。都心へのアクセスがしやすい割に地価が安いので、学生にも人気のエリアだ。佳奈の家からもそう遠くはない。

「佳奈の方がこの辺りは詳しいか」

「近くの美術館には何度か来たことあるけど、詳しいってほどじゃないなぁ。ほら私、方向音痴だから」

改札を抜け、佳奈と茉莉はマップアプリを見ながら歩を進めた。住所を検索したところ、『Kassiopeia』という店は確かに存在するようだった。ルート案内とにらめっこしながら、茉莉が「それにしても」とぼそりと言った。

「この綴《つづ》り、不思議だよね。星のカシオペアなら『Cassiopeia』でしょ？」

茉莉の流暢《りゅうちょう》な発音に、佳奈は顔をしかめた。

「ごめん、英語の発音の違いがよくわかんない」

「最初のCとKの綴りが違う」

「あー……そういえば私もこの単語、最近見たかも。どこで見たんだろう」

答えは喉まで出かかっているのに、思い出せそうで思い出せない。喉に刺さった小骨のような不快感が、佳奈の眉間に皺を作った。

「ダメだ、思い出せない」

「『Kassiopeia』ねぇ」

ネイティブっぽい茉莉の発音がやけに耳に引っ掛かる。茉莉は一年間アメリカに留学していたこともあり、英会話には自信があるのだ。就職活動では英語力を活かせるような職を探すのかと思いきや、残業が少なく休暇が取りやすいことを第一条件に掲げている。

「仕事だけに人生を捧げるつもりはないし」というのが彼女の口癖だった。

「ググっても出てこないの」

そう言われ、佳奈も検索エンジンに単語を打ち込む。最初に表示されたのはアーティストの楽曲、次が外国のブログ、その次に出て来たのがミヒャエル・エンデ作の『モモ』という児童文学に登場するキャラクター名だった。

「茉莉は『モモ』って読んだことある?」

「懐かしい、小学生の時に親戚の叔母さんからもらったよ。なんだっけ、時間泥棒の話だよね」

「そこに登場する亀の名前がカシオペイアなんだって。綴りも一緒」

「じゃ、ここの店主は『モモ』が好きなのかもね」

マップと実際の道を見比べ、茉莉がなんてことないような口調で言った。その隣を歩きながら、佳奈は不意に過去を思い出す。


幼い頃から、佳奈と亮は『モモ』や『星の王子さま』といった児童文学が好きだった。

「好きって言うの、ちょっと恥ずかしいんだけどさ」と亮に言われて、不思議に思ったのを覚えている。何が恥ずかしいのか分からなかったからだ。

「だって文学部の子たちって、もっとちゃんとした本読んでるじゃん? ドストエフスキーとか森鷗外とか。そういうの、俺あんまり分かんなくて」

記憶の中の亮が、茶色の前髪を指先に巻き付ける。亮と出会ったのは読書サークルの新歓コンパで、社会学部の亮は少しだけ浮いていた。元々読書が好きだった佳奈は、大学に入ったら話の合う友達ができそうなサークルに入ろうと決めていた。この読書サークルに足を運んだのも、入学式で受け取ったチラシに「仲のいい、和気あいあいとした雰囲気のサークルです」と書かれていたからだった。

春の新歓コンパには三十人ほどが参加しており、その内の十人が一年生だった。自分の知識に自信のある一年生たちは先輩部員たちと嬉々《きき》として議論を行っており、佳奈と亮はそれを遠巻きに眺めていた。本格ミステリをほとんど読んだことがない佳奈にとって、エラリー・クイーンもヴァン・ダインも耳にしたことのないカタカナだった。

居酒屋の一角で居心地の悪さを感じていた佳奈と亮は、自然と大テーブルの隅の方へと逃れることになった。あの頃の亮は今より少し髪が長くて、ヘアセットも気合が入りすぎていた。ボーダーシャツにチノパンというこざっぱりした服装は、如何にも量産型の男子大学生という雰囲気だ。

「別に、本が好きなことには変わりないと思うけど。名作古典も流行《はや》りの本もライトノベルも児童文学も、全部ただの本じゃない？　どれが好きでも別に普通だと思うよ」

佳奈の言葉に、亮は微かに目を瞠《みは》った。その眉尻が下がり、彼はそっと相好《そうごう》を崩す。

「そんなもん？」

「少なくとも私はそう思ってるけど」

「じゃあ、仲内《なかない》さんが好きな本って何？」

「『ぐりとぐら』」

即答だった。佳奈の一番好きな本は小さい頃から変わっていない。夜、眠る前に母親が何度も読み聞かせてくれた、優しいお話。

「『ぐりとぐら』って絵本の？」

「そう。カステラケーキを焼くの。フライパンで、ふっかふかの」

「懐かしいな。俺も読んだよそれ」

ウーロン茶の入ったジョッキが、彼の手の中で大きく傾く。当時は二人とも未成年だったから、アルコールの味をまだ知らなかった。

亮がちらりとこちらを見る。お酒なんて入っていないのに、その顔は赤かった。

「あのさ、仲内さんって彼氏とかいるの」

「なんで？」

「いなかったらいいなって思って」

茶色の水面に、眉を下げた自分の顔が映り込んでいる。

この人はこういうこと、誰にでも言うんだろうか。もしも自分に恋愛経験があったなら、こういう言葉にも上手く対応できるだろうに。現実の自分は愛想を振りまくこともできず、ただしかめっ面《つら》で俯《うつむ》いている。

「ごめんなさい。私、そういう話は苦手で」

「苦手って言うのは、恋愛に興味がないとかそういうこと？」

「そうじゃなくて、恋愛の話になると性別を意識するでしょ？　同性とか異性とか気にせずに本の話をしたりするのは平気なんだけど、そうじゃない時は緊張しちゃうというか……。私、今まで人と付き合ったこともないし、坂橋君みたいに女の子に慣れてそうな人とはあんまりうまく喋《しゃべ》れないの」

あぁ、嫌だ。こんな言い方をしたら自意識過剰な奴じゃないか。相手は軽く話題を振っただけかもしれないのに、真に受けて馬鹿みたい。

気まずさを誤魔化すように、冷たいウーロン茶を口に含む。震えそうになる指先を、ジョッキを摑むことで隠そうとした。

「それ言ったらさ、俺だって今まで誰かと付き合ったことないよ」

真面目な声色に、佳奈は俯いていた顔を上げる。右隣に座る亮は、正面を向いたまま温もりの残る唐揚げをじっと眺めていた。その指先が茶色の前髪を摘まみ上げる。

「この髪も、大学生になったら頑張るかって染めただけだし。俺、ファッションとかもマジで分かんなくて。高校の時は勉強ばっかで、女子との接点なんてほとんどなくて。今日の格好もマネキン買いだし、とりあえず自分がダサい奴だってバレたくなくて」

「全然ダサくなんかないよ。そういうタイプに見えない」

「じゃあ成功してるのかな、大学デビュー」

どこか自嘲《じちょう》気味に亮は口端を吊り上げた。佳奈は頰に掛かる自分の黒髪に触れる。今朝、一生懸命ヘアアイロンで巻いた髪だった。しっかりと内巻きにしたはずなのに、今は既にカールが取れ掛けている。

大学に入学してすぐに、周りの女の子たちが可愛いことに気圧《けお》された。佳奈は化粧どころか眉毛を整えたこともなく、あたふたしながら化粧品を買い揃えた。ちゃんとしなきゃみっともないと自分に言い聞かせている癖に、お洒落をすることに抵抗もある。綺麗になりたいと思うことが自分には不相応な気がして、着飾ることに引け目を感じ、だけど他人に変だと思われるのも嫌で、とにかく周囲から浮かないことだけを考えていた。

男の子も同じように見た目にコンプレックスを抱くことがあるだなんて想像したことがなかった。だって彼らはいつも、選ぶ側に立っているのだと思っていたから。

「さっきも言ったけど、私、彼氏いないよ」

勇気を振り絞ってそう告げると、亮は両目を見開いた。

「じゃあ、あの……一緒に出掛けてくれませんか。『ぐりとぐら』みたいなパンケーキ、食べに行こう」

「いいけど、なんで敬語？」

「いや、急に緊張して。コイツ急にグイグイくるなって引かれたら怖いからさ」

「引かないよ。誘ってくれて嬉しい」

「本当に？」

「ほ、ほんと」

コクコクと首を縦に振ると、亮の頬がじわじわと安堵に緩んだ。「やった」と彼は歯を見せて笑う。

「俺、いま、めちゃくちゃドキドキしてた」

この時が初めてだった。

「私も」

ふふ、と思わず笑みがこぼれた。異性相手にこんな風に自分の弱みを見せられたのは、

「おー、着いた着いた」

目的地に到着しました、と茉莉のスマートフォンが案内を終了したことを告げる。視界に入ってきたのは緑に覆われた小さな建物だった。洋館を思わせる外観で、壁は白とこげ茶のシックな組み合わせだ。二階のベランダからは木があふれ出し、建物の半分ほどを覆っている。ブリキのバケツ、木製のバスケット、可愛い植木鉢。それらに多くの花が植えられ、入り口は華やかに彩られている。プランターに紐が付いたハンギングプランツからは緑がこぼれ、それが二階から伸びている枝葉と上手く絡み合っている。

荒れているという印象を与えかねない草花の生えっぷりだが、不思議なことに全体の調和がとれてお洒落に見える。入り口に付けられたオーニングテントが上から零れる葉を受け止めていた。

「ここ、花屋なのかな」

「でもプレートは猫型だよ」

「本当だ」

扉に掛けられた黒のドアプレートは猫の形をしていて、輪郭の中に「ＯＰＥＮ」の文字

が並んでいる。花屋なのか、ペットショップなのか。それとも、ただの猫好きのいる店なのか。

　店の外観から醸し出されるお洒落なオーラに佳奈は恐れおののいたが、茉莉は臆する様子もなくドアを開けた。カランコロン、と涼やかなドアベルの音が響く。

「あ」

　店内の様子を見た瞬間、佳奈はその場で固まった。ダークブラウンを基調にした内装。中古品を置いている飾り棚、ラタン素材のカゴ。奥に見えるのは複雑な造りをした鉄道模型だ。ブリキ製の汽車が交差するレールの上を走り回っている。そこに書かれている文字は――

「Kassiopeia」

　漏れた言葉に、茉莉が「走ってるのによく読めたね」と感心したように頷いた。

「中は花屋さんっていうよりリサイクルショップみたいだよね。あ、でも奥には花も売ってる。不思議な店だね」

　きょろきょろと店内を見回しながら、茉莉は無造作に置かれた商品を手に取った。彼女のパンプスのヒールが木製の床をコツコツと叩く。

「私、この景色を見たことがあるような気がする」

「え？」

　茉莉が驚いたようにこちらを向く。「いつ？」と彼女が尋ねたのと、カウンターの奥にある扉が開いたのは同時だった。

「いらっしゃい」

響いた声は低く、如何にもやる気が無さそうだった。櫛《くし》で梳《す》いたのかも怪しいぼさぼさの黒髪、黒縁眼鏡でも隠し切れないやつれた目元、微かに生えた無精ひげ。丸まった背中からは生気が感じられず、黒のポロシャツには毛玉がついていた。四月だというのに、彼は素足に茶色のゴムサンダルを履いている。所謂《いわゆる》、便所サンダルと呼ばれるアレだ。

「外観のお洒落さと釣り合ってなさすぎ」と茉莉は呆れた顔をしている。仏頂面《ぶっちょうづら》の彼の足元を一匹の黒猫がすり抜けるようにして駆けていった。猫は佳奈と茉莉の視線から身を隠すように、店の陳列棚の奥へと引っ込んだ。

普段の佳奈ならば可愛らしい猫に視線が釘付けになっていただろうが、今はそれどころではなかった。目の前の男の顔がどことなく亮に似ていたからだ。雰囲気は全く違うが、他人の空似というには顔の造りがあまりに似すぎている。

「あ、あの、坂橋亮って人を知ってますか」

勢いのままにカウンターに両手をつくと、男はぎょっとした顔で目を見開いた。ちっとも答えようとしない男の反応がじれったく、佳奈は更に言い募る。

「あの！　坂橋亮という人を捜してるんですが！」

「あー、聞こえてるよ」

うるさいとでも言いたげに男は自身の手で左耳を軽く押さえた。その薬指に光る、金色の指輪。

近くで見ても、いくつなのかがさっぱり摑めない。二十代だとは思うが、実は中身は二百歳ですと言われても納得してしまうような、妙に老成した雰囲気を漂わせている男だった。

佳奈がじっと返事を待っていると、男は深々と溜息を吐《つ》いた。めんどくせぇなと言いたいのがありありと伝わってくる態度だ。

「ノーコメントだ、ノーコメント」

「その言い方、何か知ってるんじゃないですか」

「アンタがそう思いたいなら勝手にすればいい」

「答えになってません。せ、せめて『はい』か『いいえ』で答えてください」

「なんで」

「なんでって……」

素っ気なく返され、佳奈は思わず太腿《ふともも》を摑んだ。接客業なんだったらもうちょっと愛想よくしてくれてもいいのに。

「今朝起きたら、坂橋亮って男の子がいなくなっちゃったんです。あ、男の子っていっても二十一歳なんですけど。写真も、連絡先も、亮への手掛かりがなにもかも無くなってしまって。だから、もしも貴方《あなた》が亮について何か知っているなら力を貸して欲しいんです」

「こっちの知ったこっちゃないな」

「で、でも、貴方は坂橋亮と似てる。血縁関係があったりしませんか？　例えば、兄弟だったり」

食い下がる佳奈に、男は煩《わずら》わしそうに頭を振った。フンと鼻で嗤《わら》われる。

「兄弟？　そりゃ随分とひどい皮肉だ。アンタにはアイツと俺が家族に見えるのか」

「やっぱり貴方は坂橋亮を知ってるんですね」

「答える気はない。それより重要なのはそっちの方だ。お客サン、招かれたろ」

そっち、と男が指を差したのは佳奈の後ろに立つ茉莉だった。突然の指名に、「え」と茉莉が困惑した声を漏らす。

「そこのソファーに座ってくれ。いま茶を出す」

そう言って、男は再びカウンター奥の扉へと引っ込んだ。佳奈と茉莉は顔を見合わせ、それから飾り棚の隣にあるソファーへと視線を向けた。

ロココ調のソファーは二人掛けのものが二つ、向き合うようにして置かれていた。艶やかな木製のフレームには、細部にまで彫刻があしらわれている。深緑の布地には花の模様が刺繍《ししゅう》され、全体的に上品なデザインとなっている。間に置かれたローテーブルも一目で高級品と分かる仕上がりで、その端には「280,000円」と書かれた紙がぶら下がっていた。どうやらソファーもローテーブルも商品らしい。

茉莉はソファーの左側へ、佳奈は右側へと腰掛けた。デニムパンツ越しに硬いクッションの感触が伝わってくる。隣に座る茉莉が、佳奈の腕を軽く叩いた。

「グイグイいきすぎ」

「ご、ごめん」

「それよりさ。さっきの店員さん、夢の中で見た人だった気がする。多分だけど」

「多分って」

　思わず顔をしかめた佳奈に、茉莉は開き直るように胸を張った。

「夢なんてそこまでハッキリとは覚えてないでしょ。それより、佳奈がここに見覚えがあるっていうのは本当？」

「た、多分」

「そっちこそ自信なさげじゃん。何か違和感があるとか？」

「店の外側に一切見覚えがないの。もしここに来たことがあるならそんなことってありえないよね」

「確かに、それは妙だわ」

　指で眼鏡のフレームを押さえたまま、茉莉は険しい眼差しをカウンター奥の扉に向けた。と、その時、トレイを片手に持った男が扉から姿を現した。用意された三人分のティーカップは豪奢《ごうしゃ》な装飾が施されており、明らかに高級そうだった。

　男は丁寧な手つきで茉莉と佳奈の前にティーカップを置いた。美しい琥珀《こはく》色のハーブティーにはオレンジ色の薔薇の花弁が舞っており、更にその底には星屑を思わせるキラキラとした何かが沈んでいる。

「金平糖《こんぺいとう》だ」

目を輝かせた佳奈に、茉莉が「本当だ」と冷静な声で応じた。

「砂糖代わりに使ってる。あと、俺は店員じゃなく店主だ」

そう釘を刺して、男は二人用のソファーにどさりと座り込んだ。先ほどの会話を聞かれていたらしい。

「お客サンの用件は何だ？」

「私は――」

口を開いた佳奈を制するように、男はシッシと手を払った。

「そっちのアンタは客じゃない。招かれてないだろ」

「先ほどから言ってる『招かれる』とはどういう意味なんですか？」

茉莉の問いに、男はティーカップを手にしながら澄ました顔で答えた。

「この店はそういう場所なんだ。俺に会えるのは、然るべき手順を踏んだ人間だけ。アンタは夢の中でこの店の存在を知ったはずだ。ちゃんと手触りのある夢だったろ？」

「あの夢に出て来たのは貴方ですか？」

「さあ？　俺かもしれないし、俺じゃない俺かもしれない。真面目に考えるなよ、こんな与太《よた》話みたいな状況でさ。そもそもお客サン、よくあんな夢を信じる気になったよな」

「科学でまだ解明できていない不思議なことはたくさんあると思っていますから」

「ふうん。ま、俺は来た客をもてなすだけだけど」

ティーカップに口を付け、男は口角を上げる。茉莉はティーカップをソーサーに置くと、静かに息を吸い込んだ。

「この店では本当なら絶対に会えない人に会わせてもらえる……『奇跡が起こる店』だと聞きました」

「奇跡、か。そんな大層な呼び名が相応しいかは怪しいな。俺からしたら、ここは『自己満足を売る店』だよ」

吐き出された声音には、皮肉っぽい響きが滲んでいた。乾いた唇をハーブティーで湿らせ、佳奈は口を開く。

「結局ここは何のお店なんです？」

「この店は、並行世界の交差点。俺ができるのは、お客サンの望む相手に会わせてやること。ただ、その相手はここじゃない別の世界に住んでるヤツに限られるけど」

「へいこーせかい？」

漫画や映画で耳に馴染《なじ》みのある言葉だが、それを現実世界に当て嵌めて聞くことになるとは思っていなかった。聞き返した佳奈に、男が小馬鹿にした視線を向けた。

「所謂パラレルワールドってやつだ。この世には無限の選択肢があり、無限に自分がいる。例えば……そうだな、ここに絵描きを目指す男がいたとする」

そう言って、男は人さし指と中指を立てた。

「この男は自身の未来を選択できる。絵描きを目指し続ける未来と、絵描きを諦める未来だ。お客サンたちがいる世界線で、男が絵描きを目指し続けることにしたとする。もしもお客サンがこの男に会いたいと思った時、絵描きを続けているこの世界の男には会えない。だが、並行世界の――絵を諦めた世界線の男になら会わせてやることができる」

一度言葉を区切り、男は更に説明を続けた。

「勿論《もちろん》、お客サンが会う男はこの世界の男と原材料が同じなだけの全くの別人だ。お客サンと同じ世界に生きる男をA、並行世界の男をBとすると、この店でお客サンが男Bに愛を囁《ささや》こうが、殺そうが、お客サンの世界――つまり現実世界での男Aには何の影響もない。つまり、無意味な行為だってことだ」

「意味がないと思っているのに、貴方はどうしてこの店を？」

茉莉の問いに、男は肩を軽く竦めた。聞かれ慣れていることが窺《うかが》える仕草だった。

「並行世界の人間と会うだなんて、無意味で無価値な、ただ己を慰めるだけの行為だと皆分かってる。だが、それでも意外と需要は多い。俺は少しばかり、そうした人間の需要に付き合ってやってるってワケだ」

「もし私に会いたい人がいたら、並行世界で暮らすその人に会えるってことですね？」

「というより、会うべき人間がいるからお客サンはこの店に招かれたんだ。ただし、この店を利用するには対価を支払う必要がある」

「対価ってお金ですか」

「いんや、そんな大したものじゃない。アンタと相手を繋ぐ思い出の品だ」

膝に置かれていた茉莉の指先がピクリと震えた。何も塗られていない彼女の爪には、うっすらと縦に線が入っている。

「そんなものがどうして欲しいんですか？」

「別に、俺が欲しいワケじゃない。ただ、この店はそういう理《ことわり》で動いているんだ。この条件を呑むなら、俺はアンタを誰かと会わせてやれる」

「呑みます」

即答した茉莉に、佳奈は少なからず驚いた。そこまでして会いたいと思う相手が茉莉にいるとは知らなかったからだ。

「まぁ、この店に辿り着けた時点で決意は固いだろ。今日の二十四時前にこの店に思い出の品を持って来い。問題は……そっちの例外の方だな」

そう言って、男は佳奈の方を顎でしゃくった。突然、矛先を向けられ、佳奈は「私ですか？」とスプーンでハーブティーを掻き混ぜる手を止めた。

「自覚がないかもしれないが、アンタは本来ここに立ち入るはずのない人間なんだ。悪いことは言わない、この店のことはさっさと忘れろ。ついでにその坂橋亮という男のこともな」

頭がカッと熱を帯びる。普段ならば理性で抑え込むはずの衝動が、佳奈を咄嗟に立ち上がらせた。

「私は亮のことを絶対に忘れませんし、亮を捜すことも諦めません」

「若者特有の思い込みだな。数年したら忘れて良かったと思う日がくるさ。そもそも、アンタが坂橋亮と再会する日は永遠に来ない」

「なんでっ」

そんなこと言うんですか。そう続けようとした言葉を遮《さえぎ》ったのは、冷静な茉莉の問いだった。

「ここじゃない別の世界の坂橋君と佳奈が会うことは不可能なんですか?」

二人分の視線が茉莉に注《そそ》がれる。彼女は黒髪を耳に掛け、じっと男の顔を見た。

「佳奈だって対価を差し出せるでしょうし、事態が動くならそれに越したことはないのでは」

「無理だ」

「なんでそんなことが言えるんですか? この店に招かれたという意味では佳奈も同じでしょう? 彼女も私と同じで、貴方とこうして会っている。無下《むげ》にする方がおかしい気がしますが」

淡々とした反論に、男は深々と溜息を吐いた。眼鏡を外し、しょぼくれた目元を右手で擦る。

「そもそも、この店で俺に会うには一人で来ることが条件なんだ。二人連れで、尚且《なおか》つ夢で招かれてないのに店内で俺のことが見えているだなんて、イレギュラー中のイレギュラー。俺が便宜をはかってやる理由はないな」

「何故その結論になるのか、納得できないですね。佳奈は私の友達です。客としてこの店に入れたなら、佳奈もそう扱われる権利があると思いますけど」

「だが、店には客を選ぶ権利がある」

即座に切り捨てられ、茉莉が不愉快そうに眉をひそめた。剣呑《けんのん》な空気が店内に漂う。決まりきったレールを走り続けるブリキ製の汽車の走行音が、やけに耳についた。

その場に立ち尽くしたまま、佳奈は自身の拳を握り締める。

「じゃ、じゃあ、客以外ならいいんですね」

「客以外って？」

片眉を上げてこちらを見る男に、佳奈は勢いよく頭を下げた。

「私をここで働かせてください！」

自分がここまで図々しくなれるだなんて、昨日の夜まで想像すらしていなかった。だが、亮へと繋がる手掛かりを持っていそうなのは目の前の男しかいない。亮にもう一度会えるなら、佳奈はなんだってするつもりだった。

男は顔をしかめると、演技じみた仕草で天を仰いだ。

「おいおい、勘弁してくれよ」

「お給料は無くてもいいです。ただ、私がここに来る理由をください。掃除も料理も洗濯も、なんだって手伝えます」

「そんなもんは求めてない。さっさと顔を上げろ」

「いいって言われるまで上げません！」

頭を下げていると、自身のスニーカーばかりが目に入る。アイボリーのスニーカーは、亮と散歩する時によく履いていた。そう考えた途端、じわりと視界が滲んだ。今朝、慌ただしく身支度を整えた時には履く靴になんて気が回っていなかった。磨《す》り減った靴底が、これまで共にした時間を告げている。

なのに、ここに亮だけがいない。

涙を堪《こら》えようと瞬《まばた》きをした刹那《せつな》、ぽつりと靴に染みが出来た。睫毛《まつげ》を伝い落ちた雫《しずく》が、一つ二つと染みを増やす。熱くなった目頭を、佳奈は手の甲で押さえつけた。

こんなところで泣いてしまう、自分の不甲斐なさが悔しかった。

「あー……分かったよ。めんどくさい」

溜息と共に吐き出された声は、台詞《せりふ》とは裏腹にどこか狼狽《うろた》えた響きを孕んでいた。顔を上げると、しかめっ面をした男がガシガシと乱暴に自身の髪を掻き混ぜている。

「報酬は出ないぞ」

言われた言葉の意味を理解するのに、数秒の時間が必要だった。涙の痕を隠すように、佳奈は乱暴に目元を拭う。

「だ、大丈夫です」

「助手ってことにしておいてやる。お客サンも、それで納得したか？」

最後の問い掛けは茉莉に向かってのものだった。ティーカップを上品な仕草で傾け、彼女はにこりとその両目を弧に歪める。

「店主さんが優しい方で良かったです」

「あーあ、おっかない客に当たったな」

「ちなみに助手って何をするんですか？」

「そうだな、ちょうどいいからそこのお客サンの手伝いでもしてもらうか」

男がそう言った途端、魔法のように茉莉の前に一枚の紙が現れる。

「手品ですか？」と尋ねた茉莉に、「まぁそんなもんだ」と男はぶっきらぼうに答えた。

茉莉の隣から、佳奈は紙の内容を覗き込む。

Kassiopeia（以下「甲」という）と土井茉莉（以下「乙」という）は、奇跡（以下「本件商品」という）につき、以下のとおり契約（以下「本契約」という）を締結する。
第一条（目的）
甲は乙に対し、以下の条項に従い、本件商品を提供し、乙はこの対価を支払う。
第二条（納入）
甲は、個別契約に従い、納期までに本件商品を――……

「ちゃんとした契約書だ！」

途中の文面まで目を通したところで、佳奈は思わず声を上げた。奇跡などという文言が飛び交っている割に、文体があまりに硬い。

契約書は第五条まであり、一番下の欄にはサインをする箇所も設けられていた。甲のところには既に『Kassiopeia』の住所とサインが書かれている。

「こういうのは普通、店の経営者の名前を書くのでは？」

全ての条項を読み終え、茉莉は訝しげに店名の書かれた署名欄を指さした。「それで合ってる」と男は答えた。

「これはあくまで店とお客サンとの契約だ。俺の意思じゃない」

「その言い方だとこのお店に意思があるみたいですけど」

「あるんだよ。店にも、世界にも、そうしたいって意思がな」

ふぅー、と男が深く息を吐く。肺の中の空気が全て無くなってしまいそうな、重たい溜息だった。

「お客サンがそこにサインをしたら契約成立だ。奇跡の納期は今日の二十四時、納品場所はこの店だ。今日のその時間までにお客サンはこの店に来ること」

「一人でですか？」

「そこの助手と来ればいい。そして助手、アンタは今夜の納期までに、お客サンの思い出の品にまつわる話を、思い出の場所で聞いてくれ」

「なんでです？」

「そういう契約だからだ。元々はちょっとした道具を使って店主が客の頭の中を直接覗くことになってたんだが、皆どうにも抵抗があるみたいでな。助手がいるなら手間が省けて助かる」

「直接覗くって、マッドサイエンティストみたいですね」

「事実なんだから仕方ないだろ。それよりお客サン、この条件を聞いても契約するか？」

その台詞の後半は、佳奈ではなく茉莉に向けられたものだった。

いつの間にかテーブルに現れたボールペンには、「２８０円」と値札が付いている。どうやらこの男は売り物を平気で普段使いしているらしい。

茉莉は右手で握り締めるようにしてペンを持つと、角ばった文字で自身の名前を書きつけた。

「契約成立だな」

男がパチンと指を鳴らすと、契約書は勝手に彼の手の中に収まった。佳奈はテーブルの上に置かれたカップに視線を落とす。底に沈んだ金平糖は、表面が溶けてとげが失われつつあった。

「あの、店主さんの名前を聞いてもいいですか」

佳奈が尋ねると、男はむすりと顔をしかめた。半端に伸びた前髪を指先で摘まみ上げ、彼は小声で言った。

「ミツルだ」

「あ、私の名前は——」

「別に言わなくていい。助手で十分だろ」

ひらりとかわされ、佳奈は唇を尖《とが》らせた。どうにもツンツンした男だ。それでも、亮の手掛かりを摑めたことは大きな進歩だった。

少なくとも、ミツルは亮の存在を知っている。

高揚を隠せない佳奈を、部屋の隅にいる黒猫がじっと見つめている。長い尻尾が揺れ、木製の床を数度叩いた。


「不思議な店だったね」

店から出てすぐに、茉莉と佳奈はどちらからともなく駅へと向かった。腕時計を見ると、まだ十三時だった。

緊張していたからか、やたらと肩回りの筋肉が重い。佳奈は自分の頰を両手で揉み込む。

「あのミツルさんって人、亮とどういう関係だったんだろう」

「よく分かんないけど、とりあえず髭《ひげ》は剃った方がいいと思う」

「茉莉、髭が生えてる人嫌いだもんね」

「元カレを思い出して苛々《いらいら》すんの。高校生の時の彼氏」

耳に掛けた黒髪を指に巻き付け、茉莉はアンニュイに息を吐いた。茉莉とはこれまでも恋愛話をしたことがある。大人っぽい見た目とは裏腹に、茉莉には恋愛経験がほとんどない。唯一の交際相手が、彼女が十七歳の時に付き合っていた井上《いのうえ》君という当時十九歳の浪人生だ。二週間だけ付き合ったが、キスする時の緊張感に耐え切れずに逃げ出したらしい。それ以来、茉莉は誰かと付き合うことを諦めた。世の中には恋愛より大切なものがある、というのが彼女の持論だ。

「茉莉、元カレのこと嫌いだよね」

「嫌いっていうか、手が早かったから。こっちは初めてだって言ってたのに」

「でも最初はお互い好きだったんでしょ？」

「まぁ、本当に最初はね。でも結局、私は恋愛に向いてないんだろうな。理性に勝てない」

「理性って？」

「こう、甘えてる自分とか可愛いことしてる自分？　付き合って、誰かの恋人みたいに振る舞っている自分自身に耐えられないの。何やってんだ自分って思う。自分を客観視し過ぎちゃうんだよね」

身体のシルエットを美しく見せる黒のシャツワンピース。耳朶《みみたぶ》にぶら下がるシルバーのリングイヤリング。艶のある黒髪、少しお高めの化粧品。茉莉は洗練されたアイテムを身に着けているが、それらは異性を喜ばせるためのものではない。茉莉自身を満足させるためのものだ。

じっと横顔を眺めていた佳奈の視線に気付いたのか、隣を歩く茉莉が速度を落とす。

「それにしても良かったの？　タダ働きする約束なんかしちゃって」

「大丈夫。元々仕送りの範囲で生活できてるし、アルバイトもいつかやってみたいなとは思ってたし」

「佳奈の家、お金持ちだよねぇ」

「いや、全然。本当に普通だよ」

「でも家賃も生活費とかも全部親の仕送りで足りてるんでしょ？　うちの家だとそうはいかないもん」

「ありがたいけど、ちょっと心配性だからなぁ。私の家族」

そもそも佳奈が東京の大学に進学したいと言ったのも、実家から離れて一人暮らしをするためだった。母親、父親の三人家族で、家族仲は良好だが、その分、居心地が良すぎて危機感を覚える時があった。

ぬるま湯に浸かり続けていると、抜け出すきっかけを見失う。このままじゃダメだと思った佳奈は、不良少女になるでもなく、受験、合格、一人暮らしと手順を踏んでこの街で暮らし始めた。

改札をくぐり、二人はやってきた電車に乗り込んだ。大学までの三駅間。長方形の窓に映る街並みが、左から右へ流れていく。

雑談が途切れ、二人の間に沈黙が落ちた。電車の中吊り広告では、制服姿の学生たちが青春を謳歌《おうか》しているように見えるポーズをとらされている。

佳奈はちらりと隣を見た。茉莉はスマートフォンを弄《いじ》っていた。

「茉莉は誰に会いたいの」

顔を動かさず、茉莉は視線だけをこちらに向ける。

「会うべきか分からないから悩んでる」

「例の元カレ？」

「違う。もし会えるなら、私は高校時代の人間に会いたい」

駅に着き、二人は揃って席を立った。「どこに行くの？」と尋ねた佳奈に、茉莉は「図書館」と即答した。

「そこが私にとっての思い出の場所だから」


大学にある図書館はとにかく広い。第一キャンパスにある図書館は三階建てで、地下が書庫となっている。一万円を超える専門書も揃っており、レポート作業に明け暮れる大学生の心強い味方だ。

ガラス壁の向こう側では作業用スペースに多くの学生が集まっている。館内は私語が禁止されているため、茉莉と佳奈は図書館にほど近いベンチに座ることにした。キャンパスの通路は赤レンガで整備され、道の両側の並木がお洒落な雰囲気の演出に一役買っている。

コンビニで買った珈琲は表面がざらざらした紙コップに入っていた。プラスチック製の蓋《ふた》は飲み口が開いていて、そこから熱気が溢れている。柔らかなコップの側面を押すと、くにゃりと簡単に形を変えた。

茉莉はじっと手の中の紙コップを見つめていた。その唇からは声にするのを躊躇《ためら》ったのであろう、半端な息が漏れていた。

彼女の心が整うまでの間、佳奈は黙って待つことにした。脚を伸ばし、スニーカーの先を空へと向けてみる。スニーカーは薄汚れていた。

この大学の図書館には、佳奈も思い出がある。何度も亮と利用していたからだ。

結局あの新歓コンパの後、佳奈たちは読書サークルに入らなかった。それは飲み会の雰囲気が想像よりも騒々しかったことが原因かもしれないし、もしくは大勢の人間と読書経験を共有することに尻込みしてしまったからかもしれない。

亮との最初のデートはカフェだった。パンケーキを食べ、二時間ほど映画や本や漫画の話をした。そのままご飯に行けば良かったのに、何だか恥ずかしくなって用事があると言い訳して逃げ帰った。男の子と二人で一緒に過ごしているという現実に自意識が耐えられなかったのだ。

家に帰ってから、佳奈は自分の行動を後悔した。どうして素直になれないのか。相手のことが気になるのに、いや、気になるから、一緒にいるとドキドキして息苦しい。自分が相手に惹かれていることを気付かれたくない。特別に意識していることがバレて馬鹿にされたらと思うと怖い。

図書館の一角。隅の机でスマートフォンをじっと見つめる。ＳＮＳのアカウントでは坂橋亮と確かに繋がっているのに、自分から距離を詰める勇気がなかった。こちらから連絡すべきか。いや、あと一日くらい待つべきか。机の上に広げられた手書き指定のレポート用紙は、明日が締め切りなのに一文字も埋まっていなかった。

「はぁ」

そう佳奈が溜息を吐いた時、ボールペンの先で腕を叩かれた。はたと顔を向けると、資料本を三冊ほど抱えた亮がひらひらとこちらに手を振っていた。

「偶然」

そう、彼はほとんど囁くような声で言った。図書館内は私語が禁止だからだ。声量を落として返事をしようとすると、佳奈は彼の方に身体を近付けることになった。

「レポート？」

「そう。仲内さんも？」

「うん」

亮はこちらに許可を取ることもなく、自然な動きで隣の席に座った。佳奈は白紙のレポート用紙を見下ろす。目を合わせることが恥ずかしかった。文章なんてほとんど練っていなかったのに、何も考えていないと思われたくなくてシャープペンシルを動かす。芯が柔らかに削れていくのを見ながら、今時どうして手書きでレポートを書かされなきゃいけないんだと教授に対して不満も湧いてくる。コピー＆ペースト対策ということは頭では分かっているのだけれど。

隣の席からは亮が資料本をペラペラと捲《めく》る音が聞こえてくる。その指先が、不意に動きを止めた。

「次はどこ行く？」

「え」

それが自分に向けての言葉であると理解するのに、数秒かかった。亮は少し気まずそうに前髪を指で梳いていた。それが彼の照れ隠しの際の癖だと気付いたのは、付き合ってからのことだった。


「私、小説を書いてるの」

響いた声が、佳奈を回想から引き戻した。紙コップ越しに感じる珈琲の熱が指の腹をじんわりと温める。

茉莉は唇を軽く嚙《か》み、こちらの様子を窺っている。慎重に吐き出される空気の震えが彼女の緊張を露《あら》わにしていた。

「そうなんだ。知らなかった」

「これ、言うのに結構勇気が要るんだよね」

そう言って、茉莉は恥ずかしそうに目を伏せた。

「ウチの大学さ、文芸サークルがあるの。定期的に部誌を刊行したり、互いの作品を評価したり。私、入学して最初の三か月間はそのサークルに入ってたんだよ」

「あれ、食べ歩きサークル以外も入ってたの？」

「文芸サークルをやめた後に食べ歩きサークルに入ったの。なんというか、ノリが肌に合わなくて。読書サークルに入るかも悩んだんだけどね。ほら、佳奈が結局入らなかったやつ」

「あのサークル、書くタイプの人はあんまりいなかったね」

「そう。だからやめた。個人で執筆する方が向いてるかなって思って、そういうのと全く関係ないサークルに入ることにしたんだよね」

佳奈と茉莉が親しくなったのも、食べ歩きサークルの活動中に本の話で意気投合したからだった。

茉莉はライトノベルやエンタメ小説といった大衆的な作品を好んでいる。ジャンルを問わず本をたくさん読む子だとは思っていたが、まさか実際に自分でも書いていただなんて知らなかった。

「もっと早く言ってくれたら良かったのに。小説を書いてること」

「怖いし、恥ずかしいでしょ」

「そう？　自分で小説を書くって凄いことだと思うけど」

「書くこと自体が目的ならね。だけど、そうじゃないなら書くなんて行為はただの参加条件でしかない」

頬にまとわりつく黒髪を、茉莉は指先で摘まみとった。

「私、作家になるのが夢だったの。中学生の頃からずっと。高校生になると賞にも応募するようになったんだ。高二の時なんてね、三次選考まで残ったんだよ」

「凄いじゃん」

「ファンもいたの。高校の時は文芸部で部誌を出しててさ。そこに載せた作品に、ファンレターが届いたの。私の人生の、初めてのファン。顧問の先生が持って来てくれて、『もう立派な作家だね』って言われて。私、嬉しくて。その子に返事を書きたいと思ったんだけど、差出人の名前も住所も何も書いてなくて」

「じゃあその子が誰かは分かってないの？」

「うん。でも、夢で『本当なら絶対に会えない人に会わせてもらえる店』って聞いて最初に浮かんだのがその手紙の相手だった。私、その人に言いたいことがあって」

茉莉の膝に置かれたほっそりとしたしなやかな左手。その甲を、彼女は自分自身の頬に押し当てる。

「作家になるの、諦めようと思って」

告げられた言葉に、佳奈は息を呑んだ。なんと言っていいか分からなかった。

「疲れちゃったんだ、小説を書くの」

「で、でも、やめるのは勿体なくない？」

茉莉は左右に頭を振った。

「最近さ、自分が勘違いしてたことに気付いたの。私は小説を書きたいんじゃなくて、作家になりたかったんだって」

「それの何が違うの？　同じことでしょ？」

「違う。全然違うよ。私はね、手っ取り早く自分と他人を差別化したかったの。自分は他の奴らとは違う、だって作家を目指してるからって。本当に小説を書きたかったのか、それとも本を書くことで他人にちやほやされたかったのか、今じゃもう分かんなくなっちゃった。ここの図書館でね、ノートパソコンを持ち込んでよく原稿を書いてた。本を書いてる自分に酔ってる部分もあったと思う」

　彼女の唇が不自然に綻《ほころ》んだ。眼鏡フレーム越しに見える、マスカラで伸ばされた長い睫毛。

「高校生の頃の方が応募だって結果が出てた。大学生になって、小説の新人賞に何度も応募して、どんどん結果が悪くなっていく。二次選考とか……下手したら、一次選考すら落ちることも増えて来た。文章だって構成だって上手くなってるはずなのに、高校生の頃の自分を越えられない。察するんだよ。あぁ、感性の消費期限が切れたのかなって」

「感性に期限なんてある？」

「あるよ。ほら、よく本の帯にも高校生作家だの大学生作家だのって書いてあるじゃん。若さには希少価値がある。感性もそうだよ。鋭い感性を持ってる若者の大半は、年をとったら相応の価値観に変わっていく。よっぽど凄い人以外、感性の希少価値は年をとるほどに下がるんだよ。人間は老いるけど、絶対に若返ったりはしないから」

なんだか自分で自分に呪いを掛けているみたいだ、と佳奈は思った。人間は等しく老いるのに、それに怯《おび》えるだなんて勿体ない気がする。

「でも、年を重ねてからデビューする作家さんだっていっぱいいるんじゃないの？」

「そういう人たちは、ちゃんと技術を身につけてる。長く小説を書いてる人ほど技術が磨かれて、文章も上手くなる。だから若い人間がそういう人たちに勝とうとしたら、感性で勝負するしかないの」

「茉莉もそうやってゆっくり技術を身につけていったらダメなの？」

「私は、」

そこで言葉を区切り、茉莉は手の中にある紙コップを見下ろした。

「耐えられないの」

整備された通路を、学生たちが談笑しながら歩いている。彼らの他愛もない話し声は、吹き抜ける春風の音に吸い込まれていった。乱れた前髪を、佳奈は右手でそっと押さえる。

「何に？」

「ずっと評価されないことに。さっきも言ったでしょう。私は小説を書きたいんじゃなくて、作家になりたかったんだって。何か月もかけて書いた小説が一次選考で落とされる。その度に、才能ないよって言われてるみたいに感じるの。本当に情熱があったら、それでも続けるはずでしょう？　私はきっと、才能も覚悟も情熱も、何もかもが足りないんだ」

背筋を伸ばし、茉莉はどこか疲労を滲ませた微笑を湛《たた》える。

「だからね、私の唯一のファンの子に謝りたいの。せっかく応援してくれたのに、夢を諦めることになってごめんなさいって」

心臓がぎゅっと縮こまる。喉の奥が締まったような心地がして、佳奈は唇を嚙み締めた。謝る必要なんてないよ。そう言いたかった。だけどそれを自分が言うのも失礼な気がして、佳奈はそっと茉莉の背中に手を回した。ワンピース越しに、その背骨を辿るようにして撫でる。

「そんな大切なことを話してくれてありがとう」

「話した方がいいってあの店主さんも言ったしね。それに、佳奈だって今朝、私に言いにくいことを話してくれたし」

「でも、並行世界のその人でいいの？　会えたとしても、こっちの世界の相手とは別人だって言ってたよ」

「だからいいの。本人に言ったらがっかりさせちゃうけど、別の世界の人間なら何を言ったって平気でしょう？　もしかしたらさ、別の世界の私は今の私と違って作家の才能があるかもしれないし」

茉莉の頭が傾き、その身体が佳奈へとしなだれかかる。茉莉がこんな風に誰かに甘えるなんて珍しい。

「……本当に会えるのかな」

彼女が呟いた声は、ほとんど掠《かす》れて聞こえなかった。それでも、佳奈は強く頷く。

「会えるよ」

　根拠なんてなかった。だけど佳奈はいつの間にかあの不思議な店のことを信じてみたいと思い始めていた。

　科学で解明されていなかったとしても、この世界に奇跡が存在していると誰かに示して欲しかった。

　その日の二十三時。茉莉と佳奈は二人で『Kassiopeia』に向かった。二十四時三十分を過ぎると終電が無くなるため、帰りはタクシーか徒歩になるだろう。繊細な彫刻が施された入り口の扉には、「OPEN」と書かれた黒猫プレートが吊るされていた。そういえば、この店はどこにも営業時間が書かれていない。

　窓から漏れる明かりが店の外に並んだ植物たちを仄《ほの》かに照らし出している。佳奈は三回ノックしてから店の扉を開けた。ミツルは既に店内におり、二人掛けのソファーに行儀悪く寝転んでいた。

「もう来たのか」

　そう言って身を起こし、彼は大きく伸びをした。昼間に会った時と違い、きちんと髭が剃られている。黒髪は整えられ、くたびれた服装以外はそこそこ清潔感のある身なりをしていた。テーブルの上には装飾の施された箱が置かれ、ぱかりと口を開けている。映画で海賊が宝を入れていそうな箱だ。

「なんだか雰囲気が変わりましたね」

佳奈の言葉に、ミツルは「あの時は起きたばっかりだったからな」と欠伸《あくび》交じりに答えた。

「どうぞ」

そう促され、佳奈と茉莉はソファーに座った。夜中の店内は、昼と違って独特の雰囲気がある。天井から吊るされたペンダントライトが温かみのある光を店内に充満させていた。

「それで、対価は？」

「これです」

茉莉が鞄から取り出したのは、使用感の残るレターセットだった。透明なナイロンで包装されているが、開け口が半端に破れている。便せんの表紙の隅にはシロツメクサの三つ葉と花が描かれていた。

「私の思い出の品は、『出せなかった手紙』です」

「ふうん？」

「高校生の時にファンレターをもらって、その差出人に私は返事を書きたかったんです。でも、それが誰なのか分からなくて。いつか私がプロになったら、もう一度あの子が私に手紙を書いてくれるんじゃないか。もしそんな日が来たら、私はこの便せんで返事を書こうと思ってずっと持ち歩いていて……まあ、もう必要のないものですけど」

「アンタの会いたい相手、匿名なのか」

ミツルの眉間に軽く皺が寄る。「無理ですか」と尋ねた茉莉に、彼は首を横に振った。

「面倒なだけで無理じゃない。名前も顔も知らない相手に会いたいって奴は意外と多い」

そうなのか、と隣で聞いていた佳奈は驚いた。SNSが普及しているから、正体の分からない人と絆を育むなんてよくあることなのかもしれない。

もしも佳奈が誰かに会えるとしたら、絶対に亮を相手に選ぶ。だけどそれ以外に会いたい人はいるだろうか。それも、違う世界の人間に。

「確かに受け取った」

ミツルの声に、佳奈は自身が思考の海に沈んでいたことに気が付いた。我に返った時には、ミツルは既にそのレターセットを宝箱の中へ仕舞い込んでいた。

「じゃ、移動するか」

「この店でやるんじゃないんですか?」

「場所はこの店だよ。だが、ここではやらない」

ミツルが案内したのは、植物コーナーの奥にある重々しい扉だった。物置だと思っていたのだが、どうやら違うらしい。

二十四時になり、カウンター横に掛かっている柱時計がボーンボーンと単調な音を繰り返した。それを合図に、ミツルが一気に扉を開ける。

その刹那、世界は真っ白な光に包まれた。

「え？」

目を開けた瞬間、佳奈は言葉を失った。扉の先に広がっていたのはどう見ても店の大きさと釣り合わない巨大な温室だった。天井は高く、ドーム状になっている。真っ白な柱は格子状になっており、そこに何千枚もの透明なガラスがはめ込まれていた。

中央には巨大な木が生えており、その幹には黒の扉が埋め込まれている。周囲には草花が密集し、ジャングルを思わせる。巨大なシダの葉が何度か佳奈の頬をくすぐった。

「なんですか、ここ」

困惑した茉莉が一歩後退《あとずさ》りした途端、ジャリとヒールの底が何かを踏みつける音がした。足元をよく見ると、地面に広がっているのは土ではない。白い――とにかく真っ白な砂粒だ。幼い頃に家族と沖縄旅行に行った時に見た星の砂に少し似ているかもしれない。

「青の世界だ」

そうミツルは言ったが、青というより白の世界の方がピッタリだと佳奈は思った。ガラス越しに見える天井は眩《まばゆ》く、とてもじゃないが今が夜だとは思えない。

「ここは並行世界の合流地点。番人以外にここの扉は開けられない」

「ミツルさんが番人ってことですか？」

「その通り」

ミツルは迷うことなく巨大な木の方に進むと、黒い扉の取っ手に手を掛けた。見れば見るほど不思議な扉だ。幹と一体化しているように見えるのに、表面には細やかな装飾がなされている。星図を思わせるデザインだ。

「この扉の先は『邂逅《かいこう》の間』だ。全ての世界から独立した空間。ここに、今からお客サンと違う世界の人間を呼び出す」

いいか？　とミツルは念押しするように茉莉へ向き合った。

「今からお客サンは一人でこの中に入る。邂逅の間には既にお客サンの望む相手がいるだろう、ソイツは邂逅の間での出来事は全て夢だと感じるようになっている。アンタは満足するまで相手と話せばいい、向こうからならアンタでも扉を開けられる。俺と助手はここでアンタの帰りを待っている」

ただし、とミツルは人さし指を立てた。

「一つだけ約束してくれ。扉の先にあるものを、絶対にこちらへ持ち帰るな。どんな些細《ささい》なものでもこちらの世界に入れてはならない。世界の理から外れてしまう」

世界の理？　なんとも物々しい響きの言葉だ。その意味を佳奈が咀嚼《そしやく》している間に、茉莉は「分かりました」と真面目な顔で頷いた。

ミツルが扉を開ける。向こう側は何も見えず、薄ぼんやりとした闇色の膜のようなものがこちらとあちらを遮断していた。真夜中に見る池の水面をそのまま戸口に張り付けたみたいだ。

「いつでも行っていいぞ」

その言葉に、茉莉がごくりと唾を呑み込んだ。恐る恐る、彼女の手が膜に触れる。それは茉莉の指先を跳ね返すことなく、進入を素直に受け入れた。茉莉の姿はそこから見えなくなり、ほどなくしてミツルは扉を閉めた。

バタン。

それが合図だったのか、足元に広がる真っ白な砂粒たちが奇妙な光を纏《まと》って揺らめき始めた。避けるように右足を上げた佳奈とは対照的に、ミツルは木の根元に座り込む。「こっから長くなるぞ」と彼は言った。

揺らめく白の砂に、おぼろげな映像が映し出される。それは徐々に明確な輪郭線を持ち始め、やがて映画のスクリーンのようにくっきりと邂逅の間の光景を再生した。

そこは、教室だった。

どこかの学校の、ごくありふれた放課後の教室。窓からは西日が差し込み、その向こう側では米粒サイズの鳥の群れが茜色の空にアクセントを添えていた。深緑色の黒板には何も書かれておらず、ずらりと並んだ机のサイドには疎《まば》らに荷物が掛かっている。その最前列の席に、一人の女性が座っていた。

長い黒髪で、目のすぐ上で切り揃えられた重めの前髪。その左目の下には、涙ぼくろがぽつんとある。濃い色のアイシャドウ、赤い口紅。小柄な体格で、脚はベージュのストッキングに包まれている。佳奈たちと同年代に思える彼女の制服姿からは、何だかアンバランスな印象を受けた。

いつからそこにいたのか、教室の前方の引き戸の前に茉莉が立っていた。ミオという呼び方からして、恐らく二人は顔見知りなのだろう。先ほどのミツルの台詞によると、ここにいるミオは、茉莉が知っている澪とは別の世界の住人だ。並行世界、と佳奈は舌の上で空想じみた言葉を転がした。

相手はブレザーにスカートという近隣高校の制服姿だが、茉莉は扉に入る前と同じ格好をしている。シャツワンピースに、海外ブランドの革製のショルダーバッグ。

名前を呼ばれ、ミオが茉莉の方に顔を向ける。切れ長の双眸《そうぼう》が、ふわりと細められた。

「あ、これ夢だ」

そうミオは言った。無邪気な笑顔だった。

「だって茉莉とこんな風に喋るとかありえないもん」

「ありえないってことはないでしょ」

「あはは、不思議。夢の中でもちゃんと会話できるんだ。とはいえアタシ、大学気に入ってるし。別に、制服をまた着たい願望とかないと思うんだけどなー。欲望が夢の中で爆発しちゃってんのかな」

ケタケタと笑う彼女の耳朶を、銀色のリングピアスが貫通している。

茉莉はミオのすぐ横の椅子を引いて、隣に座った。

「高校生ぶりだね」

「澪《みお》……」

「高校生ぶりっていうか、高二ぶり？　ってか、茉莉まだ怒ってる？」

「怒ってるって何に」

「彼氏の悪口言ったこと」

予想外の台詞だったのか、茉莉はキョトンと目を丸くした。

「悪口って？」

「ほら、あんな男やめとけって言ったじゃん。モラハラ気質だし、身体目当てのクズだよって。そしたら茉莉は――」

「アイツが浮気してたことを知って別れたんだよ」

「違う違う。アイツの子供できたって言って高校やめたんじゃん」

「子供ぉ？」

よっぽど驚いたのか、茉莉の声が裏返った。ミオは背もたれに身を預け、愉快そうに喉奥を鳴らして笑った。

「なんで自分のことでビックリしてんの」

「私、子供がいるの？」

「そうだよ。アタシはブロックされてるから情報入って来ないけどさぁ。『守りたいものができたから、夢なんて追ってらんない』ってTwitterに書いてたって他の子から聞いたよ。アタシそれ、結構ショックだったんだよねぇ」

「子供……」

想像すら難しいのか、茉莉が茫然《ぼうぜん》と呟く。別世界に住むマリは、佳奈の知っている茉莉とは全然違う人生を送っているようだ。もしかするとここにいるミオも、茉莉の知っている澪とは何かが違うのかもしれない。

制服のスカートの裾を引っ張りながら、ミオは窓の方へと顔を逸らした。

「茉莉の小説ずっと好きだったからさ。書くのやめちゃうんだなって思って」

「もしかしてあの時に手紙をくれたのって澪？　私、顧問の先生経由で受け取ったんだけど、差出人が書かれてなくて」

「手紙？」

ミオが怪訝《けげん》そうに首を捻った。茉莉が目を伏せる。

「ファンレターだよ」

「えー、送ってない」

「嘘だ」

ミオ以外ありえるはずがない。何故なら茉莉が会いたいと願った相手は、手紙の差出人なのだから。

茉莉の焦《あせ》りは映像を見ている佳奈にも手に取るように伝わってきた。だが、肝心のミオはおっとりと首を傾げている。

「んー、本当に送ってないけどなぁ。でも、いま思うと渡しておけば良かったと思ってるよ。茉莉が高校やめちゃったの、あのすぐ後だったから」

そこでようやく佳奈は気付いた。別の世界のマリは、ミオから手紙を受け取らなかったのだ。彼女は年上の彼氏との間に子供が生まれ、そして作家になる夢を諦めた。

茉莉もそのことを悟ったのだろう。口元を手で覆い、じっと何かを考えている。

「あの頃さ、茉莉ってば彼氏にのめり込んでアタシの話なんて聞く感じじゃなかったし。だから、匿名で手紙を渡すのが一番いいんじゃないかって思ったんだよね。それで、部誌に書いてあったおたよりの宛先に送ろうと思って手紙を書いて……だけど結局勇気が出なかった。アタシなんかが手紙を書いても意味ないかなって思って」

「それってこの手紙？」

ショルダーバッグから、茉莉が古ぼけた封筒を取り出す。何度も読んだのだろう、端は擦《す》り切れてしまっている。水色を基調としたシンプルな封筒だった。ミオが目を見開く。

「なんで茉莉が」

「私は受け取ったの。なんというか、ここにいるのはパラレルワールドの私なんだよ。高校もやめてないし、子供もいないし、澪とは今でも友達だよ。半年に一回くらいのペースで飲み会で会ったりするレベルの」

「はは、やっぱり変な夢だ。アタシに都合が良すぎる」

黒髪の毛先を軽く引っ張り、ミオはどこか自嘲的に目を伏せた。

「じゃ、そっちの世界だとアタシと茉莉はまだまだ友達？」

「うん、普通に友達。っていうか、私、澪が小説を読むなんて知らなかった。本の話なんかしなかったじゃん」

「だってアタシ、本なんて読まないもん。茉莉が書いた話だったから読んだだけ」

ミオの身体が徐々に傾き、やがて机へと倒れ込む。腕を枕代わりにして、彼女はちらりと茉莉を見上げた。窓から差し込む西日が、その白い頬を赤く染め上げる。

「面白かったよ。すっごく、面白かった」

満ちる影が、室内を二色に分けていた。赤と黒。明確に区切られた境界線を、茉莉は目だけで辿った。ごくん、とその喉が鳴った。

「私ね、小説を書くのやめようと思うんだ」

ミオの唇の隙間から息を呑む音が聞こえた。

「澪からの手紙、嬉しかった。でも私、本当は才能なんて無かったんだ」

「そんなことない」

「そんなことあるの。ごめんね。私みたいな奴に、あんなに素敵な言葉をくれたのに。あんなに応援してくれたのに。あんなに……あんなに私が書いたものを好きだって書いてくれたのに。ごめん。頑張れなくて、ごめん」

瞬きした拍子に、茉莉の目から涙が零れた。雫は赤い光を反射させ、影に塗りつぶされた頬の上を静かに滑り落ちていく。綺麗だ、と佳奈は思った。泣いている茉莉はとても綺麗だ。

ミオは身を起こし、背中を軽く丸めた。前屈するような気軽さで、彼女は茉莉の腕に手を伸ばす。

「分かんないな、なんで謝られてるのか」

茉莉の手首を、ミオの指先が優しく摑む。茉莉は俯いたまま、静かに嗚咽《おえつ》を漏らした。

「だって、嬉しかったのに。この手紙があれば一生小説を書いていけるって、私、あの時は本気で思ってたはずなのに。無理だった。無理だったの」

繫がったままの腕を、ミオはそっと引き寄せた。そのまま、自分よりも大きな茉莉の身体を彼女は腕を伸ばして抱き締める。

「アタシの手紙が茉莉をこんな風に追い詰めてるんだったら、やっぱり渡さなくて正解だったのかも」

「違う。渡してくれて良かった。だから悲しいの、出来が悪い自分が」

「出来が悪いなんて言い方はやめてよ、アタシは茉莉の小説、本当に面白いと思ってるんだから」

「でも、一次選考で落ちてるレベルなのに？」

「そもそもそれがよく分かんない。アタシは小説の賞がどういう仕組みかとか分かんないけど、茉莉の小説の良さが分かんないなんてその選考の方が変なんじゃない？　見る目がないっていうかさ！」

　それは、あまりに屈託のない声だった。茉莉はますます両目を潤ませ、縋《すが》りつくようにミオの肩口に目を押し付ける。

「そんな優しいこと言わないで。甘えたくなる」

「それって駄目なの？　アタシ、茉莉とこうやってまた仲良く喋れて嬉しいよ。茉莉の小説をこれからも読みたいし、茉莉ともっとお喋りしたい。あ、賞なんか気にせずさ、アタシの為に小説を書いてみるってのはどう？　感想文だっていっぱい書くよ。茉莉が望むなら、いくらでも」

「なんでそんなに……」

「だって、夢の中でくらい自分の言いたいこと言いたいもん。現実の茉莉には言えないから」

ミオの背中に、茉莉の指先が引っ掛かる。摑むというにはあまりに弱々しく、茉莉はミオのブレザーに皺を作った。

怯えたように唇を震わせ、それでも茉莉は確かに言った。

「夢でも嬉しい」

「アタシも」

そうして二人は、しばらく身を寄せ合っていた。

日が落ちて、世界が黒く塗りつぶされても。ずっと。


バタン。

扉が開けられ、そして閉まった。その瞬間、足元に広がっていた映像は途切れた。明るい温室に、ざわめきが戻って来る。自分が映像に見入っていたことに気が付いて、佳奈は鼻から息を吸い込んだ。どこか甘ったるい、水と草が入り混じった匂いがする。

青の世界へと戻ってきた茉莉の両目は泣きすぎたせいで赤く腫れ上がっていた。込み上げる嗚咽を抑えることもせず、茉莉は何度もしゃくりあげた。

佳奈は急いで彼女の元に歩み寄る。ミオとの対話は、彼女にとって起こすべき奇跡だったのだろうか。二人の邂逅を単なる夢と片付けるには時間の密度があまりに濃い。もしかしたら茉莉は戻って来たくなかったかもしれない。そんなことを、佳奈はふと思った。

「大丈夫？」

「ごめん、さっきから涙が止まらなくて」

「会えて良かった？」

「良かったよ、本当に」

目元を拭い、茉莉はぎこちなく微笑んだ。しゃんと伸びたその背筋が、彼女の強さだった。

「店主さんも、ありがとうございます」

そう礼を告げる茉莉に、ミツルは冷ややかな眼差しを寄越した。こちらが困惑してしまうくらいに場違いな態度だった。

「ミツルさん？」

思わず呼びかけた佳奈の傍《かたわ》らで、唐突に何かが崩れ落ちる音がした。顔を向けると、先ほどまで平然としていた茉莉がその場に蹲っていた。

細い喉からゼイゼイと風が通り抜ける音が漏れる。茉莉の長い十本の指が、自身の喉を掻き毟《むし》った。

「茉莉、どうしたの」

背中に手を置くが、返事はない。喉に詰まった何かを取り出そうと、茉莉は地に這いつくばったまま激しく咳き込んだ。頭の位置を少しでも下げ、気道に詰まった何かを取り除こうと必死になっている。

「自己満足の時間は終わりだ」

そう、ミツルは言い放った。しかし藻掻《もが》いている今の茉莉にその声は届いていないようだった。

佳奈は慌てて膝をつき、茉莉の背中を強く叩いた。喉に異物が詰まった時にはこうしろと高校の応急手当の授業で習ったことがある。

茉莉はゴホゴホと激しく咳き込み、やがて口から何かが吐き出された。唾液塗れのそれを、佳奈はつい最近見たことがあった。

「トゲトゲだ」

ガラス細工を思わせる、イガグリのような謎の物体。カーネリアンのようなオレンジ色をしたそれが、真っ白な地面に転がっている。

　佳奈は恐る恐る手を伸ばした。指が先端に触れた瞬間、濁流のように脳へと映像が流し込まれた。それは茉莉と佳奈が二人でこの店を訪れた映像であったり、店内で出されたハーブティーを飲んだ映像であったり、茉莉とミオとの教室での映像だったりした。

　痛みに悶絶《もんぜつ》し、茉莉はそのまま地面へ倒れ込んだ。死んだのかと肝が冷えたが、脈は正常だった。

「気を失ってる……」

「〈種〉を吐いた反動だ。じきに目が覚める」

　ミツルは動揺した様子も見せず、地面に転がるトゲトゲを観察している。

「〈種〉？」

「分かりやすく言うと、記憶の塊だ」

「こんなのに茉莉の記憶が詰まってるっていうんですか？」

「そうだ。この店にまつわる全ての記憶がな。体外に排出されると該当部分の記憶を失う」

　店にまつわる全ての記憶。それはつまり、

「このトゲトゲの中に、さっきの茉莉とミオさんの会話の記憶も入ってるってことですか？」

「そうだ。このお客サンが目を覚ました時には全部忘れてる」

「じゃ、じゃあ何のためにこんなことを？　茉莉はミオさんに会えてあんなに嬉しそうだったのに」

「最初に言ったろ」

そう言って、ミツルは右足を振り上げた。

「ここは『自己満足を売る店』だって」

彼の靴底が、ぐしゃりと〈種〉を踏みつける。美しい結晶は見るも無残に砕け、やがて色を失い始めた。砕けた欠片《かけら》は光沢を失い、白く干からび始める。その色や質感は、地面を構成する砂粒と全く同じだった。

反射的に、佳奈は悲鳴を上げていた。

「ここにあるのは、全部誰かの記憶だったものですか」

「そうだ。死骸だよ、記憶の死骸」

「ミツルさんは何のためにこんなことを。せっかく契約して、奇跡を与えても、当の客はそれを全部忘れてしまうだなんて」

「仕方ないだろ。それが番人の仕事なんだよ」

ミツルは素っ気なくそう言って、気を失った茉莉の腕を自分の肩に回した。友人を運ぼうとしているのを見て見ぬふりするのもきまりが悪く、佳奈は反対側からその身体を支えた。

ミツルが揶揄《やゆ》するように言った。

「手伝ってくれるのか」

「茉莉は私の友達ですから」

温室へと繋がる扉を抜けると、そこはもう静かな『Kassiopeia』の店内だった。驚いたことに、まだ柱時計の音が鳴り続けている。時針は十二時を指したままだった。店主の帰りを待ち侘《わ》びていた黒猫が、棚の上で欠伸をする。

「時間が進んでない……」

困惑する佳奈を余所《よそ》に、ミツルは茉莉を二人掛けソファーへと横たわらせた。

「不愉快に思ったならさっさとこの店を出たらいい。今のお客サンの中に、アンタとこの店に来た記憶は残ってない。アンタもさっさと忘れてしまえ。この店のことも、坂橋亮のことも」

「なんですか、その言い方。私、忘れるつもりはありませんから」

「面倒な奴だな。記憶なんかに固執するなよ」

呆れたと言わんばかりに、ミツルが深々と溜息を吐く。佳奈は彼を睨《にら》みつけた。

「どうしてそんなこと言うんですか」

「アンタの為を思って言ってるんだよ」

「私のことを思ってくれると言うなら、亮について知ってることを教えてください」

「嫌だ」

「何故ですか」

「それをする義理がない」

分からない。それならば、どうして彼は佳奈を助手として雇ってくれたのだろう。尋ねたかった。だが、藪蛇《やぶへび》になるのも怖かった。今の佳奈には、ミツル以外に手掛かりとなる人間がいないのだ。

「……ミツルさんは、あの〈種〉を見付けたら絶対に破壊するんですか」

「まあ、それが仕事だしな」

だとするなら、佳奈は今朝吐き出した〈種〉のことは秘密にすべきだろうか。

もしかするとあの〈種〉の中に、亮がいなくなったことに関する記憶が詰まっているのかもしれない。佳奈自身が忘れていることすら忘れている、大事な記憶が。

ミツルに破壊されてしまえば、手掛かりは一生失われる。それだけは絶対に避けなければならない。

「もしも私が助手として働き続けてたら、そういう不思議なことについてもっと教えてくれますか？」

「不思議なことって？」

「さっきの〈種〉がどうして生まれるのかとか、ミツルさんは何故それを破壊しなきゃいけないのかとか、そういうことです」

ソファーに腰掛け、ミツルは腕を組んだ。薄い瞼を下ろし、それから彼は唸《うな》るように声を発した。

「まぁ、働きが良ければ教えてやってもいい」

「なら、私も頑張ります。亮を見付けるために」

「無駄な足掻《あが》きを……」

ミツルがくしゃりと自身の前髪を握り潰す。その時、「んん」と意識を失っていた茉莉が身動《みじろ》ぎした。彼女は軽く眉間に皺を寄せ、それから勢いよく飛び起きた。

「えっ！　ここどこ！」

思ったより大きな声量に、ミツルがわざとらしく指を耳に突っ込んだ。佳奈は慌てて彼女の目を覗き込む。焦点もしっかり定まっている。体調は悪くなさそうだ。

「茉莉、気を失ってたんだよ」

「嘘」

「アンタ、友達と酒を飲みすぎて倒れてたんだ。深酒もほどほどにするんだな」

ミツルの台詞は芝居がかっていたが、混乱している茉莉は疑うことすらしないようだった。慌てて居住まいを正し、彼女は「すみません」と謝罪を何度か口にした。

「やだ、酔っ払うなんて。もー、本当にすみませんすみません迷惑かけて」

赤面する彼女に、佳奈は我慢できずに問いをぶつける。

「ねえ、茉莉。小説はまだ書く？」

「はぁ？　今はそんな話してる場合じゃないでしょ。っていうか、私、小説を書いてることまで佳奈に言ったの？　マジで酔っ払ってたなぁ」

先ほどのミツルの説明通り、茉莉は佳奈に過去を語ったことを覚えていないらしい。記憶を失う。そのことが、今更になってずしりと佳奈の胸を重くした。

「そ、そうだよ。高校生の時にファンレターをもらって嬉しかったけど、いまは小説を書くのをどうするか悩んでるって言ってた。……私、茉莉は小説を書き続けた方がいいと思う」

言い募る佳奈に、茉莉はぽかんと口を開けた。眼鏡越しに覗く瞳が、徐々に笑みの形に細められる。

「あはは」

「え、笑うところ？」

「いや、ごめんごめん。なんでかな、ずっとやめようと思ってたんだけど、今はまた書きたい気もしてるんだよね。賞とか関係なくさ」

そう告げる茉莉の表情はどこか清々《すがすが》しかった。もしかすると、記憶は無くなっても感情はどこかに残っているのかもしれない。「ご迷惑をお掛けしてすみません」とミツルに向かって会釈《えしゃく》を繰り返す茉莉を眺めながら、佳奈は自身の左胸を軽く押さえた。皮膚越しにトクトクと響く鼓動が、佳奈が生きている事実を知らせている。

「ほら、佳奈。いつまでも居座ってたら申し訳ないでしょ。帰るよ」

すっかり身支度を済ませた茉莉が、佳奈の腕を強引に引く。ミツルは軽く会釈し、「どうぞお気を付けて」と仏頂面のまま言った。もう少し愛想よくしても罰は当たらないんじゃないかと佳奈は思った。

茉莉が入り口の扉を開ける。光に引き寄せられた羽虫が、いくらか店内に入り込んだ。

「終電ギリギリだから、走らなきゃね」

そう笑いながら言う茉莉に、まだ終電に間に合うのかと佳奈は改めて驚いた。随分と長い間、この店にいたはずなのに。

「科学で解明されてないことかぁ」

ぼそりと呟いた声に、茉莉が首を捻る。

「何か言った？」

「何にも」

この日、この店で、確かに奇跡が起こった。だけどそれを知る人間は、たった二人で十分なのかもしれなかった。

第二話

# 君とは仲直りできない

*Kassiopeia*

翌朝になっても、相変わらず世界から坂橋亮は欠落したままだった。

フレームに入れた写真には、相変わらず佳奈一人だけが写っている。だけど、それでも佳奈の心は前日に比べれば落ち着いていた。『Kassiopeia』という店の存在を知ったおかげで、状況は少し進んでいると思えたからだ。本当に、少しだけだけれど。

ワンルームマンションのベッドに寝転がり、佳奈は掛布団に顔を押し付ける。表面は硬く、どこか乾いていた。そのまま腕を伸ばすと、ベッドサイドに置いてある小さな箱に指がぶつかる。デパ地下で買った少しお高めのクッキーが入っていた小箱だ。可愛いからと捨てられずにいたが、その中に今では別のものが入っている。

蓋を開け、中から青色の結晶のようなそれを取り出す。〈種〉とミツルは呼んでいた。イガグリのような大きさで、光に当てると美しく透き通っている。非常に硬いが、床にぶつけるだけで簡単に壊れてしまいそうな脆《もろ》さも感じさせる。この中には記憶が入っているらしいが、その記憶をどうやったら戻せるかをミツルは教えてくれなかった。

どうして自分はこれを吐き出したのだろう。自分が失った記憶とは、何なのだろう。

分からない。分からないことばっかりだ、と佳奈は腕をベッドに投げ出した。それでも日は昇り、新しい今日が始まる。

「佳奈は泣かない」

そう、小さく呟く。子供の頃は祖母に言われて一番嫌いな台詞だった。だけど今、佳奈はその言葉を自分に何度も言い聞かせている。亮は一体どこへいってしまったのだろう。今すぐ会いたい。本音が漏れそうになったのを、佳奈は奥歯を嚙むことでなんとか堪えた。


今日の大学の授業は二限目から始まるので、身支度にも余裕があった。眠い眼を擦りながら講義室に向かうと、既に茉莉の姿があった。「おはよ」と声を掛けると、茉莉はすぐに隣の席に置いていた自分の鞄をどけてくれた。佳奈は素直にその席に座る。

「昨日さ、マジの大失態でへこんでる」

「大失態？」

「道で酔いつぶれてたんでしょ、私。あー、酒の失敗なんて最近はしてなかったのに」

眼鏡を外し、茉莉は目頭を揉み込んでいる。やはり茉莉の記憶の中ではそうなっているのか、と佳奈は二十四時の出来事を思い返す。

茉莉は昨晩『Kassiopeia』で奇跡を体験し、その対価として店にまつわる全ての記憶を奪われた。

「本当に恥ずかしい。佳奈に作家志望だってことも言っちゃったし」

「別に恥ずかしがるようなことじゃなくない？　そうやって夢を持ってる人、私はカッコいいと思うけど」

「あー……こればっかりはね、当事者じゃないと分からないのよ」

「そうなの？」

「だって自作の小説とか詩とか、引かれたら恥ずかしいじゃん」

「でも高校生の時は文芸誌に載せてたんでしょ？」

「それはね、恥ずかしいと見せたいのせめぎ合いの結果なの。所謂、『臆病な自尊心』ってやつ」

「『山月記《さんげつき》』だ」

「次の日本文学のレポートの課題、中島敦《なかじまあつし》だって」

手の中のシャープペンシルをくるりと回し、茉莉は小さく溜息を吐いた。

「佳奈さ、昨日お世話になっちゃった店の場所覚えてる？　あのほら、花屋さんみたいなところ。店主がイケメンの」

「て、店主がイケメン……？」

「なんかシュッとしてカッコよかったじゃん。眼鏡が似合っててさ」

間違いなくミツルのことだとは思うが、茉莉が彼のことをそんな風に捉えていたとは驚きだ。

「私、菓子折りを持って今朝あの店に行こうとしたの。だけどさ、どうしても辿り着かなくて」

「菓子折りって……相変わらず茉莉は真面目だねぇ」

「こういうの、お母さんがうるさかったからね。『迷惑を掛けたらちゃんと謝りましょう。じゃないと、次に助けてもらえなくなるよ』って」

「正論だなぁ。あれ、そういえば茉莉、あの店の住所メモってたよね？　手帳に」

「メモ？」

茉莉が鞄から手帳を取り出す。パラパラと捲っているが、昨日見せてもらったページには何も書かれていない。真っ白だ。文字を書いた形跡すらそこにはない。

ミツルによって消されたのは茉莉の記憶だけじゃない。彼女が店に行った痕跡も、だ。

「書いてないよ？」

ページを見せつけるように向けてきた茉莉が、怪訝そうに首を捻った。佳奈は慌てて言い繕う。

「ごめん、記憶違いだったみたい」

「そもそも住所メモってたら確実に店に行けてるはずだしね。あ、お菓子は佳奈がもらってくれない？」

「え、なんで」

「佳奈にも迷惑かけたでしょ？　中身、焼ドーナツだから。日持ちもするし、おやつにしてよ」

はい、と差し出された紙袋は火良駅近くにあるケーキ屋さんのものだった。断るのも忍びなく、佳奈は素直にそれを受け取る。

『Kassiopeia』に行った時にミツルに渡そう。そこまで考えて、佳奈は首筋にヒヤリとするものを感じた。果たして自分は再びあの店に辿り着けるだろうか。

「こういう時に持って行くお菓子って悩むよね。和菓子の方がいいかとか色々考えたんだけどさ」

「菓子折りって発想が偉いよね。茉莉は本当にしっかりしてる」

「まぁ、佳奈よりはしっかりしてる自覚ある」

「一切否定できない」

「でしょ」

ピコン、と机に置いていた茉莉のスマートフォンが震えた。ＬＩＮＥのメッセージが届いたらしい。ロックを解除し、茉莉はすぐさま文面に目を通す。

「誰から？」

「高校二年生の時の友達。今度、仲良かった面子《メンツ》で飲み会しないかって」

「それって澪さんって子もいる？」

「澪？　いるけどなんで知ってるの？　共通の友達とかいたっけ」

首を捻る茉莉に、佳奈は脳味噌をフル回転させてなんとか誤魔化しの言葉を捻りだす。

「いやー、そういうワケじゃないんだけど気になって。えっと……あ、ほら、茉莉が酔っ払ってる時に名前を言ってたから」

「澪は普通に良い子なんだけどさ、趣味とか合わないからなー」

「本の話とかしないの？」

「あの子はそういうタイプじゃないもん。本とか全然読まないし」

笑いながらヒラヒラと手を振る茉莉に、佳奈は身を乗り出した。

「そうかもしれないけど、今度の飲み会ではその話をしてみてよ」

「なんで？」

「意外と盛り上がるかもしれないじゃん。ほら、実は趣味が合うとかそういうこともありえるし」

「まぁ、確かに。大学に行き始めてから読みだした可能性もあるか」

うんうんと納得したように頷く茉莉を見て、佳奈はひっそりと胸を撫で下ろす。『邂逅の間』でのミオとの会話は茉莉の記憶から消えているが、それでも佳奈はあの大切な言葉たちを無かったことにしたくなかった。

受け取った紙袋を握り締めながら、そっと息を吸い込む。指に力を入れたせいか、袋の先端がくしゃりと潰れた。

「ねえ、茉莉。坂橋亮って知ってる？」

二度目の問いに、茉莉はキョトンと目を丸くした。

「わかんない。もしかして芸能人の名前？　ごめんね、私テレビとかあんま見ないからさ」

返ってきた言葉には覚えがある。佳奈は目を伏せ、何事も無かったかのように首を横に振った。

「いいの、なんでもない」

危惧はどうやら杞憂《きゆう》だったらしく、『Kassiopeia』までの道程は佳奈の頭の中にしっかりと記憶されていた。火良駅の二番出口から徒歩十五分。商店街を抜け、更に住宅街を越えた先にその店は確かに存在した。

店の扉前では黒猫がくるんと丸まって寝ていた。日向が気持ちいいのか、黒の体表に日差しの白が浮き上がっている。昨日も店にいた猫だ。ミツルが飼っているのだろうか。

「おーい、猫ちゃーん」

しゃがみ込んで声を掛けると、黒猫は左目だけを開けた。満月を思わせる金色の瞳の中央には、瞳孔が縦長に伸びている。黒猫は大きく欠伸して伸びをすると、それから扉の前に座り直した。「にゃ」と短く鳴き、何か言いたげにこちらを見る。

「もしかして、開けろってこと?」

「にゃ」

「返事までしてる。賢い猫ちゃんだね」

黒猫は佳奈の足元に纏《まと》わりつき、尻尾をふるりと揺らした。取っ手に手を掛け、「すみませーん」という声と共に扉を開ける。出来た隙間から滑り込むように黒猫が店内へと潜り込んだ。

　中に足を踏み入れると、ちょうどミツルが室内に飾られた植物たちに水をやっているところだった。彼が手にしているジョウロは透明で、ガラス製だ。注ぎ口は細く長く、水の中では線香花火に似た小さな炎がぱちぱちと爆《は》ぜている。

「なんだ、来なくてよかったのに」

　顔だけをこちらに向け、ミツルは淡々とそう言った。無精ひげを剃っただけで、確かに整った顔立ちのように見える。少し長めの黒髪、重めの前髪。眼鏡越しの両目の隈《くま》はどこか不健康そうな印象を受けた。

　その左手の薬指には、相変わらず金色の指輪が光っている。

「私は助手なので、迷惑だと言われたって来ますよ。それより、茉莉から菓子折りです」

「茉莉？」

「昨日、私と一緒にいた子です。眼鏡の」

「あぁ、あのお客サンか」

　ミツルはジョウロを置くと、カウンターに置かれていたタオルで手を拭った。

「この店にもう一回来ようと思ったんだけど、辿り着けなかったって言ってました」

「あのお客サンにもうこの店は必要ないからな。何かしら理由がない限り、この店には辿り着けない」

「ってことは、ちゃんと今日こうやって店に来れた私は立派に助手として認められたってことですね」

佳奈の台詞に、ミツルは苦虫を嚙み潰したような顔をした。

「何をして欲しいですか？　なんでもやりますよ！」

「帰って欲しい」

「それ以外で」

言い返した佳奈に、ミツルは嫌みったらしく溜息を吐く。

「じゃ、そこにあるカゴの中身を拭いてくれ」

ミツルが顎でしゃくったのは、飾り棚の足元に置かれたラタン素材のカゴだった。怪獣のフィギュアや野球ボール、魚のぬいぐるみ、猫の刺繡の入ったハンカチ、エトセトラ。とにかく色々な品がごちゃごちゃに詰まっている。その中に、佳奈は見覚えのある便せんを見付けた。茉莉が対価として差し出した使い掛けのレターセットだ。透明なフィルムの表面には、「140円」と書かれた値札シールが貼られている。

「これ、茉莉の……。もしかして、ここにある商品って全部、誰かの思い出の品なんですか？」

「そうだ」

「凄い数ですね、何人の依頼を受けたらこんなに……」

並んでいるカゴは一つや二つではない。更に飾り棚に置かれた品も含めると、その数は千を優に超えていそうだ。手渡された雑巾でフィギュアを拭うと、埃《ほこり》を被っていた怪獣は鮮やかさを取り戻した。

ヒラヒラと揺れる布の動きが面白いのか、黒猫は佳奈の隣に陣取るとじっと彼女の手元を見つめている。先ほどは片目しか見えなかったけれど、右目は綺麗な青色をしていた。

「この猫ちゃん、このお店で飼ってるんですか？」

「あぁ、黒井さんのことか」

「クロイサン？」

「その猫の名前だよ。黒い猫だから黒井さん。昔からずっとこの辺りに住んでるらしくて、店にも勝手に出入りしてるんだ」

「へぇ。可愛いですね」

頭を撫でると、黒井さんはぐるぐると嬉しそうに目を細めた。人懐っこい猫だ。

「この店のドアプレート、猫型ですよね。猫が好きなんですか？」

「あれは先代の趣味だな」

「先代の方がいるんですか」

「まぁ、俺がやりたくてやってる店でないことは確かだ」

撫でるのをやめると、黒井さんは不服そうに「にゃ」と鳴いた。「ごめんね」と言いながら、佳奈は商品磨きを再開した。雑多に詰め込まれた商品には全て、黄色の値札シールが貼りつけられていた。

「この値段って、ミツルさんが決めてるんですか？」

「いや、店が決めてる」

「どういうことです？」

ミツルはソファーに座ると、テーブルの上に猫耳の生えた達磨を置いた。アメリカンショートヘアの柄《がら》をしていて、青い目は片方が空いたままだ。

「これは昨日受け取った対価なんだが」

「昨日？　茉莉の前にってことですか？」

佳奈の指摘に、ミツルは片眉の端を器用に上げた。

「あー……まぁ、そうだな。この世界では、前だと言える」

「わざと難しい表現にしてます？」

「そういうつもりじゃない。ただ、この店は全ての並行世界と繋がってるから、どの世界にいるかによって時間が変わるんだ。アンタがいる間は、この店はアンタの生きてる世界だけと繋がってる。せっかくだから『現在世界』とでも呼ぼうか。アンタがこの店にいる間、別世界の人間とばったり遭遇することもない。世界Aと世界Bは交わらない」

「ややこしいですね。つまり、ミツルさんは現在世界以外の人ともこの店でやり取りしてるってワケですか」

昨日の茉莉の例で考えると自分の頭も少しは受け入れやすくなるだろうか。現在世界で生きる澪と、別世界で生きるミオ。昨日、茉莉はミオと邂逅の間で言葉を交わした。しかし、佳奈がミオとこの店で会うことはない。現在世界にいるのはミオではなく、澪だからだ。

「んー、こんなことならもっとファンタジー映画とか見ておけばよかった。頭がパンクしそう」

「並行世界なんて別に珍しいもんじゃないだろ」

「いやいや、珍しいに決まってるじゃないですか。不思議な店の店主ってドラマや映画だったら、妖怪とかモンスターとか、人外《じんがい》の生き物ってパターンが多いですよね」

「ま、俺も人間じゃないからな」

　さらりと告げられた台詞に、佳奈は雑巾を動かす手を止めた。

「それ、冗談ですよね？」

「本気だけど」

「ミツルさん、人間じゃないんですか？」

「俺は番人だ」

「番人の人《にん》は人間の人《にん》でしょう？」

「扉の番をする人型の存在って意味だ」

　ちょっとやそっとのことでは驚かない心積もりだったが、それでも動揺を隠せなかった。手から滑り落ちたフィギュアがカゴの中に落下する。

「じゃあ、ミツルさんの正体は何なんですか？　モンスター？」

「だから、番人だって言ってるだろ。そういう生き物なんだ」

「ええ……いきなりそんなこと言われても『はいそうですか』ってなんないですよ。あ、じゃあ、ミツルさんっておいくつなんですか？　まさか百歳だとか言わないですよね」

「いくつに見える？」

「んー、若くも見えるし相当な年にも見えます」

真面目に答えたのに、ミツルは呆れたように背もたれに身を預けた。天井を見上げ、彼は深く息を吐き出す。しなった喉に、喉仏が浮き上がっている。

「ジョークだよ」

「え、何がです？」

「だから、いくつに見えるって質問が」

「何でそれがジョークになるんですか？」

「解説させるのか」

「いやだって、どういう意味か分からないので」

「面倒な奴だな」

「ええ……」

面倒だと言いたいのはこちらだと言い返したかったが、ぐっと堪えた。よく考えてみると、こうして店内に二人きりになるのは今日が初めてだ。喧嘩して気まずくなりたくない。

佳奈に同情するように、黒井さんが足に擦り寄ってきて「なぁん」と鳴いた。真っ黒な毛に覆われた黒井さんの身体は、光の角度によって艶やかに光っているように見える。毛並みが綺麗なのは、黒井さんがちゃんと大事にされていることの証だろうか。

テーブルの上に置かれたままの達磨を指さし、佳奈は尋ねた。

「それで、その猫のだるまは？」

「あぁ、値段をつけるところを見せてやろうと思って」

思い出したようにそう言って、ミツルはパチンと指を鳴らした。どこかから出現した黄色の紙が、ぺたりと達磨の表面に張り付く。その瞬間、ゴム印で押したような数字が紙の上に浮き上がってきた。「１２９０円」と書かれている。

「これ、誰が買うんです？」

「普通に、客がふらっと入って来て買っていくな。ま、同じ世界線にいないと存在自体分からないから、アンタの目にはその客が映らないかもしれないが」

達磨の頭を摑み、ミツルは飾り棚にひょいと置いた。改めて棚を見ると、昨夜のラインナップからいくらか変化している。無くなった商品もあれば、新たに増えている商品もあった。

「なんだか魔法使いの店みたいですね」

「魔法ってよりは呪いだな。先代は奇跡屋なんて洒落た呼び方をしてたが」

「先代がいたってことは、番人は交代制なんですか？」

「ま、そうだな。俺も早く後継者を見付けて楽になりたい」

「引退するには若すぎるように思いますけど」

「そういう考え方はこの店じゃ意味がない。年をとるのは生き物が持つ特権だからな」

「番人は例外ってことですか」

「そういうことだ」

「うーん……」

　この店がどんな原理で動いているかを理解するのはなかなか骨が折れそうだ。思考する脳味噌を置き去りにして、佳奈は黙々と商品を拭く。無心でカゴの中身を一つずつ磨いていると、テーブルの方からゴトリと音がした。そちらに顔を向けると、トレイにティーセットが用意されている。熱を持ったハーブティーの香りがふわりと漂った。

「休憩にしよう。アンタは例のお客サンの手土産でも食べるといい」

　ミツルは二人掛けソファーに座ると偉そうに脚を組んだ。佳奈はその対面に置かれたソファーに浅く腰掛ける。ティーカップには青色の液体が満ちており、その色と同じ薔薇の花弁が浮かんでいた。底に沈んでいる、砂糖代わりの金平糖。

「ありがとうございます」

「何が？」

「その、お茶を注いでくださって」

「まぁ、無賃労働させてるからな」

　ミツルはそう言って、ティーカップを僅かに傾けた。しんと落ちた沈黙に気まずくなり、佳奈は茉莉から受け取った紙袋の中身を取り出す。小箱の焼ドーナツは六個入りで、個包装されていた。味はプレーン、シナモン、チョコレートの三種類だ。

「ミツルさんはどれを食べます？」

「俺はいらない。アンタが全部食べたらいい」

「甘いものが嫌いとか？」

「まあ、そんなところだ」

ミツルの言葉に従って、佳奈はチョコレート味の焼ドーナツを開封した。亮は甘いものが好きだったから、ミツルとはやっぱり全然違う。顔の造りは似ているのに、二人の共通点はあまりなさそうだった。

「これは仮説なんですけど」

そう切り出した佳奈に、ミツルは目線だけで続きを促した。

「もしかして、ミツルさんって私がいる現在世界とは違う世界の住人なんじゃないですか？」

「というと？」

「私、最初はミツルさんと亮が兄弟じゃないかなって思ったんです。でも、亮から兄弟がいるなんて話を聞いたことがない。だから、ミツルさんはもしかすると、亮に兄弟がいる世界の住人なんじゃないかって気がして。私の知ってる亮の兄弟じゃなくて、別の世界のリョウの兄弟というか……」

話していると自分でも頭がこんがらがってくる。図にしたらもっと簡単に説明できるだろうに、言葉にするとややこしい。

不安になった語尾を押し込めるように、佳奈は焼ドーナツに齧《かじ》り付いた。ミツルは目を細めると、挑発的な視線を送ってきた。

「だったらどうする？」

「どうするって」

「助手を辞めるか？」

透明な眼鏡のレンズ越しに、ミツルの瞳がこちらを捉える。黒い、明度の低い瞳だ。ガラス玉のように、その表面はつるりとしている。

亮の瞳はどんな風だったか。不意に、そんなことを思う。至近距離で何度も見たはずだった。なのに彼の両目の煌《きら》めきを上手く思い出せない。

「なんでそこで辞めるって発想になるんですか？　むしろ、亮の手掛かりに繋がりそうだから意地でも辞めませんよ」

「アンタは本当に恋人が好きだな」

「好きです」

鼻で嗤うミツルに、佳奈は即答した。食い気味に答えられ、ミツルは少したじろいだようだった。気まずそうに一度目を伏せ、それから佳奈のカップにハーブティーのお代わりを注ぐ。

「こっぱずかしいことを平気で言う奴だな」

わざとらしく溜息を吐くミツルに、佳奈は揃えた足先を内側に引っ込める。なんとなく、本当になんとなくだけどミツルとの距離が縮まったような気がする。

「ふふ」

思わず笑みをこぼすと、「何を笑ってるんだ」とミツルは顔をしかめた。ソファーの空いたスペースに跳び移った黒井さんが「にゃ」と一鳴きして丸くなる。その首に、首輪は嵌められていなかった。

それから佳奈は、週に三日のペースで『Kassiopeia』に通うようになった。本当は毎日通うと主張したのだが、学生生活を優先しろとミツルに一蹴《いっしゅう》されてしまったのだ。

佳奈が『Kassiopeia』で手伝えることはあまり多くはなかった。そもそも、店にほとんど客が来ない。偶《たま》に来たとしてもミツルは接客しようとせず、客の方が居心地の悪さを覚えて出て行ってしまうことが多かった。「客を選り好みするのは良くないですよ」とそれとなく言ってみたりもしたのだが、ミツルはどこ吹く風だった。

ミツルの住居はカウンター奥の扉の向こうにあり、中を見たことはないがどうやらキッチンなどが併設されているらしかった。彼はよくハーブティーを淹《い》れてくれるのだけれど、その度に扉の向こう側へと引っ込んだ。

どんな茶葉を使っているかは不明で、聞いてもはぐらかされるばかりだ。何を飲まされているかは分からないが、美味しいのは間違いない。素敵なお茶に薔薇の花弁、そして金平糖。それがミツルのいつものもてなし三点セットだった。

茶菓子用に佳奈が持参したお菓子にミツルが手を付けることはなく、結局佳奈ばかりが食べている。


「雨だな」

佳奈が店に通い出して二週間ほど経った金曜日の出来事だった。その日はあいにくの天気で、ソファーに座っていたミツルは窓の外を見遣《みや》って目を細めた。

今日の大学の授業はゼミだけだったため、佳奈は十六時には店に着いていた。四月も後半に差し掛かり、四年生たちは就職活動で忙しそうだ。

佳奈だって、将来に向けて色々と準備はしていた。卒業時には学芸員の資格をとれそうだし、就職活動サイトにも登録した。だけど、そうした行動はどこか他人事《ひとごと》じみていて、将来の自分が何をしているか具体的にイメージできない。

なんてことを、ふわふわと宙に浮かぶ熊のぬいぐるみを眺めながら思う。自分の将来よりも、目の前の怪奇現象の方がよっぽど気になる。

「ミツルさん、これはなんですか」

「あぁ、雨好きなんだ。ほっておいてやれ」

「ぬいぐるみが勝手に動いてることに対する質問なんですけど」

「別に動いたっておかしくないだろ、ぬいぐるみぐらい」

平然とそう言われ、佳奈は「はぁ」と頷くことしかできなかった。

ぬいぐるみは窓枠に座ると、外の風景をじっと眺めている。降り続ける雨粒が、外に飾られた緑を色濃くした。

その時だった、カランコロンとドアベルの音が響いたのは。

佳奈が振り返ると、近所にある中学校の制服に身を包んだ少年がそこに立っていた。ハッと息を呑んでしまうくらい綺麗な容貌をしている。来客の気配を感じ取った黒井さんは棚の一角を陣取って少年を観察していた。

彼のアップバングにセットされた黒髪からは額が露わになっている。くっきりとした二重瞼、通った鼻筋、形の良い唇。それらが全て、シャープな輪郭の中に収まっている。随分とモテそうだ、と佳奈は思った。

「ここが例の店ですか」

変声期を迎える前特有の、クリアな声だった。少年の身長は佳奈よりも高く、ミツルよりも低い。

「例の店って？」

ソファーに座ったまま、ミツルは静かに問い返した。少年が真っ直ぐにミツルを見返す。

「本当なら絶対に会えない人に会うことができる……『奇跡が起こる店』」

「奇跡なんて都合のいいもんが起こるかはともかく、会えない奴に会えるってのは合ってるよ。お茶を淹れるからそこのソファーに座ってくれ」

ミツルはそう言って、ソファーから立ち上がった。どうやら彼を正式な客人として認めたらしい。

カウンター奥へと消えていく店主の姿を見て、佳奈は慌てて少年へタオルを手渡した。

「鞄、濡れてますよ。使ってください」

「あ、すみません。お手数をお掛けして」

中学生男子らしからぬ丁寧な物言いに、佳奈は内心で感心した。革製の鞄の表面をさっと払い、少年はそのまま水滴のついたブレザーを拭った。

黙ったままというのも気まずいだろうと思い、佳奈はそれとなく無難な話題を見繕う。

「学校帰りですか？」

「七時間目まで授業があったので、そのままこの店に来たんです。ちょうど部活も休みでしたし」

「何部なんですか？」

「テニス部です。硬式の方の」

「公式？　公式じゃないものがあるんですか？」

「軟式もあります。ボールの種類が違っていて、軟式の方が柔らかいんです」

「へえ、知らなかったです。じゃあ、軟式の人たちは公式じゃないってことなんですね。大会とかないのかな」

「え？」

「ん？」

「アンタら、会話が嚙み合ってるか？」

呆れ顔のミツルが、トレイを手に扉から戻って来る。彼は二人掛け用のソファーに座ると、「お客サンも早く座って」と少年を促した。彼はタオルを手に持ったまま、素早く向かい側のソファーに座る。

佳奈は何をしていいか分からず、とりあえずミツルの後ろに立つことにした。こういう時、ドラマなどに出てくる秘書は椅子の近くで控えているイメージがある。

「座らないのか？」

不可解そうな表情でミツルがこちらを振り返る。律義に三人分のハーブティーを用意してくれたらしい。ミツルのティーカップの隣に、もう一人分のカップが置かれている。これは隣に座れということだろうかと、佳奈は恐々と二人掛けソファーの端に座る。ミツルは何も気にしていないようだった。

「お客サン、名前は？」

「笹井湊《ささいみなと》です」

「いくつ？」

「十二……中学一年生です。最近進学したばっかりで」

ミツルと湊がやり取りしている間、佳奈は間が持てなくてティーカップを持ち上げた。

赤色の薔薇の花弁が浮かぶハーブティーは花弁と同じ色をしていて、底に近付くほど仄暗い。ティースプーンで中身を掻き混ぜると、金平糖が煌めいた。味はローズヒップティーに近く、酸味が強い。

「最初にこの店の説明をする。ここは並行世界の交差点。俺ができることは、お客サンをお望みの相手に会わせることだけだ」

そう言って、ミツルは茉莉の時と同じように店のシステムについて説明した。突拍子もない話だが、湊は素直に受け入れているようだった。

「並行世界《パラレルワールド》でもなんでもいいです。俺はアイツに会いたくて」

「アイツって?」

「幼馴染《おさななじみ》です」

即答し、湊はティーカップに口を付けた。直後に顔をしかめ、「うわ」と小さく声を漏らす。愛想でガチガチにコーティングした振る舞いではない、素の反応だった。どうやら口に合わなかったらしい。

こちらの視線に気付いたのか、湊はばつが悪いのを誤魔化すように咳ばらいをした。

「すみません。慣れない味で」

「いや、いいんだ。口に合わなければ残していい」

「大丈夫です。飲みます」

そう言い張り、湊はカップの中身を口内に流し込んだ。佳奈とミツルは思わず顔を見合わせる。頑《かたく》なな態度を貫く方が子供っぽく見えるという事実は、子供の内は意外と気が付かないものだ。

　湊がカップの中身を全て飲み干したのを見計らい、ミツルが切り出す。

「それで、お客サンはどうしてその幼馴染に会いたいんだ？」

「ぶん殴ってやりたいんです」

　驚きのあまり、「えっ」と思わず声が出てしまった。湊は軽く眉間に皺を寄せる。

「俺は怒ってるんだぞって言ってやらなきゃ気が済まなくて」

「それを並行世界の人に言うんですか？　本人じゃなくて？」

　口を挟んだ佳奈に、湊は「それは……」と口を噤んだ。なんと答えるべきか逡巡している中学生を、ミツルが軽く笑い飛ばす。

「ま、そういう使い方も悪くない。現実では絶対に怒れない相手でも、並行世界の別人なら怒りを伝えられる。昔、いびられたサラリーマンが並行世界の上司に蹴りかかったこともあったな。あれは傑作だった」

「そんな使い方も許されてるんですか？」

「なんせここは『自己満足を売る店』だからな」

　どうやら佳奈が想像している以上にこの店の使用方法は多岐にわたるらしい。ミツルが背もたれに身を預けると、空気を読んだようにどこからともなく契約書が現れた。茉莉の時と同じく、奇跡に関する契約書だ。

「条件に納得したならサインをしてくれ」

「ここに書いてある対価の思い出の品っていうのはどういうものを指すんですか？」

「その相手にまつわる品で、思い入れのあるものだな」

「綺麗なものじゃなくてもいいんでしょうか？」

「構わない。お客サンがこれだと思うものを持ってきたらいい。手放すのが惜しくなったからって、品選びを妥協するなよ」

「分かりました」

真剣な顔で頷き、湊はサラサラと書面にサインをした。整った、綺麗な文字だった。

「で、助手はこのお客サンから思い出の場所で思い出話を聞き取ってくれ。そういう契約なんだ」

「そういえば、その契約を破ったらどうなるんですか？」

「別に、どうということもない。ただ、失敗するってだけだ。扉を開けても邂逅の間には繋がらず、ブラックホール行きの『どこでもドア』に早変わりする。あとはレアケースだが、会いたいと思い浮かべてるヤツが何らかの事情で絶対に会えない存在だった場合も、同じように失敗するな。ま、闇と対面するのがお望みなら失敗するのを止めはしないが」

「……ミツルさん、ドラえもんを知ってるんですね」

「アンタは俺を何だと思ってるんだよ」

ミツルがむっと唇を尖らせる。ファンタジー世界の住民も国民的アニメを知っているらしい。「いや、ちょっと意外で」と佳奈が言い訳しているのを余所に、湊の視線は別のところへ移っていた。

「あのぬいぐるみ、ほらほらくんですよね」

そう言って、湊が窓枠に座るぬいぐるみを指さす。アイボリーカラーの熊のぬいぐるみは白いTシャツの上からデニム生地のオーバーオールを着ていた。

「ほらほらくん？」

「火良遊園地のマスコットキャラクターですよ。行ったことないですか？」

湊が言っているのは、火良地区にある地域密着型の小さな遊園地のことだ。スマートフォンで検索すると、すぐに公式サイトが出て来た。年季の入った木製ジェットコースターが有名らしい。

近所ではあるが、佳奈は一度も行ったことがない。そういえば一年程前、茉莉に行こうと誘われた記憶がある。あの時は確か、雨のせいで結局中止になったのだ。

「俺の思い出の場所、あそこの遊園地なんです。遠足の時に、太一《たいち》と同じグループになって」

「もしかして、幼馴染って男の子？」

「そうです。木村《きむら》太一って同い年の男で……」

何を思い出したのか、湊の言葉は不自然に途切れた。ぬいぐるみは窓枠から動かず、じっと窓の外を眺め続けている。ここ最近は晴れの日が多かったが、今日からは雨が続くらしい。だとすると、あのぬいぐるみはしばらく窓から離れないのだろうか。

黙り込んだ湊に痺《しび》れを切らしたのか、ミツルは眉根を寄せた。

「じゃ、明日は助手とお客サンでその遊園地に行ってくれ。助手はそこでお客サンの話を聞くこと」

「あの、私はいいですけど、中学生に遊園地代を出させるのはお小遣い的に厳しくないですか？」

「俺は大丈夫です。お年玉を貯金してるので」

「だそうだ。アンタこそ、金は大丈夫なのか？」

「流石に遊園地に行くぐらいのお金はあります。大学生なので」

とはいえ、その資金源は両親からの仕送りだ。中学生の前であまり胸を張れたものじゃない。

「あとは来店のタイミングだが、明日の二十四時前で頼む」

「私はいいですけど、湊君を二十四時にこの店に来させるのは無理がありませんか？　まだ未成年ですよ」

「いえ、俺は大丈夫です。家はこっそり抜け出せばいいですし」

語気を強める湊の口調には、どこか虚勢じみたものを感じた。中学一年生なんて、ついこの間まで小学生だ。夜中に外出させるだなんて気が咎《とが》める。

考え直すように佳奈はミツルを見遣ったが、彼にはそんなつもりが一切ないようだった。

「そんなに心配ならアンタが家までお客サンを迎えに行けばいいだろ」

「夜道を歩くのは私だって危険ですよ。ミツルさんが迎えに行くべきじゃないですか？」

「あ、じゃあ俺がお姉さんを迎えに行きます」

「中学生にそんなことさせられないですよ。ねえ、ミツルさん」

「これは決定事項だ」

「俺は夜でも一人で大丈夫ですから、迎えは必要ないですよ」

「本人もそう言ってる」

「あー、もう。分かりましたよ。ったく、どっちが子供なんだか」

悪態を吐《つ》く佳奈から、ミツルはふいと顔を背《そむ》ける。

「明日は昼の十二時に駅集合でお願いします」と約束を取り付ける湊は中学生とは思えないほどにしっかりしていた。そんな彼が殴りたいと思う幼馴染とは、一体どんな人間なのだろうか。想像しようと試みたが、幼馴染がいない佳奈には少しばかり難しかった。


翌日も天気は雨だった。雫がビニール傘にぶつかる度に、ばつんばつんと雨音が弾ける。ブーツ型のレインシューズで浅い水たまりをわざと踏みつけると、水面に映っていた街並みが大きく歪んだ。

「すみません、お待たせして」

駅の出口から駆けて来た湊は、グレーのパーカーにデニムパンツというシンプルな格好をしていた。派手な服装ではないのに周囲の注目を集めているのは、彼の見目が整っているせいかもしれない。背負ったリュックサックは黒色で、学生に流行りのスポーツブランドのロゴマークが隅に小さく描かれている。

「全然待ってないよ、大丈夫」

「そう言ってもらえるとホッとします。すみません、緊張していて」

湊ははにかむように笑ったが、佳奈の目にはそれすら計算されたものに映った。湊は多分、己の見せ方を熟知している。

「今日は雨だから遊園地は空いてそうだね」

佳奈の言葉に、湊は「ですね」と頷いた。プッシュ式の傘を広げ、彼は空を見上げる。

「知り合いにお姉さんと一緒にいるところを見られたら、勘違いされるかも」

「勘違いって？」

「年上の彼女とか」

フハッと噴き出した佳奈に、「可能性はあるでしょう」と湊は澄ました顔で言った。隣に並んで歩き出すと、彼はさりげなく車道側のポジションを取る。中学生にもかかわらず随分とスマートだ。

「湊君、モテるでしょう？」

「そんなことないですよ」

「恋人とかいるの？」

「いません、太一のせいで」

たいち。そう発音する彼の声は、僅かな剣呑さを帯びる。甘ったるさの欠片もない、真夜中の孤独を凝縮したような声。

　単なる友達ではなかったんだろうな、と佳奈はなんとなく察する。湊は空々しい笑みを浮かべた。

「まぁ、そもそも俺は恋人なんて欲しいとも思ってないですしね。告白されることは珍しくないですし、付き合おうと思ったらいつでも付き合えますけど」

「やっぱりモテるんだね。何がその幼馴染のせいなの？」

「何がとは？」

「太一君のせいで恋人がいないって、さっき言ってたから」

　佳奈の指摘に湊は一度足を止めた。彼の足元を彩る真っ白なスニーカーは、雨のせいで斑《まだら》模様になっていた。

「お姉さんには幼馴染がいますか？　小さい頃から……それこそ、物心ついた時から一緒にいる相手、みたいな」

「いないなぁ。今でも仲が良いのは小学生以降の友達だし」

「俺と太一は親同士が友達だったんです。家も近所だし、幼稚園も同じだし」

「本当にずっと一緒だったんだね」

　佳奈の言葉に、湊の目が一瞬だけ得意げに光った。それを掻き消すように、彼はわざとらしく顔をしかめる。

「一緒にいるのが当然みたいな空気だったので」

「兄弟みたいな感じかな」

「さあ、どうでしょう。ただ、もし俺たちが兄弟だとしたら、俺が兄です。太一は手の掛かる弟って感じで」

亮とミツルはどういう関係だったのだろうか、とふと思う。もしも二人が兄弟だったとしたら、どちらが兄でどちらが弟だったのだろう。佳奈は一人っ子だから、兄弟という存在を完璧には理解できない。

「あ、着きましたね」

湊が指さした先には、『ようこそ！ 火良遊園地へ』と書かれたプレートが飾られていた。鉄製の門の周囲に人は疎らで、混雑していないことは明らかだった。

二人は当日券を買い、ゲートをくぐった。通路を通る幼い子供たちはレインコートを着てはしゃいでいる。目が覚めるような鮮やかな黄色が、水の張った地面に映っていた。

赤、青、黒、緑。広げられた傘の花が薄暗い園内に彩りを添えている。

「お姉さんは何のアトラクションが好きですか？」

「メリーゴーラウンドとか観覧車とか。湊君は何が好き？」

「俺は……」

案内板の前で足を止め、湊は古ぼけたマップを見つめた。色褪《いろあ》せたマップからはかなりの年季が窺える。噴水前公園のショーと書かれた案内の下には、『※雨天中止』とシンプルなお知らせが貼られていた。

「ジェットコースターが好きなんです、本当は」

　そう言って、湊は少し困ったように目を細めた。湿りを含んだパーカーの袖を手で払い、彼は溜息交じりに告げる。

「太一は心臓が弱かったんです、昔から。だから俺の母親は『太一君と一緒にいてあげてね』って言ってました。それで、俺が太一の面倒を見ることが当たり前みたいになってたんです」

「太一君はどんな子だったの？」

「馬鹿なヤツでした。いつもニコニコしてて、皆から馬鹿にされても気付かない。『湊がいれば平気だ』って大真面目な顔で言うんです。林間学習も、修学旅行も、俺はいつも太一と同じ班にさせられた」

　傘の柄《え》に絡んだ彼の指に、力が入ったのが見て取れた。傾いた傘の動きに合わせ、雨がひとところに集まってざっと地面へ流れ落ちる。

「太一はジェットコースターに乗れないんです。心臓に影響があるかもしれないって言って。だから俺は修学旅行も友達と遊びに行った時も、ジェットコースターに乗れなかった。太一に付き添わなきゃいけなかったから」

「じゃあ、今日はジェットコースターに乗ろっか」

　指さした先には、弧を描くレールがある。雨の中でもお構いなしに、客たちは悲鳴とも歓声ともつかない声を上げていた。

雨の中来場する客は少ないため、ジェットコースターの待ち時間は五分程度だった。ロープで区切られた順路を辿り、二人は高校生の集団の後ろに並ぶ。湊は「ちょっとすみません」と言い、スマートフォンを弄り始めた。どうやら友達からの連絡があったらしい。暇を持て余した佳奈は、自身のカットソーの裾を引っ張った。柔らかな生地にはいくらか水滴が染みている。

そういえば、亮に告白されたのはジェットコースターの待ち時間だった。

その日は三回目のデートで、亮と佳奈は郊外の遊園地へ遊びに行った。カフェ、映画、遊園地と順調にステップアップしていた二人のデートだが、佳奈はこの関係の行き着く先を知りたかった。

スマートフォンの検索履歴には、待ち合わせ前に調べた言葉が並んでいる。

「デート　何回目に告白　大学生」検索。

検索エンジンには質問サイトのやり取りやネット記事がずらりと並ぶ。それに目を通すと、三回目のデートで告白されることが多いらしい。つまり、今日が勝負の分かれ目だ。

亮とは既に他愛のないSNSのやり取りをする仲だったが、彼が自分にどの程度の好意を抱いているのか佳奈には判断できなかった。もしも自分が高校時代にこうした恋愛の駆け引きを経験していたら、もっと上手くやれたのかもしれない。

　絵文字のハートは使ってもいいものなのか。返信はすぐすべきなのか、それとも時間を置くべきなのか。亮からの「おはよう」なんて挨拶文にすら、佳奈はいつも振り回されている。

「仲内さんは遊園地とかよく来るの」

「友達とはたまに行くかなぁ。みんなでポップコーンとか食べて」

「何味が好きなの？」

「キャラメル」

「俺も」

　そう言って、亮はくしゃりと笑った。「後で買いに行こっか」と佳奈は言った。

　二人の会話はいつものんびりとしていた。速すぎず、遅すぎず。ペースが心地よく、佳奈はこれが相性がいいということかと思った。二人で一緒にいるとただ待つだけの時間が苦痛ではなく、むしろ楽しい。

「私、坂橋君とこうして一緒に過ごせるの、幸せだなって思うよ」

　ぽろりと本音が口から零れた。その場で固まった亮を見て、佳奈は自分が何か恥ずかしいことを口走ってしまった可能性に気が付いた。「えっと」と咄嗟に何かを言おうとするが、続きが出てこない。熱くなる頬に手の甲を押し付けると、冷えた肌の感触が食い込んだ。

俯いた佳奈の肩を、亮が摑む。

「俺さ」

喉を詰まらせたように、彼は一度唾を呑んだ。目と目が合う。摑まれた肩がやけに熱い。

「俺、」

「うん」

「俺……仲内さんのことが好きだ。付き合って欲しい」

佳奈は咄嗟に口元を手で覆った。息が震えた。

「嬉しい。私も、坂橋君のことが好きだから」

「本当に？」

「本当。本当に！」

食い気味に答えると、亮は白い歯を見せて笑った。その口から「はー」と深く安堵の息が漏れる。

「マジで嬉しい。俺、昨日緊張し過ぎてよく寝れてなくて」

「そうなの？」

「本当はもっとちゃんとした場所で告白するつもりだったんだよ。でもなんか、今しかないと思ったというか。あー、でもマジで良かった。上手くいって」

顔を赤くしたまま、亮はくしゃくしゃと髪を搔き混ぜる。その仕草にきゅんと胸が締め付けられ、佳奈は衝動的に亮の手を取った。

「これから坂橋君と恋人になるんだね」

「せっかく付き合うんだから、呼び方を変えよう。俺のことは亮でいいよ」

「じゃあ、私のことは佳奈って呼ぶ？」

「うん」

「なんか、名前を呼ぶのって緊張するね」

指先を絡め、そのまま二人は手を繋いだ。指と指が交差し、互いに強く結びつく。

「亮」

「なんだよ佳奈」

「……ふふ」

堪え切れなくなり、佳奈は笑った。釣られたように亮も笑う。嬉しさと恥ずかしさで、何だか胸の奥がくすぐったかった。


「お姉さんは恋人とかいるんですか」

投げかけられた問いに、佳奈は回想から引き戻された。湊はリュックサックのポケットにスマートフォンを仕舞い込むと、「大学生だとそういう方が多いのかなって」と言い訳のような言葉を付け加えた。

「いるよ。でも、今は会うのが難しくなっちゃって」

「遠距離恋愛ですか」

「んー、そういうワケじゃないんだけどね。急に会うのが難しくなって」

「フラれたんですか」

直球の台詞に息が止まる。言い過ぎたと思ったのか、湊は「すみません」とすぐに謝罪の言葉を口にした。

「色々ありますよね、人生」

達観した湊の口振りに、佳奈は「そうだね」としか答えられなかった。

佳奈は別に、亮にフラれたわけじゃない。嫌われたわけでもない。ただ、忽然《こつぜん》と存在が消えただけなのだ。


ジェットコースターがゆっくりとレーンを登っていく。坂は長く、頂上に辿り着いた先を見通せない。

屋外のアトラクションのため、佳奈たちを雨から守るものは何もない。降り注ぐ雨は佳奈の頬にぶつかり、セットした髪の毛を濡らした。設置されたバーを握り締め、佳奈は足の裏に力を込める。心臓がドキドキした。もうすぐ落下することは分かる。だけど、それが厳密にいつかは分からない。

「お姉さん、もしかしてジェットコースター苦手でした？」

隣に座る湊が、こちらの顔を覗き込む。雨に濡れた彼の前髪が額に張り付いている。

「ちょっとだけね。好きだけど怖いというか」

「無理させてしまいましたか」

「今日は湊君の思い出を辿る日だから、私のことは気にしないで」

作り笑いをすると、湊は軽く顔をしかめた。バーに掛かる指先に力がこもる。

「もし太一がジェットコースターに乗ったら、同じことを言ったかもしれませんね」

「え？」

「『僕のことは気にしないで』って」

その瞬間、胃の底がひっくり返るような浮遊感が佳奈を襲った。急降下するコースターは上機嫌で乗客の身体を振り回している。激しい風に交じる雨粒は、冷たいを通り越して痛かった。ゴゴゴゴ、と鼓膜に響く風圧に目を細めながら、佳奈はそれでも前を見る。コースターは勢いのままに大きく一回転する。天地がひっくり返った時、ひと際大きな歓声が上がった。隣の湊だった。

「ははは」

宙に腕を突き出し、彼は大きく声を上げて笑う。佳奈はバーにしがみつき、連続する浮遊感に耐えていた。三半規管が揺さぶられ、上下左右の感覚が狂う。

激しい急降下は徐々に落ち着き、やがてジェットコースターは降り口へと到着した。雨と回転でぐしゃぐしゃに乱れた髪を手櫛で直しながら、佳奈はおぼつかない足取りでコースターを降りる。

「大丈夫ですか？」

先に降りていた湊が心配そうにこちらの様子を窺う。水に濡れた彼の肌は瑞々《みずみず》しさを増していた。

佳奈はすっかり湿った自分の服を見下ろす。カットソーは水を弾く素材だったから、下着が透けることはほとんどない。それに、透けたとしてもブラとキャミソールが一体化しているインナーだから問題はなかった。

「全然大丈夫。湊君、随分楽しそうだったね」

「それは……太一がいないとこんな気分なんだなって」

「思いっ切り楽しめた？」

「というより、己のどうしようもなさを思い知らされたというか」

どこか吹っ切れたようにそう言って、湊は出口に向かう方向を指さした。彼の指先は綺麗だ。爪にはやすりが掛けられており、ピカピカしている。

「タオル、買いに行きましょうか。濡れちゃいましたし」

「そうだね。湊君は身体冷えてない？」

「そこまでは。むしろ、雨の中でジェットコースターに乗れてテンションが上がりました。なんかカッコいいというか」

そこまで言って、湊はハッとしたように口元を手で押さえた。「どうしたの？」と佳奈が尋ねると、彼は咳払いをした。その耳が少し赤い。

「いや、なんというか、ガキっぽいことを言ってしまったなって思いまして」

「ええ？　そんな風には思わなかったけど」

「お姉さん、中学生はまだまだ子供だよって顔してますよ」

「そんなこと思ってないって」

そう口にしながらも、心のどこかで湊を庇護対象として見ている自分を佳奈は否定できなかった。二十歳を超えた佳奈からすると、十二歳なんてほんの子供だ。思春期かつ反抗期。どれだけ大人びた振る舞いをしていても、その奥にある不安定な内面が垣間見える。

「俺、早く大人になりたいんです」

ショップに向かいながら、湊はそう切り出した。

「偉いね。私が湊君くらいの年の頃はずっと子供のままでいたかったけど」

「でも、子供だと自己決定権がないじゃないですか。俺は早く自分でなんでも決められる人間になりたいんです。誰にも馬鹿にされない大学に行って、馬鹿にされない会社に就職して。いっぱい稼いで、恋人も作って――」

それで、と湊が目を伏せる。傘のビニール越しに、雨の音がよく聞こえた。

「太一のことを忘れたい」

乾いた声が、力なく濡れた地面へと転がった。タイルを覆う水の膜には、ぼんやりとイルミネーションの光が映り込んでいる。遠目には綺麗だった。近くで見ても綺麗かもしれない。だけど湊はそれに目もくれず、水面をスニーカーの底で踏みつけた。

「それなのに並行世界のタイチ君には会いたいの？」

「会ったら踏ん切りがつくかと思うんです。今抱えてるモヤモヤを晴らせるんじゃないかって」

傘をさしたまま、湊は器用にリュックサックの片側のショルダーストラップを外した。くるりとリュックサックを正面に回し、キーホルダーと思われるほらほらくんのぬいぐるみを二つ取り出した。

随分と昔に買ったものなのだろう、ぬいぐるみはどちらも黒ずんでいた。耳の端は汚れているし、着ているオーバーオールはところどころほつれている。

「これが思い出の品です。俺と太一の」

「かなり年季が入ってるね」

「小三の時に家族で一緒に来て、それで買ったやつです。太一、すごく喜んでいて。いつもお揃いで付けさせられていたんです」

「お揃いで？」

だとするなら、ここにキーホルダーが二つあるのはおかしい。佳奈の問いの意図を汲んでいるだろうに、湊は答えをはぐらかした。

「太一、小学生の時は運動禁止だったんですよ。心臓が弱いから、何が起こるか分からないって理由で。だけど、中学生になったら様子を見つつなら運動してもいいよってお医者さんに言われたらしくて。それで部活に入る許可を得たんです」

湊はそこで目を伏せた。恐ろしいほどに長い睫毛に、水滴が薄く纏わりついている。

「喧嘩したんです、俺。太一と」

ぶん殴ってやると言うくらいだ、そうであることは察していた。リュックサックを抱き締めるように抱え、湊は唇を震わせた。

「中学の入学式で、俺の母と太一のお母さんは一緒にいて。俺、中学に上がったらテニス部に入るつもりだったんです。だけど太一はサッカー部に入りたいって言い出して。それを聞いてた俺の母が、『太一君だけだと心配だから、アンタも太一君と一緒の部活に入ればいいじゃない』って俺に言って来たんですよね。それが俺、どうしても許せなかったんです」

彼が息を吸う音が、雨音に吸い込まれた。傘の表面を伝い、雨は滴《したた》り落ち続けている。

「なんでいっつも太一ばっかり、って。俺、太一がいるところで言いました。俺は太一の面倒を見るために生きてるんじゃないって。だって、本当にそう思ってたから。俺はジェットコースターに乗りたかった。テニス部に入りたかった。それをただ、口にしただけなのに」

「それで、太一君はなんて言ったの？」

「アイツはただ、『分かった』って。『ごめん』って。そうやって、太一はいつも自分が可哀想なヤツみたいに振る舞うんです。それで俺が悪役になる」

「もしもそれが本当なら、別の世界のタイチ君よりもこの世界の太一君と話すべきなんじゃないかな。湊君に本当に必要なのは太一君を忘れることじゃない気がするけど」

「それは……」

 湊は唇を軽く噛み、俯いた。正論を言い過ぎたかと思い、佳奈は慌ててフォローの言葉を付け加える。

「あ、でも、話してスッキリするならそれはそれで必要な行動だと思うよ。ただほら、せっかくずっと一緒にいるなら、本人に直接伝えた方がいいんじゃないかなって」

「だって、そんなことを考えたって意味ないですもん」

「どうして？」

「この世界の太一は絶対に俺に会ってくれない。俺だって別に、本当は太一を……」

声がしぼみ、湊は顔を隠すように右手で両目を覆った。押し黙った湊の背を、佳奈はそっと撫でるように叩く。

「やっぱりタオルが必要だね。買いに行こう」

「すみません。今の俺、すげぇ子供っぽいですよね」

「子供っぽいことが悪いことだとは思わないよ」

「そう思うのは、お姉さんが大人だからですよ」

「ふふ、背伸びした効果があったかな」

悪戯っぽい微笑みに見えるよう、佳奈は意図的に口角を上げる。湊はリュックサックを背負いなおすと、弱々しさを押し隠すように得意の完璧な愛想笑いを浮かべてみせた。

その日の晩、二十三時三十分に佳奈と湊は駅前で落ち合った。雨は止み、水に濡れた道路を街灯が照らしている。伸びる光の線が半端なところで途切れていた。

「家族に秘密で出て来たの？」

「はい。こっそり勝手口から」

湊は上下ともにジャージを着ていた。黒色で、胸元にスポーツブランドのロゴが入っている。佳奈の視線に気付いたのか、湊は「よく部活で着てるやつです」とズボンの生地を引っ張った。

「湊君が警察に見つかったら補導されるかもね」

「その時は姉弟でコンビニに行くところだって言いましょう」

そんな相談までしていたが、結局警察に遭遇することなく二人は『Kassiopeia』に到着した。窓から漏れる明かりが、外に飾られた植物の上で光の筋を作っている。

玄関の扉を開けると、ミツルはいつも通り二人掛けソファーに寝転がっていた。ドアベルの音に、彼はゆっくりと身を起こす。

「ギリギリだったな。二十四時を過ぎるかと思った」

「過ぎたらどうなるんですか？」

「契約破棄とみなされ、この店に来られなくなる」

「来られなくなる？　出禁にされるということですか？」

首を傾げた湊に、ミツルはゆっくりと首を左右に振った。

「そのままの意味だ。だがまぁ、この店に来て契約を結ぶような奴が遅刻することはない。来なきゃいけないからこそ、最初にこの店に辿り着けるんだ」

そこでミツルはテーブルに置かれた宝箱の蓋を叩いた。茉莉の時と同じ箱だ。

「対価を」

「これです」

湊が差し出したのは、昼間に遊園地で佳奈に見せてくれた二つのキーホルダーだった。使い込まれていると一目で分かるそれらを、ミツルは箱の中へと収める。

「確かに受け取った。それじゃあ、時間もないからさっさと行くか」

立ち上がったミツルは店奥へと進んでいく。湊は困惑したようにこちらを見たが、佳奈が後に続くように促すと慎重な足取りで前進した。植物コーナーを通り過ぎ、ミツルがその奥にある扉に手を掛ける。

ボーン、ボーン。柱時計が二十四時の到来を告げる。ミツルは躊躇いなく扉を開けた。

そして、世界は真っ白な光に包まれた。

「な、なんですかここ」

唐突に目の前に現れた温室に、湊が困惑の声を上げる。ガラスに覆われた温室の天井を見上げると、燦々《さんさん》と眩い日が差し込んでいる。熱帯雨林を思わせる巨大な葉をした植物が、三人を歓迎するように身を揺らした。

今日の温室は、雨に濡れた後のように水の匂いが強い。靴底が地面を蹴るのに合わせて、じゃりじゃりと砂が動く音がした。

「ここは青の世界だ」

眼鏡を拭いながらミツルが答える。

「今からお客サンはあの扉の中に入る。そしたらお客サンが望む相手がそこに待っているだろう。『邂逅の間』にいるのは、お客サンが会いたいと望む相手だ。まぁ、並行世界の、だが」

「俺が知ってる太一と扉の向こうにいるタイチは厳密には別人ってことですね」

「その通り。相手にとって、この邂逅の間での出来事は単なる夢としか認識されない。だからまぁ、好きなようにやればいい」

「はい」

「ただし一つだけ約束して欲しい。扉の先にあるものを、何一つとして持ち帰るな」

「持ち帰ったらどうなるんですか」

「世界の理《ことわり》から外れる」

ミツルと対峙する湊の喉が、動揺したように上下した。彼は拳を握り締めると、それからニコリと目を弧に細めた。整った顔立ちに相応しい、完璧な微笑だ。

「分かりました、約束しますよ」

「ならいい」

温室の中央には、巨大な木がそびえている。実物は見たことがないけれど、『星の王子さま』に出てくるバオバブの木って多分、こういう見た目なんだと思う。幹が太く、伸びる枝は多い。流星の尾を思わせる鋭い葉が地面には散らばっていた。

幹に埋まった扉をミツルが開ける。

「いつでもどうぞ」

湊は躊躇うことなく、向こう側へと足を踏み出した。

彼の背中が見えなくなったところで扉が閉まる。その途端、真っ白な砂で覆われた地面が映画のスクリーンのように映像を映し出した。ミツルは木の根元に座り込み、片膝を立てた。

「アンタも座って見ればいい」

「この映像ってどういう原理なんですか？」

「さあな。こうなってるからこうなるんだ」

「なんの説明にもなってないですよ」

佳奈は肩を竦め、それからおずおずとミツルの近くに腰を下ろした。二人の間には人一人が入れるだけのスペースが空いている。

「お客サンが会いたいって言ってた幼馴染はアレか」

地面に映る映像を眺めながら、まるでドラマの感想のような呟きをミツルは漏らす。佳奈は両膝を抱え込むと、扉の先の世界へと意識を集中させた。

湊が入ったそこは、プレハブ小屋のようだった。窓からはグラウンドが見える。狭い室内の壁にはサッカー選手のポスターが貼られ、ラックにはサッカーボールが詰め込まれている。並ぶロッカーにはそれぞれの名前が書かれており、白いホワイトボードには申し訳程度の練習メニューと、両目をかっぴらいた猫の落書きがされていた。『吉田《よしだ》に彼女が出来たなんて……』とよれよれの吹き出しがその口元から伸びている。

ここは、学校のサッカー部の部室だろう。

立ち尽くす湊の視線をなぞるように目を動かすと、奥に設置されたベンチに辿り着く。高い窓から差し込む光を背に、少年がひとり脚を揃えて座っていた。小柄で、可愛らしい印象を受ける少年だ。きっと彼がタイチだろう、そう佳奈はすぐに確信した。

同い年の湊と比べて、その成長は明らかに遅かった。ユニフォームであろう半ズボンから伸びる脚は華奢《きゃしゃ》で、膝までを覆う靴下をもってしてもその線の細さは隠せていなかった。日の光に透けて、柔らかな髪は茶色を帯びている。彼は細い睫毛を大きく揺らし、伏せていた目を湊へと向けた。色彩の薄い、向日葵《ひまわり》を思わせる茶色の虹彩。

「湊だ」

へにゃっと、タイチは相好を崩した。甘えを滲ませた声がその唇から零れる。湊は微動だにしなかった。会ったらぶん殴ってやると宣言していた彼は、目を見開いたままその場で硬直している。ハッハッと浅い呼吸が湊の肩を僅かに上下させた。

タイチは立ち上がり、湊の腕に軽く触れる。とても気安い、喧嘩の名残など感じさせせない仕草だった。

「夢にまで湊を見るなんて、僕、よっぽどはしゃいでるのかな」

表情からここまで好意を垂れ流している人間を、佳奈は初めて見た。生気に満ちた両目が、上向きの唇が、僅かに紅潮した頰が、好意と信頼を全身から溢れさせている。

「部活なんて初めてだったから緊張したけどさ、なんとかなって良かったよ。お母さんもほっとしてた」

一方的に捲《まく》し立てるタイチに返事一つせず、湊は静かに腕を伸ばした。震える指先が、タイチの二の腕を摑む。タイチは抵抗しなかった。引き寄せるように、湊がタイチを抱き締める。

「湊？」

両腕に閉じ込められタイチは怪訝そうに湊の名を呼んだ。ますます湊の腕に力がこもる。

「苦しいよ」とタイチが笑い交じりに言う。子供をあやすような、穏やかな声だった。

湊が息を吸う。その唇が、戦慄《わなな》いた。

「俺は、お前を許してない！」

縋るような、怯えるような表情で、湊はタイチの肩に額を押し付けた。「俺は！」と湊は口を開き、しかしそこからは掠れた呼吸音しか続かなかった。「俺は、」ともう一度同じ言葉を湊は繰り返す。タイチは目を伏せ、その後頭部に手を伸ばした。

「僕、何かしちゃったの？」

子供らしさの残る小さな指が、湊の黒髪を優しく梳く。しばらくの間、二人はピタリとくっついたままだった。

奥歯を噛み締め、湊がゆっくりと顔を上げる。両腕からタイチを解放し、彼は真っ直ぐに幼馴染を見据えた。

整った顔が、くしゃりと歪む。

「……なんで勝手に死んだんだよ」

悲痛な声だった。思わず耳を塞《ふさ》ぎたくなるような、心臓が激しく揺さぶられる声。

湊の台詞に、タイチはキョトンと目を丸くした。彼はパチパチと瞬きを繰り返すと、それから優しく微笑んだ。

「僕は死んでないよ。ちゃんとここにいるでしょ」

「……俺の太一は死んだんだ。俺は、太一が死んだ世界から来たんだ」

「ふうん？」

信じているのかいないのか、タイチはベンチへと座り直した。脚を伸ばし、彼はその爪先を見つめる。

「病気で死んだの？　そっちの僕は」

「いや、交通事故だ」

「あぁ……そっか。そういう死因もありえるんだね。僕、自分が死ぬなら絶対に病気が原因だって思い込んでた」

「俺も」

湊は力なく頷く。二人の会話を聞きながら、佳奈は今日の遊園地での会話を脳内で反芻《はんすう》していた。

なんて残酷なことをあの時言ってしまったのだろう。ちゃんと会って話すべきだなんて。そうすることを最も望んでいたのは、湊自身だっただろうに。

「ごめんね、そっちの僕が湊に悲しい思いをさせちゃって」

「謝るなよ。お前が悪いワケじゃないのに」

「でも、どの世界の僕も湊を傷付けたくないと思う。湊には幸せになって欲しいし」

眉尻を下げ、タイチはどこか困ったように笑った。湊は彼の元に歩み寄ると、その手首を掴んだ。

「そう思うなら、一緒に来てくれ。俺と一緒に生きてくれよ」

「それは……」

「喧嘩したまま終わるだなんて、そんなの許せるワケないだろ」

「喧嘩？」

タイチが不思議そうに首を傾げる。「僕と湊が？」と彼は交互に自分と相手を指さした。

「入学式で喧嘩しただろう」

「でも、アレは湊が悪いんじゃない。僕に対して周りの大人が過保護だったせいだよ。あの時だって、僕、湊に悪いことしてたんだなって反省したんだ。それで、謝らなきゃと思ってさ」

「そうだ。お前は俺の家に一人で来ようとしてて、それで事故に――」

「でも、僕が湊の家に行く前に、湊が僕のところに戻って来てくれたんだ」

ハッと湊が息を呑んだ。それに気付かず、タイチは穏やかな笑みを湛えたまま言葉を続ける。

「湊、一緒にサッカー部に入るって言ってくれたんだ。僕は周りの子より運動させてもらえないけど、それでもボールを蹴ったんだ、湊と一緒に。嬉しかった」

目を見開いたまま、湊が呻《うめ》くように言葉を漏らす。

「それが、分岐点だったのか」

佳奈は絶句した。

そこにいるタイチは、湊がサッカー部に入ると選択した世界のタイチだ。

湊がテニス部を選ばなければタイチは今もこうして生きていた。可能性などという生温《なまぬる》いものではなく、己の選択の結果が湊の眼前にこうして突き付けられている。

なんて残酷なんだろう。存在するもうひとつの世界が、ああすれば良かったと悔やむ心を真っ向から串刺しにする。湊がテニス部に入りたいという気持ちだって、尊重されるべきはずなのに。

こんな奇跡は、湊を傷付けるだけじゃないか。

「太一」

湊が名を呼ぶ。摑んだ手首を離さないまま、彼は無理やりにタイチの腕を引っ張った。大股で歩を進め、彼は扉へと向かっている。

「まずいな」

そう呟いたのは、映像を佳奈の隣で見ていたミツルだった。

「連れてくる気だ」

その声は湊を窘《たしな》め、彼を心配しているように聞こえる。だけど彼の黒い瞳の奥では、得体の知れない光が蠢《うごめ》いていた。緊張を堪えるように、ミツルが口端を舌で舐《な》める。

その様は、湊がそうすることを待ち望んでいるように佳奈には見えた。

「太一、俺と来い」

湊が扉を開ける。向こう側からもこちら側からも、扉の先は膜に阻《はば》まれてよく見えない。佳奈は自分の足元に広がる映像をじっと見つめる。タイチは動こうとしなかった。

「おいっ」

湊が声を荒らげた。境界が曖昧になった好意と執着が、その声にべたりと張り付いている。

タイチは空いている方の手で、自分の手首を摑んだままの湊の手の甲をそっと撫でた。気性の荒い動物を宥《なだ》めるような、優しい手つきだった。虚を衝《つ》かれたように、湊の手から力が抜ける。拘束から解放され、タイチの腕がするりと下がった。

「気持ちは嬉しいよ。でも、ごめんね。僕は行けない」

「どうして」

タイチは笑った。慈愛に満ち溢れた、美しい笑みだった。

「だって、君は僕の湊じゃない」

タイチの小さな手が、ドンと湊の胸を突く。体勢を崩し、湊は扉のこちら側に尻もちをついた。部室から温室へ。湊の体軀は膜を通り過ぎ、向こう側から締め出された。茫然としている湊の前で、扉は無情にも閉められた。

「おい、太一！　待てよ」

取っ手を摑み、湊は何度も扉を引き開けようとした。だが、扉は開かなかった。

奇跡は既に起こり、そして二度は起こらない。

扉に縋りついていた湊は、そのまま地面へ崩れ落ちた。「くそ、くそ」と何度も悪態を吐き、白い地面を拳で殴りつける。その姿はあまりにも痛ましく、佳奈は掛ける言葉が見つからなかった。

思い出の品として湊から差し出された二人分のキーホルダー。

あれは、本来ならば片方は太一が持っているべきはずなのだ。湊がそれを所持していたのは、事故によって太一が亡くなったせいなのだろうか。だとするなら、湊はどんな思いであの品を持ち続けていたのだろう。

嗚咽を漏らし続ける湊の傍に歩み寄ったのはミツルだった。泣き崩れる少年を冷ややかに見下ろし、ミツルは温度の無い声で言った。

目元を擦り、湊はミツルを睨みつける。

「助けられたって、どこが」

「お客サン、相手をこっちに連れてくるつもりだっただろう。危うく理から外れるところだった。どういう意図であれ、あの子がお客サンを守ってくれたんだよ」

「別に俺は守られたくなんてなかった！」

立ち上がった湊は勢いのままにミツルに掴みかかろうとした。「湊君！」と思わず佳奈は制止の声を上げたが、すぐにその必要がないことに気が付いた。湊が激しく咳き込み始めたからだ。

身体をくの字に曲げ、湊は胸を掻き毟る。息苦しそうな声を漏らしながら、やがて湊は真っ赤なトゲトゲの結晶を吐き出した。血を思わせる、深紅色の石だった。

ミツルは慣れた仕草で、〈種〉を踏み潰す。トゲトゲとした形状はすぐさま壊れ、小さな破片へと変化した。

ルビーのような美しさは消え去り、それは白い砂粒となって辺りへと散らばった。

湊の方を見ると、痛みのせいで気絶していた。額に滲んだ脂汗が、顔の輪郭を伝って黒髪へと吸い込まれる。その長い睫毛はぐっしょりと涙で濡れていた。

「可哀想ですよ」

「助けられたな」

呟いた佳奈に、ミツルは静かに頭を振った。

「憐《あわ》れむ方が失礼だ」

「でも、まだ子供なのに」

「子供か大人かなんて関係ないだろ。別れは年齢を問わないんだから」

ミツルは倒れている湊の腕を肩に回すと、その身体を無理やり起こした。佳奈はその反対側から支える。湊の身体は燃えるように熱かった。

「さっきの会話も湊君は忘れてしまうんでしょうか」

足裏に砂粒の感触が食い込む。蓄積された、多くの人々の記憶の死骸。

「忘れた方がいいこともあるさ」

そう言って、ミツルは店へと繋がる扉を開けた。敷居を跨《また》ぐと、柱時計は二十四時の到来を告げたままだった。


ソファーに寝かせていた湊が目を覚ましたのは、それから三十分ほど経ってからだった。湊は薄く目を開け、寝ぼけた顔で周囲を見回し、それから再び瞼を閉じた。その数秒後、我に返ったように彼はソファーから跳ね起きた。寄り添うようにソファー下で眠っていた黒井さんが、驚いて「にゃにゃ」と鳴いた。

「ここ、どこだ」

キョロキョロと周囲を見回す湊に、観葉植物に水を遣っていたミツルが「起きたか」とジョウロを動かす手を止めた。ソファーに座っていた佳奈は、湊の身体からずり落ちたブランケットを拾い上げる。

ミツルはジョウロをカウンターに置くと、こちらへと歩み寄ってきた。

「非行少年、さっさと家に帰れ」

「非行少年って俺ですか」

「アンタ以外に誰がいるんだ。いくら反抗期だからって、真夜中に人の店の前で寝るのは良くないと思うぞ」

「ええ？　俺がそんなことを……」

記憶がないせいだろう、湊はうんうんと首を捻っている。その目元は赤く腫れていた。

「ご迷惑をおかけして申し訳ないです」

確信はないのに律義に謝るところが湊らしい。

「まぁまぁ。思春期だからそういうこともありますよ」

佳奈のフォローに、湊は恐縮した様子で「すみません」と頭を下げた。他人行儀な距離感に、彼の中には既に佳奈の記憶がないことを実感する。

「ミツルさん、この子にお茶をついであげてくれませんか？　今から帰るとしても冷えますよ」

「いえ、お気遣いなく。むしろ早く帰らないとご迷惑ですよね」

「子供が遠慮しなくていい」

ミツルはそう言って、カウンター奥の扉に消えていった。ソファーに座ったまま、湊は少し気まずそうに居住まいを正している。所在なく彷徨《さまよ》っていた彼の視線が、窓枠に座っているぬいぐるみの上で止まった。

「ほらほらくんですね」

「好きなの？」

「俺は興味ないんですけど、幼馴染が好きだったんです」

懐かしむように、湊の目が微かに細められる。黒のジャージの生地を握り締め、彼は吐き出す息に嘘を交ぜた。

「俺はソイツのことどうでもいいと思ってるんですけどね」

「そうなんだ。せっかくの幼馴染なのに？」

「一緒にいる時間が長かっただけですよ」

湊はそう言って、唇を軽く嚙んだ。佳奈はソファーの背もたれに身を預ける。柔らかな感触に、それだけで少し安心した。

「ほら、できたぞ」

カウンター奥の扉が開くと、甘酸っぱい香りが店内に広がった。ミツルはティーセットの載ったトレイをテーブルの上に置くと、当然といった態度で佳奈の隣に腰掛けた。透明なグラスに、真っ赤なハーブティーが注がれる。

「あ、そういえばお茶菓子もありましたね」

佳奈は棚にしまっていたマドレーヌ入りの箱を湊へ差し出した。佳奈が持ってきたものの、ミツルがいっこうに手を付けてくれない品だ。

「色々とすみません、ありがとうございます」

湊はそう言って、個包装の包みを開けるとお菓子に齧り付いた。

「ミツルさんもどうですか？」

「俺は茶だけでいい」

「私は遠慮なく食べますからね」

「夜中に食うと太るぞ」

「失敬ですね」

オレンジ味のマドレーヌを取り出し、佳奈は口いっぱいに頬張る。酸味の強いハーブティーとは相性が良く、飲み込むと鼻腔《びこう》をオレンジの余韻がくすぐった。

「すっぱ」

ハーブティーを口に含んだ湊が、思わずといった様子で呟いた。失言と気付いたのか、彼は慌てて口を押さえる。

「あ、すみません。不慣れな味で」

「口に合わなかったら飲まなくていい」

「いえ、不味《まず》いというワケではなく……どこかで飲んだことがあるような気がするんです」

温かなグラスを両手で包み込むようにして持ち、湊はゆっくりと息を吐いた。その瞼が閉じられる。縁に押し出され、溜まっていた涙がほろりと落ちた。

未成年をいつまでも店に留めておくわけにもいかず、湊は佳奈が送っていくことになった。それに大反対したのは湊本人だった。

「俺が家に着いた後はお姉さんは一人で夜道を歩くことになりますよね？　危ないですよ」

「大丈夫大丈夫、大人だから」

笑う佳奈に、湊はなおも不服そうな顔をしていた。咎めるように、形の良い両目をミツルの方へと向ける。

「何かあったら後悔するのはお兄さんですよ」

「アンタが言うと重みがあるな」

「俺のことなんて何も知らないでしょう」

「見た目の印象さ。しっかりしてそうな顔をしてる」

軽くあしらい、ミツルは佳奈と湊の背を押した。敷居を越えた二人を、ミツルは店内から見送ろうとしている。その足先は、決して外界との境界線を越えようとしない。

「ありがとうございました」

礼儀正しく頭を下げる湊に、ミツルは「気を付けて帰れ」と追い払うように手を振った。

そのまま閉まりそうになった扉に、佳奈は反射的に足を突っ込んでいた。ミツルが目を丸くする。

「どうした、悪徳セールスマンみたいなことをして」

「いえちょっと……君、少し待っててもらっていい？」

「勿論です。あんな恋人、怒って当然だと思いますよ」

「いや、恋人じゃないんだけどね」

中学生くらいの子は男女が二人いるとすぐにくっつけたがるから困ってしまう。まぁ、佳奈にも中学時代、教師たちを勝手にカップリングしようとしていた記憶はあるのだが。

湊が店前でスマートフォンを弄りながら待ってくれているのを確認し、佳奈は店内に入って扉を閉めた。黒井さんはカウンターの上で眠そうに欠伸をしている。

顔をしかめ、ミツルは店へと戻って来た佳奈を警戒するように見下ろした。

「何をやってるんだ？　お客サンを待たせるな」

「その前に一つ、確認したいことがあります」

ミツルの肩越しに、走り続ける鉄道模型が見える。レールは複雑に交差しているが、列車は絶対に交わらない。

「これは推測なんですけど、ミツルさんは世界の理から外れたんじゃないんですか。邂逅の間から何かを持ち出して」

「……」

「ずっと不思議に思ってたんです。ミツルさんがお茶以外を口にしているところを見たことがないですし、食べ物を外に買いに行ってる様子もない。もしかしてミツルさんは……この店から、出られないんじゃないですか？」

ミツルは口を噤んでいたが、やがて自嘲じみた笑みを浮かべた。その指先が眼鏡のフレームを軽く押さえる。

「だとしたら？」

「だとしたらって……」

こちらから話題を切り出した癖に、佳奈は何と言っていいか分からなかった。責めるようなことではない。だけど、それを平然と受け入れるのもまたおかしいことのような気がした。

押し黙った佳奈の背をミツルが押す。存外、優しい手つきだった。

「俺のことはいい。それより、あの子を送って行ってやってくれ。今、一人にするのは忍びない」

そこにあったのは、傷付いた大人の横顔だった。惜しげもなく晒《さら》された弱さに、佳奈は自身の心臓がきゅっと強く締め付けられるのを感じた。守ってやりたい、助けてやりたい。そう思わせる声だった。

「送ってやれなくて悪い」

唐突に告げられた謝罪に、佳奈は「いいんです」と首を横に振った。傷を暴《あば》いてしまったことへの罪悪感が、佳奈の舌をもつれさせた。

ミツルが扉を開くと、生温い夜風が店内へと吹き込んだ。雨雲の去った後の夜空は澄んでいて、一つ一つの星がくっきりと見て取れる。

仄かな明るさを目印に、佳奈は店の敷居を越えた。スマホを弄っていた湊が顔を上げる。

「ごめんね、待たせちゃって」

「大丈夫です。こちらこそ送っていただいてすみません」

「気にしなくて大丈夫だから」

二人の会話を遮断するように、背後からミツルが扉を閉める音が響く。後ろ髪を引かれるように湊はちらりと振り返ったが、佳奈は絶対に振り向いたりはしなかった。

第三話

# 拝啓　大好きな恋人様

Kassiopeia

窓から店内を覗き込み、佳奈は後悔した。

ガラス越しにミツルの黒髪が見える。眼鏡のレンズの向こう側に存在する夜色の瞳が、感傷を含んだ光で滲んでいた。彼は独りだ。その足元に伸びる影は、孤独の気配を漂わせている。

あの日、ミツルが店の外に出られないことを知ってから、佳奈は彼のことを気にしてばかりだ。彼に友達はいないのだろうか。家族は。恋人は。あの店にずっと一人きりだなんて、そんなのは寂しすぎる。

握り締めていた拳を開いて自身の手をじっと見つめる。手の平では薄い皺が縦横無尽に駆け巡り、交錯している。中指の付け根から伸びる運命線は途中で二つに分かれていた。

「佳奈?」

窓の向こう側で、ミツルが名を口にする。その瞬間、目の前にいるのが本物のミツルでないことに佳奈は気付いた。

これは夢だ。

そう認識した瞬間、世界が歪んだ。遠い意識の外側から聞こえる、スマートフォンのアラーム音。

伸ばした手が、ゴンとベッドサイドにぶつかった。手の甲に走った痛みに微睡《まどろ》んでいた意識が覚醒する。欠伸をした拍子に生理的に浮かんだ涙の粒がころりと頬を滑り落ちた。窓の外からは雨音が聞こえている。低気圧のせいで目覚めの気分は最悪だった。

「んん」

梅雨になり、ここ最近はずっと雨続きだ。亮がいなくなってから、かれこれ二か月近くが経つ。異常は日常になり、次第に違和感が薄れていく。大切な人の存在の欠落に慣れつつある自分が恐ろしかった。

寝転がったまま、佳奈はベッドサイドに置かれた小箱を手繰《たぐ》り寄せる。蓋を取ると、中から青い〈種〉が現れた。親指と人さし指で挟み、蛍光灯の光に翳してみる。ドクンドクン。皮膚越しに感じた拍動に息を呑む。思わず身を起こし、佳奈はもう一度手の中のそれを観察してみた。

何だか、最初の頃に比べてサイズが大きくなっているような気がする。トゲトゲした、ガラス細工を思わせる質感。その中央部分はぷくりと膨らんでおり、これは芸術作品です！　と言い張られたら納得しそうな形をしている。

ミツルは〈種〉を破壊することが自分の仕事だと言っていた。だとするなら、やはりコイツの存在をミツルに話すべきなのだろう。

頭では分かっているのだ、頭では。

「でもなぁ」

未練がましい言葉が口から溢れる。〈種〉の中には、当人が忘れている記憶が詰まっている。これまで『Kassiopeia』に来ていた客たちがそうだ。〈種〉をミツルに破壊され、店に関する記憶を奪われた。

では、この中に入っている記憶とは何なのだろう。自分の知らないところで自分の知らない記憶が無くなってしまうなんてまっぴらごめんだ。ここに亮への手掛かりがあるかもしれないのに。

箱に収まり切らなくなりつつある〈種〉を、佳奈は無理やり中へ押し込む。もう少し、もう少しだけ。誰に向かってでもない言い訳を、佳奈は口内で繰り返した。


店に通い始めて二か月ともなると、助手という役回りにも慣れてきた。ミツルに何も言われなくとも掃除は完璧にこなせるし、最近では店の前に置かれた観葉植物の世話もしている。

「ミツルさんって店の外に出られないんですよね？　私が来る前は外の花の手入れはどうしてたんですか」

泥で汚れた扉を拭き、佳奈は店内へと戻る。普段ならば西日が眩しい時間帯だが、雨のおかげでどこか薄暗い。外気に満ちる濃い水の匂いが室内にまで紛れ込んでいる。

二人掛けソファーに寝転がったミツルは新聞を退屈そうに捲っていた。その膝の上では黒井さんが腹を曝《さら》け出して仰向けで眠っている。夢を見ているのか、時折その髭がぴくぴく震えた。

「別に。手入れなんかしなくても勝手に咲く」

「勝手に咲くワケないですよ。花も植え替えられてますし」

クレマチス、アガパンサス、紫陽花《アジサイ》、クチナシ、ポーチュラカ。土を入れたブリキのバケツやプランター、店前の花壇に植えられた花たちはどれも生き生きと咲き乱れている。外観を彩る植物の種類は日々変化しており、店の印象を大きく変える。

「そもそもあれは俺が植えたもんじゃない。引き継いだ時にはああなってたんだ。多分、この店を始めた人間が植物を育てるのが好きだったんだろ。俺が何もしなくても、店の外の植物は客がいる時間軸に相応しいものに勝手に変わる。アンタのいる現在世界では六月だから外の植物も六月にピッタリのモンになってるが、別の客がいる世界では二月なこともある。その場合、その客の目には二月に相応しい植物が生えてるように見える」

「んん？　だとすると、私とそのお客さんで見えてる植物が違うってことですか？」

「そうなるが、考えても意味のないケースだな。前にも言ったが、アンタがこの店で会う客はアンタと同じ現在世界に住んでる人間だ。契約して奇跡を起こさない限り、他の世界の人間に会うことはない。俺はどの世界の客とも会うが」

並行世界の話になるといつも頭がこんがらがりそうになるが、それでも助手としての経験を重ねるうちに少しは理解できるようになってきた。

つまり、佳奈がこれまで出会ってきた客は佳奈と同じ世界に住んでいる人間なのだろう。そして扉の番人という仕事は、そうした世界の線引きを飛び越える役割を担っている。

現在世界の佳奈がいるということは、他の世界には言ってみれば佳奈Bや佳奈Cがいるということだ。分岐した選択の先にいる自分を想像するのは難しい。

佳奈にとって、仲内佳奈はこの世で一人だ。

「ミツルさんがどの世界の人とも会えるのは何故なんですか？」

「俺は番人だからな。ほら、ここに指輪があるだろ」

ミツルはそう言って、自身の左手の薬指を翳すようにひらりと振った。その付け根には金色のリングが嵌められている。

これは、切り込んでもいいのだろうか。知るのが怖くて先延ばしにし続けてきた、彼の左手の薬指の秘密について。

「それって、結婚指輪じゃないんですか」

「まさか」

普通の発想なはずなのに、何故かミツルは少し傷付いた顔をした。

「これは番人の証だ。俺が自分の意思でつけてるワケじゃない。気付いた時にはついてて、外れなくなった」

「そんな不思議なこと、あります？」

「この店で不思議じゃないことの方が少ないだろ」

「た、確かに。じゃあミツルさんは結婚してないんですか」

「してない」

なーんだ。そう安心しそうになり、佳奈は慌てて自分を戒《いまし》めた。ミツルが既婚者かどうかなんて自分には関係ないことなはずなのに。

後ろめたさを誤魔化そうと、佳奈は慌てて話題を変えた。

「そういえば、店の中にある花は季節感関係ないですよね。いつもミツルさんが世話をしていますけど、あの花もどの世界にいるかで変わるんですか？」

「いや、あっちは売り物だからな。あんまり季節は関係ない。基本的には夢を見た客に奇跡を与えるのがウチの店の役割だが、そういうこととは関係なしに普通に花を売ったりもしてる。ふらっと入って来た客が花を買って行くこともあるし」

「へえ、花屋さんみたいなこともしてるんですね。その割に普段の接客態度は悪いですけど」

「別にそうでもないだろ。あれぐらい普通だ」

「絶対普通じゃないと思いますけどね。でも、花を買いたくなる気持ちは分かるかも。ミツルさんの育てる花って綺麗だし」

「花はいつでも需要がある。特別な贈り物だよ、どの時代でも」

そう言って起き上がると、ミツルはくるくると新聞を筒状に丸めた。目を凝らすと、隅っこに昨日の日付が書かれている。天気予報欄に描かれた太陽のマークに、佳奈は首を傾げた。

「昨日って雨でしたよね」

「これで合ってる。アンタのいる世界の新聞じゃないから」

丸めた新聞を、ミツルが再び開く。一面は今ワイドショーを賑わせている政治家の接待問題にまつわるアレコレで、その次の記事が三日ほど燃え続けている山火事についてだった。更に小さい欄には地元で起きた事件について書かれている。

行方不明だった老人が発見された。結婚式を翌日に控えていた男が元交際相手の女に刺された。溺れていた子供を救出した大学生二人組が警察に表彰された。それから、それから……。全てを追っていたらキリがないと、佳奈は意識を切り替えた。雑巾をバケツの中へ置き、ミツルの正面にあるソファーに腰掛ける。テーブルの上には相変わらずハーブティーが置かれていた。

「ミツルさんって、猫好きなんですか？」

「なんだ突然」

「いや、黒井さんのこと随分と甘やかしてるから」

ミツルの膝の上で寝転がっている黒井さんはゴロゴロと幸せそうに喉を鳴らしている。

佳奈も亮も、断然猫派だ。犬と違ってツンデレなところが良い。

「黒井さんって、この店で飼ってるワケじゃないんですよね？」

「いつの間にか住み着いたって感じだな。店の外にもフラフラ出てるから、多分野良猫なんだろうけど」

「飼っちゃわないんですか？　猫って屋内飼いの方がいいって言うじゃないですか。ここらへん、道路が狭いし。交通事故だって偶にあるし」

「もしも黒井さんがここに住まなきゃならないって事情があるなら俺も覚悟する。でも、こんな変な店に縛り付けるのはあまり気が進まない。何が黒井さんにとって望ましいことなのかも分からないしな」

「黒井さんのこと、本当に大事に思ってるんですねぇ」

「まぁ、俺に頻繁に会いに来るのはコイツぐらいだから」

「私もいるじゃないですか」

「アンタはあくまで期間限定の助手だ。どうせ坂橋亮の情報が揃ったら来なくなるだろ」

「決めつけないでくださいよ。私、この店の雰囲気好きなんですから」

　身を乗り出し、テーブルに置かれたカゴから個包装のフィナンシェを取る。佳奈が手土産として持って来る茶菓子にミツルが手を出したことは一度もない。それでも懲《こ》りずに焼き菓子や和菓子を持って来るのは、佳奈自身が食べたいからという理由も大きかった。

　近所のケーキ屋のフィナンシェはバターの風味が強い。咀嚼すると、口の中でほろほろと生地が崩れていく。

「ミツルさん、前に言ってたじゃないですか。自分は人間じゃないって」

「本当に何も食べなくて平気なんですか？」

「言ったな」

「平気だ」

「お茶以外に飲んだり食べたりしたいとは思いません？」

「特には。茶だって別に、好きで飲んでるワケじゃない」

「じゃあなんで飲んでるんですか？」

「青の世界にでかい木が生えてるだろう。あれは、『始まりの木』って名前がついてる」

「あのバオバブの木みたいなやつのことですか」

思わず店の奥にある扉を見遣る。あの扉の向こう側には、温室のような空間が広がっている。

「俺はあの葉を定期的に摂取しなきゃなんないんだよ。だから、茶にしてる。ハーブティーにして振る舞うってのが店の伝統だって先代は言ってたな」

「薔薇の花弁はなんでいれてるんですか？」

「それはまぁ、趣味だな」

「趣味？」

「ただ茶を作ってるだけだと飽きるだろ。だから、茶の色に合わせた花弁をいれてる」

「へぇ」

意外と普通な理由だった。ハーブティーの注がれたティーカップを見下ろすと、器の内側に薄い花弁が貼りついている。

二つ目のフィナンシェの封を開けながら、佳奈は「そういえば」と口を開いた。

「さっき、駅で湊君に会ったんです」

「誰だソレ」

「ほら、幼馴染に会いたいって言ってた子ですよ」

「あぁ、あのお客サンな」

佳奈の前を、ほらほらくんのキーホルダーがふわふわと漂う。宙に浮かぶ二つのキーホルダーは、最近ではぬいぐるみと共に窓枠に並んで座っていることが多い。物が空を飛ぶことにはもう慣れた。そんなことで驚いていては、この店でやっていけない。

「全国大会を目指して頑張ってるって言ってました。テニスが楽しいんですって」

電車から降りてホームを歩いていると「お姉さん」と声を掛けられた。今日の夕方頃の出来事だ。近隣の中学校のジャージを身に纏った湊は、着飾っていないというのに周囲の目を引いていた。

正直に言って、湊が自分のことを覚えていたのは意外だった。遊園地に二人で一緒に行った記憶が残っているならともかく、彼にとって佳奈は大した存在ではないだろうに。

「部活の帰り？」

「そうなんです、大会が近くて」

湊は黒色のテニスバッグを背負っていた。サイドに刻まれた銀色のロゴは佳奈の知らないブランドのものだった。

「雨でも練習があるんだね」

「うちの中学、屋内練習場があるんで。お姉さんは中学の時、何部だったんですか？」

「フィールドワーク部だったなぁ」

「なんですかそれ」

「テーマを決めて、現地まで行ってそれについて見聞きして調べるって部活。お寺とか遺跡とか山とか川とか、色んなところに行けて楽しかったな」

「ウチの中学にはないですね、そんな部活は」

「私も物珍しさで入ったってだけなんだけどね。でも、意外とそれが今に繋がってるかも」

ＩＣカードをタッチし、湊が改札を通り抜ける。会話の続きはうやむやになってそのまま解散の流れかと思ったが、湊は律義に足を止めた。待ち合わせ場所として使用されている柱の前に立ち、彼は首を軽く傾げる。

「今に繋がってるっていうのは？」

まさか掘り下げられるとは思っておらず、佳奈は少し狼狽えた。中学生相手に自分のことを語っていると、気を抜くと押しつけがましくなってしまいそうだ。

「私、大学で学芸員の資格をとろうとしてるの。将来は博物館とか美術館とかで働きたくて」

「へぇ、お姉さんに似合いそうですね」

「そうかな」

目を伏せ、佳奈は曖昧に笑う。高校生の頃から学芸員になりたいと思っていた。だけど大学生になって、就職するのは狭き門であることを知った。

給与。福利厚生。年間休日。幼い頃、将来の夢を思い描く時にそんな条件はくっついてこなかった。だけど今、仕事とは夢ではなく、すぐそこにある現実を指す。

亮は佳奈が学芸員になることを応援してくれていた。彼は出版社に就職したいと話していた。児童書に携わる仕事をしたいのだという。もしも亮が東京で就職するなら、佳奈も地元に帰らず東京で職を探すべきだろうか。遠距離恋愛になるなら一緒に住もうか、なんてあの頃は漠然とした未来予想図を二人で描いていたのに。

「あの、お姉さんに聞きたいことがあるんですけど」

片腕を擦りながら、湊が歯切れ悪く口を開く。亮のことを思い出していた佳奈は、そこで我に返った。

「聞きたいことって？」

「俺、あの日、キーホルダーを店で落としてませんでした？　火良遊園地のマスコットキャラの」

「ほらほらくん？」

「そうです。それです」

コクコクと頷く湊に、佳奈は反射的に口を手で押さえていた。湊がわざわざ呼び掛けて来た本当の理由は、もしかしてこれだったのかもしれない。

「うーん、ごめんね。落としてないと思うよ。店では見てないから」

自分の口が滑らかに動き、嘘を吐く。湊は対価としてあのキーホルダーを差し出した。たとえ彼自身が忘れていようと、その事実が変わることはない。

「そうですか」

平静を装っているが、彼の眼差しからは落胆が見て取れた。もしかすると店を後にしたあの日から湊はキーホルダーを捜し続けているのかもしれない。

見つかるはずのない、幼馴染との思い出の品を。

片腕を擦る湊の手に、ぎゅっと力が込められたのが分かった。ジャージに深く刻まれた皺に、浅く影が溜まっている。

「ならいいんです。すみません、お時間をとらせてしまって」

「こちらこそ、力になれなくてごめんね」

それから幾らか社交辞令的な言葉を交わし、二人は別れた。中学一年生にしては背の高い後ろ姿が大人の波に紛れて見えなくなるのを、佳奈は静かに見守っていた。

「もしあの時、湊君が別世界のタイチ君を現在世界に引っ張り込んでいたらどうなってたんですか」

　再び二人掛けソファーで肘をついて寝そべっている店主に、佳奈は純粋な疑問をぶつけた。フィナンシェの欠片が喉に張り付いて咳き込みそうになり、佳奈は慌ててトートバッグからペットボトルを取り出す。近くの自販機で買ったウーロン茶だ。

「世界の理《ことわり》からはみ出して、おかしくなってただろうな」

「そもそもその世界の理ってなんなんですか？」

「さあ」

「さあって」

　無責任な物言いに、つい視線が鋭くなる。ミツルは親指で黒縁眼鏡のフレームを軽く押し上げた。

「確かに存在してるってことは分かるんだ。だけど、言葉で説明するのは難しい」

「そんな曖昧なことってありえます？」

「アンタだって、なんで生きてるんですかって聞かれても困るだろ？　心臓が動いているだとか息をしているとかっていうのは生きている状態を指すだけで、生きていることそのものの説明にはならない。命とは何か、なんて誰も知らない。それと同じさ」

　納得できるような、できないような。ジーンズに包まれた両脚を交差させ、ぎゅっと力を込める。ふくらはぎとすねがぶつかり、骨の感触がじんわりと伝わる。

　沈みそうな思考を頭を振って追いやり、佳奈はソファーから立ち上がった。新しい雑巾を取り出し、ラタン素材のカゴの中にある品物をいつものように拭いていく。

ミツルは何も言わない。眠ったのかもしれないし、窓越しに雨を眺めているのかもしれない。

二人でいる時の沈黙を気まずく思わなくなったのはいつからだっただろう。商品を手早く磨き、再びカゴの中へと戻す。同じ作業の繰り返しだが、カゴの中身は日によって増えたり減ったりしている。

「あ」

佳奈が手を止めたのは、カゴの中に数冊の本を見付けたからだった。サン＝テグジュペリの『星の王子さま』。アンデルセンの『絵のない絵本』。オスカー・ワイルドの『幸福な王子』。どれも古い文庫本で、黄色のラベルには「100円」と書かれていた。

「この店、古本屋も始めたんですか？」

「始めてない。三冊とも同じ客からの対価だ」

「カゴにいれてたらぐちゃぐちゃになっちゃいません？」

「じゃあテキトーに棚に置いといてくれ」

その指示に従い、佳奈は飾り棚の端に本を並べた。三冊とも読んだことはあるが、細かい内容までは記憶にない。特に『幸福な王子』は幼い頃に絵本で読んで以来だ。

パラパラと『幸福な王子』のページを捲ると、表題作の他に八編の童話が収録されていた。ワイルド童話集と呼んだ方が正確だろうか。

「『ナイチンゲールとばらの花』」

「え？」

　間近で声が聞こえ、佳奈は振り向こうとした。が、それよりも先に腕が伸びてきて、文庫本のページを指で開き止める。気付けば背後にミツルが立っていた。

「二話目にある話だ。十ページくらいの短い童話」

「あ、そうなんですか」

　近すぎる距離に、佳奈はたじろぐ。唾を呑み込むことすら意識してしまうのだが、ミツルは特に気にしていないらしい。後ろから伸びるミツルの腕が、佳奈の右の二の腕に当たっている。

「坂橋亮はバラが好きだった」

　唐突に出された名前に、息が止まった。こちらの動揺を察しているだろうに、ミツルは淡々と言葉を紡ぐ。

「『星の王子さま』にも出てくるだろう、赤いバラが」

　その内容なら佳奈も覚えている。

　王子さまは小さな星に住んでいて、一輪の赤いバラを育てている。星にはいつか巨大に成長して星を割ってしまうバオバブの芽も生えている。ある日、王子さまはバラと喧嘩し、別の星へと旅に出る。そして、王子さまは地球に辿り着き、バラの群生を見付ける。特別だと信じていたバラがありふれたものだと知って、王子さまは落胆する。

「キツネが言うんだよ。バラがありふれているかどうかなんて本当は関係がない。赤いバラが王子さまにとってかけがえのないものになったのは、王子さまがそれにたくさん時間を掛けたからだ、ってさ」

「費やした時間が、ありふれたものを特別にする……」

前に亮から言われた台詞だ。ミツルが軽く息を吐く。それは単なる呼吸のようにも、溜息のようにも聞こえた。

彼の細い指が文庫本のページを捲る。ぺらり、と乾いた紙の音が店内に響き渡った。

「『ナイチンゲールとばらの花』は、赤いバラを探し求める恋に夢中な男の為に、小鳥が奮闘する話だよ」

佳奈は文面に目を通す。『幸福な王子』で有名なオスカー・ワイルドはアイルランド出身の作家だ。

『赤いばらを持ってきてくださったら踊ってあげましょうと、あのひとは、言ったんだ』

童話は、そんな若い学生の叫びから始まる。

学生は明晩の舞踏会に女を誘いたいがために赤いバラを欲しているのだが、時期が悪いせいで見つからない。

小鳥であるナイチンゲールは日々、恋について歌っていた。しかしナイチンゲール自身は恋とは何かを知らなかった。そんな時に悲嘆に暮れる学生を見て、ナイチンゲールは彼の恋を成就させてやりたくなった。そのためには、赤いバラが必要だ！

　ナイチンゲールは赤いバラを探し求め、やっとのことでバラの木へ辿り着く。しかし、霜と嵐のせいで今年は花が無いという。

『赤いばらがほしければ、月明りのなかで音楽からそれを作りだして、あんた自身の胸の血でもって染めなければいけない』

　そう告げるバラの木に対し、ナイチンゲールは言い返す。

『恋は命にもまさるものです、それに人間の心臓にくらべたら、小鳥の心臓などなんでしょう？』

　そしてバラの木の言葉通り、ナイチンゲールは夜通し歌い続けた。棘は心臓を突き刺し、ナイチンゲールの小さな体を痛みが貫いた。それでもナイチンゲールは歌うことをやめなかった。

　生み出された青白いバラは徐々にピンクになり、やがて深紅に染まった。そして望み通りバラが手に入った頃には、ナイチンゲールは絶命していた。

　翌日の昼になり、赤いバラを見つけた学生は大喜びで女の元へ向かった。しかし女は既に金持ちの男から宝石を受け取っており、赤いバラには目もくれなかった。学生の恋は成就しなかったのである。

『恋なんて、なんとばかばかしいものなんだ』

　そう言い捨てて、学生はその場から歩き去ってしまう。学生が投げ捨てたバラはどぶに落ち、荷車に轢かれてしまった。

読み終わり、佳奈は深々と息を吐いた。誰も報われないヘビーな話だった。

「ミツルさん、この話が好きなんですか」

「好きってワケじゃない。ただ、現実もこんなもんだろうとは思う」

「と、いうと？」

「勝手な自己犠牲は報われない結果を招くってことだな。バラを捨てた学生は何も悪くない。コイツはナイチンゲールの存在も、赤いバラがどのように生み出されたかも知らないんだから。ナイチンゲールが勝手に恋を神格化し、自分が犠牲になることを選択しただけ」

鼻から息を吸い込むと、仄かに甘い香りが鼻腔をくすぐる。ハーブティーと生花の香りがミックスされた、ミツルの匂いだ。佳奈は自身の心臓がぎゅっと締め付けられるのを感じた。何故だろう、亮に抱き締められた時のことを思い出す。

「この店で、バラは売ってるんですか」

「一応な。バラはバリエーションが豊富だが、色や本数で花言葉が変わるからプレゼント用だと人気が偏《かたよ》る。赤や白がよく売れるが、俺は黄色や黒も悪くないと思う」

「黒いバラなんてあるんですか」

「青も緑もオレンジもある。珍しい花の方が値段も上がるがな」

ふっとミツルの匂いが薄れた。佳奈を包んでいた影は無くなり、ミツルの気配が遠ざかる。

佳奈は再びページを見つめた。本の中では、月明かりの下でナイチンゲールが恋について歌っていた。

「ミツルさんはどうして亮の好きな花を知ってるんですか？」

「何でだと思う？」

最近になって、ミツルには答えたくない質問には質問で返す癖があることに気が付いた。自分が踏み込むことが許される範囲。彼との間に引かれた目に見えない境界線を、佳奈は舌先で慎重に探る。

「二人が仲良しだったから、とか」

「残念ながら仲が良かったとは言えない」

「じゃあ、仲が悪かったんですか」

「そうとも言えない。だが、向こうは俺を恨んでるだろうな」

「ミツルさん、亮にひどいことしたんですか？」

ソファーの上で、ミツルが脚を組んでいる。寝るのに飽きたのか、黒井さんはソファーから退散すると陳列棚に飾られた壺に顔を突っ込んで遊んでいた。ガタ、ガタと不穏な音がするが二人は気にも留めない。

窓ガラス越しに響く雨音をＢＧＭに、ミツルは珍しく真摯《しんし》な声で言う。

「ひどいとかひどくないとか、そういうことを言う権利が俺にはない」

「どういうことですか？」

「……」

ミツルが口を噤むと、途端に会話のキャッチボールは終了する。一方的に投げた言葉のボールが、誰にも受け取られることなく床へと転がった。

垂れ流された沈黙に、佳奈は片眉の端を上げる。ずるい。そう口にしようかと思った。だけど結局、佳奈はそれ以上追及することができず、カゴの中にある品を磨き始める。もう一度ボールを投げて、無視されることが怖かった。

店内に満ちるぎこちない空気。

それを打ち破ったのは、勢いよく開いた扉が鳴らしたベルの音だった。

「ここ、『奇跡が起こる店』で合ってる？」

そう告げた女性は、夕暮れの店内には不似合いな、鮮やかな青を身に纏っていた。シルエットの美しいフォーマルワンピースは、鎖骨から袖に掛けてシースルーになっている。その肩には黒のケープが掛かっていた。カールを描く茶髪の隙間から覗く耳朶には、パールのピアスが光っている。

結婚式の帰りだと一目で分かった。女性は湿りを含んだ前髪を指先で払いながら、「雨っていやよね」と佳奈に笑い掛けた。笑った拍子に目尻に出来る皺が、彼女の成熟した印象を更に強めている。三十代前半くらいだろうか。綺麗な人だと思った。

「あの、これ使ってください」

「ありがとう、助かる」

差し出したタオルを女性が受け取る。その視線が、お行儀よく座っている黒井さんへと吸い寄せられた。

「あら可愛い猫ちゃん。ここで飼ってるの？」

「飼ってるワケじゃないみたいなんですけど、よくいるんですよ」

「雨宿りが出来る場所があって良かったわねー」

黒井さんは尻尾をふらりと揺らすと、女性から隠れるように棚の裏側へ逃げてしまった。突然の来客に驚いたのかもしれない。

そして店主であるミツルはというと、既にカウンターの奥へ引っ込んでいた。多分ハーブティーを淹れているのだろう。

女性はソファーに腰掛けると、ビーズのあしらわれたパーティーバッグを膝の上に置いた。

「貴方、お名前は？」

「仲内佳奈です」

「あら、佳奈ちゃん。良い名前ね。どういう漢字を書くの？」

「えっと、カは人偏に土を二つ書いたやつで、ナは奈良の奈です」

「素敵な綴り。佳奈ちゃんはここで働いてるの？　アルバイト？」

「そうです。大学の授業がない時はこの店に来ていて。バイトというか、助手というか」

矢継ぎ早に繰り出される質問に、佳奈は少したじろぐ。先ほどまでのミツルとの会話とは反対に、今度は相手からの送球が止まらない。

「ここ、雰囲気の良いお店よね。私も学生だったらバイトしたかったかも。あ、名乗るの忘れてたね。私の名前は鈴木《すずき》文香《ふみか》っていいます。文章の文に、香水の香で文香。二か月前まで保険の営業やってたんだけど、今は辞めちゃって転職活動中なの。だからまぁ、身も蓋もない言い方をしたら無職よね。よく言えば充電期間中」

「そうなんですか……」

「立ったままじゃ喋りにくいでしょう。座って座って」

捲し立てられる言葉に気圧されながらも、佳奈は文香の正面のソファーに座る。そうこうしている内にトレイを手にしたミツルがこちらへと戻って来た。ティーカップの縁を沿うようにして漂う湯気が、空気によって細く引き伸ばされている。

「いい香りね、サービス？」と文香が座ったまま姿勢を直す。ミツルは当然のように佳奈の隣に腰掛けると、それぞれの前にカップを置いた。

「お客サンの口に合うといいんだが」

「雨だったからちょうど身体が冷えてたの。素敵なお店ね、ここは」

うふふ、と上品な笑みをこぼし、文香がカップに口を付ける。

透き通った黄色の液体の表面には薔薇の花弁が浮かび、底には金平糖が沈んでいた。佳奈がスプーンで搔き混ぜると、イエローの海を砂糖菓子の星屑がクルクルと舞った。

「あの、文香さんは結婚式の帰りなんですか」

「そうなの。ジューンブライドとは言うけど、雨の日の結婚式なんて面倒なだけよね。ヘアセットも崩れやすいし。しかもね、今日の結婚式の引き出物が最悪で……見てこれ、新郎新婦の写真入りの皿って。いつの時代のセンスよって感じじゃない？」

　文香が手提げ袋から取り出した箱には一枚の白い平皿が入っていた。その中央にはウエディング姿の夫婦の写真がプリントされている。柔和な顔立ちの男性と小動物を思わせる小柄な女性が、幸福を嚙み締めるようにはにかみながらこちらを見ている。穏やかな雰囲気を纏う、お似合いの夫婦だった。

「こういうのは無難にカタログギフトか食べ物でいいのに」

「そういうものなんですか」

「佳奈ちゃんの年齢だとまだ結婚式とか参列したことないか。私なんてずーっとご祝儀を渡す側だから、支出が増える一方よ。これが終わったら次は出産祝いラッシュ。いつまで経ってもリターンがない」

　頰に手を添え、文香は芝居じみた仕草で溜息を吐く。彼女が目を伏せる度に、瞼に塗られたブルーのアイシャドウがピカピカと無邪気な光を放つ。目の縁は濃く、眉に近付くほど薄く。境界の無い滑らかなグラデーションが、彼女の容貌を洗練された大人に見せていた。

「アンタ、本当にお喋りだな」

ミツルが呆れたように肩を竦めた。「そう？」と文香が軽く顔を傾ける。

「むしろ貴方が無口な方なんじゃないの？　あ、お名前は？　佳奈ちゃんには自己紹介したんだけど、私は鈴木文香。文鳥の文に、香料の香で——」

「さっきのは聞こえてた」

文香の言葉を遮るように、ミツルが片手で宙を薙《な》ぐ。

「俺はここの店主だ」

「名前は？」

「そんなもん、お客サンが知る必要ないだろ」

「あら、名前は相手を知るのに必要よ。名前って、この世界に生まれて最初に貼られるレッテルでしょ？　その人が自分の名前とどういう向き合い方をしてるかを知ることができたら、それだけで相手への理解を深められる」

ミツルが睨みつけても、文香は相好を崩さない。緊張感に耐え兼ね、佳奈はティーカップの中身を口の中に流し込んだ。えぐみの強い、青臭さの残る味がした。

やがて観念したように、ミツルは渋々自分の名前を口にする。

「ミツルだ」

「漢字は？」

「これ以上はいいだろ。店でのやり取りをするだけならそんなの知る必要ない」

「確かにそうね。じゃあミツルさん、早速なんだけどこのお店について説明してもらえる？　夢の中でこの店のことを教えてもらったんだけど、まさか本当にあるとは思ってなくて。正直言うと、今もちょっと動揺してるの」

「そうは見えなかったです」

思わず素直な感想を吐露《とろ》すると、文香の両目が弧を描いた。

「あらそう？　大人になると、演技が上手くなるのかも」

「夢で招かれたってことは、アンタはこの店が認めた正式なお客だ。この店は並行世界の交差点。俺は『自己満足を売る店』と呼んでいるが」

それからミツルはいつものように店の説明を行った。奇跡を起こすには対価の品が必要なこと、望んだ相手に会うことはできるがこの世界の人間ではなく並行世界の住人に限ること。

「面白い発想ね、並行世界だなんて」

そう告げる文香の口調には、どこか冷やかしのような響きが含まれていた。これまでの客と比べて、熱量や必死さが明らかに違う気がする。

「条件に納得したなら契約書にサインをしてくれ」

ミツルがそう告げると、文香の前に一枚の契約書が現れた。奇跡に関する契約書だ。甲だの乙だのと記載されている文面に目を通し、文香は背もたれに身を預けた。

「サインしないのか？」

「普通、そう簡単に契約書にサインなんてしないものよ。連帯保証人の契約書だったら大変なことになるでしょう？　或いは、貴方が詐欺をしてる可能性だって捨てきれないし」

「この契約書は俺が出してるもんじゃなくて、店の意思で勝手に湧いて出てくるんだ。いくら俺が契約書を出したくとも、店が認めない限り出て来ることはない」

「そんなの、口では何とでも言えるじゃない。疑ってかかるのは普通だと思うけど」

「気に食わないなら帰ってもいいんだぞ」

「そんなに突っかからなくてもいいでしょう。焦ってサインをさせたがるのには何か理由が？」

「別に、スムーズに進めた方が楽ってだけだ」

「そっちの都合ってこと？」

「そうだが」

「んー、納得できない」

「はい？」

ミツルが眼鏡を掛け直す。湿気のせいで普段よりもうねっている黒髪の端を、彼はガサツに引っ張った。

「何が納得できないんだ」

「こちらにメリットがあり過ぎない？　思い出の品を渡すだけで奇跡が起こるなんて、そんな美味しい話を信じていいのかと思って」

「お客サンは得するんだからいいだろ」

「じゃあ、この店はなんの為に存在するの？　金持ちの道楽、それともボランティア？」

ミツルは眉根を寄せると、分かりやすく口をへの字に曲げた。

「ガス抜きだよ」

「ガス抜きってなんの？」

「この世界の。人間が何かに執着しすぎると、世界そのものを歪ませるんだ。そういう奴らがこの店に来て、別世界の誰かに会って、何かしらの決着をつけて現実に帰る。夢でこの店に招待される客は、放置し過ぎると世界の均衡を崩しかねない存在なんだよ。俺はただ、それを管理してるだけ」

「私、そんなに執着の強い女に見える？」

「見えるか見えないかはどうでもいい。ただ実際、お客サンにはどんな手を使ってでも会いたい相手がいるはずだ。じゃなきゃ、この店の夢を見るはずがない」

二人のやり取りを、佳奈は黙って見守っていた。これまでも『Kassiopeia』に客は何人も来ていたが、こんな風に核心に迫る人はいなかった。

もっと質問してくれないかな、と佳奈は文香の方を見遣ったが、彼女はミツルの回答にある程度満足したらしかった。

これもいつの間にかテーブルに現れたペンを手に取り、彼女はくるりとその先端を回す。

「サインはここに書けばいいの？」

「あぁ、名前だけでいい」

紙面にサラサラと書き記された字は、丸みを帯びていて可愛らしかった。大人びた見た目とのギャップに、つい好感を持ってしまう。

「対価は、その相手にまつわる一番思い入れのある物だ」

「それならこれね」

そう言って、文香は自身の左手の薬指からシルバーのリングを即座に引き抜いた。「はい」と指で摘まむようにして差し出され、佳奈は慌てて両手で受け皿を作る。無造作に佳奈の手に載せられたリングは、星屑を思わせる宝石の粒があしらわれたシンプルなデザインだった。

「対価を忘れちゃったら困るから、先に受け取っておいて。気に入ったなら佳奈ちゃんがもらってくれてもいいよ」

「あ、気に入ったというか、その」

「あぁ、値段が気になってる？　恋人からもらったものなんだけど、そんな大したものじゃないのよ。五万円くらいかな」

「いや、気になってるのは値段じゃなくて」

「そうよね、見知らぬ女のお下がりなんて嫌よね。私もネットオークションで売るかだいぶ悩んだの。だけど、やっぱり今日まではつけておこうと思って。こうして使えるならちょうどよかった」

にこりと微笑まれ、佳奈は口を軽く引き結んだ。

指輪の内側には四桁の数字が刻まれていた。多分、一年前の西暦を指している。

「じゃあ、お客サンは助手に思い出の地で思い出話を語ってくれ」

「私は今仕事してないからいつでも都合つくけど、佳奈ちゃんは大学があるんでしょう？　そんな急に予定を入れても大丈夫？」

「大丈夫です。明日は十二時まで授業なので、それ以降なら」

「じゃあ二人でデートね。私、海浜公園に行きたいの。おめかしするから、佳奈ちゃんも可愛い格好で来てね」

「可愛い格好……」

難度の高い注文に狼狽える。隣に座るミツルを見ると、彼は目を逸らして「なんでもいいだろ」とぶっきらぼうに言った。

「明日の二十四時までにこの店に来てくれ。対価は既に受け取ってるから身一つで来ればいい」

「本当にそれだけでいいの？　支払いは？」

「必要ない。この店で金もうけをしようだなんて誰も思ってないからな」

「ミツルさんは随分と立派なのね。世界の為に働くだなんて、私には絶対無理」

「別に偉いとか偉くないとかそういう問題じゃない。やらざるを得ないからやってるだけで」

「だとしても、自分の役目を果たしている人が立派なことには変わりないでしょ。若い頃は誰にでもできる仕事なんてやりたくないと思ってたけど、大人になると誰にでもできることをちゃんとやってくれる人のありがたさに気付けるようになるのよね」

言葉の後半は、ミツルに向けてというよりは独り言のようだった。文香は立ち上がると、ワンピースの裾を指先で払う。透けた青色の生地から、綺麗な鎖骨の形が浮き上がっていた。

黒のケープを羽織り、文香は足元に置いていた引き出物の入った紙袋を腕に提げた。青色のパンプスのヒールは六センチはありそうで、彼女が歩を進める度に小気味の良い音を響かせる。

「それじゃあ佳奈ちゃん、明日は駅の北改札に十六時で」

「はい、遅刻しないように気を付けます」

文香が扉を開くと、カランカランとドアベルが鳴った。軒先に置かれていた傘立てから彼女は自分の傘を手に取る。プッシュ式の透明なビニール傘は、ワンタッチで簡単に開く。一目で安物と分かるそれは、着飾った文香には不似合いだった。

透明なビニール越しに、大人の女性が微笑んでいる。

「また明日」

ひらりと手を振り、文香は店を後にした。遠ざかる背中は華奢で、佳奈が瞬きする間に薄暗い夜の空気に溶けてしまいそうだった。

一定間隔に立ち並ぶ街灯が、アスファルトで舗装された道路に幻想的な光を落とす。軒先に吊るされたハンギングプランツの鉢からは蔦《つた》が溢れ、そこに小ぶりな葉がぶら下がっている。滴り落ちる水の粒が、薄い葉脈に沿って滑り落ちた。

「何ぼーっとしてるんだ？」

いつまでも立ち尽くしたままの佳奈を不審に思ったのだろう、ミツルがこちらへと歩み寄って来る。ペタペタと近付く足音に、佳奈は慌てて扉を閉めた。

「すみません、外の様子を見てただけです」

「ふーん」

ミツルは佳奈まであと三歩ほどの位置で足を止め、煩わしそうに黒髪をくしゃくしゃと掻き混ぜた。皺だらけのコットンシャツは、二番目のボタンが取れそうになっている。

「そういえば、さっきの指輪を渡してくれ。箱にしまわないと」

「あっ」

右の手の平に食い込む金属の感触で、指輪をずっと握ったままであったことに気付く。

この指輪を、文香は左手の薬指から引き抜いた。ということは、これは婚約指輪なのだろうか。

「どうした。対価が欲しくなったか」

「そういうワケじゃないんですけど、文香さんはどういう気持ちでこの指輪を私に渡したのかなと思って」

佳奈はミツルの脇をすり抜けてソファーへと移動した。先ほどまで文香が座っていたソファーに腰掛けると、甘ったるいチュベローズの残り香がした。

溜息を吐き、ミツルは佳奈の正面にあるソファーに座る。テーブルの上には三人分のティーカップが残されている。文香が口を付けたカップの縁には、うっすらと口紅の赤が浮かび上がっていた。

「あの、ずっと言えなかったんですけど」

「なんだ」

「私、初めて来た時、この店に見覚えがあったんです」

「アンタの記憶違いじゃないのか？」

「それは……」

絶対にありえない、そう断言するにはあまりに日数が経ち過ぎた。記憶を一番疑っているのは、佳奈自身だ。

「この店に茉莉と来た時に、来たことがある気がするって感じたんです。列車に書かれてる『Kassiopeia』って文字だって覚えてた。でも、じゃあ、前にどうやってこの店に辿り着いたの？　って聞かれたら分からないというか。そこがあやふやというか」

「単なる既視感だろう。脳の情報処理の問題だよ」

おざなりな台詞に、佳奈はミツルを睨みつけた。

「そんなワケありません。それで私、思ったんです。私がここに来たのは、夢の中でじゃないかって」

「………」

「この世界で亮のことを覚えているのがミツルさんしかいないことと、私がこの店に来たことは何か関係があるんですか」

決して目を逸らさないように、佳奈は両目の筋肉に力を込める。ミツルは首筋に手を当てると、乱暴に擦った。観念したように、その口から太息が漏れた。

「正直に言うと、分からないんだよ」

「分からない？」

「この店には客となる人間以外は入れないようになってる。なのにアンタは夢で招かれていないにもかかわらずこの店に入って来た。イレギュラーなんだよ、本当に」

「私みたいな人、これまで他にいなかったんですか」

「少なくとも、俺が番人になってからはいない。いっそアンタが客になってくれたら話は早いんだがな。望む相手に会って、そのままこの店に関する記憶を消すのが一番良い」

「でも、この店では亮には会わせてくれないんでしょう？」

「不可能だからな。出来ないことを出来るとは言えない」

「どうしてなんですか」

佳奈の問い掛けに、ミツルは珍しく表情を引き締めた。その声音から戯《たわむ》れの気配が削《そ》ぎ落とされる。

「アイツのことなんて忘れてしまえ」

もしもその声に少しでも悪意が滲んでいたならば、佳奈だっていつもと同じ調子で反論することができただろう。だが、そうするには黒髪の下に覗く彼の眼差しはあまりに真剣過ぎた。

ミツルの腕が伸び、佳奈の手首を掴む。指に込められた力は弱く、痛みはほとんど感じない。

「アンタはよく頑張ってる。いなくなった人間のことを忘れたとしても、誰も責めない」

「どうして今、そんなこと言うんですか」

ミツルの手が一瞬だけ佳奈の手に重なる。折り曲げられた彼の指が、そっと佳奈から指輪を攫《さら》っていった。

「費やした時間が、ありふれたものを自分にとってかけがえのないものにする」

「『星の王子さま』ですね」

「無くしたバラに執着して不幸になるくらいなら、新しいバラを見付けた方がいい。また時間を費やして、特別なバラにすればいいんだ。アンタには将来があるんだから」

俺と違って、と勝手に脳内で言葉が付け足された。喉の表面が熱を帯び、ぎゅっと強く締め付けられる。油断すると嗚咽が零れそうになり、佳奈は唇を軽く噛んだ。前歯が下唇に優しく食い込む。牙のように突き立てたら、血が出てしまいそうだった。

ミツルはどこからか宝箱を取り出すと、いつもと同じように指輪を中へと入れた。丁寧な手つきで蓋を閉め、しっかりと施錠する。

「俺は、アンタに幸せになって欲しい」

切実な声だった。雨音の響く店内に、彼の言葉が転がり落ちる。鍵はもう閉められてしまった。宝箱の中身に、佳奈はもう触れられない。

「幸せになんてなれないですよ」

口にするつもりのない言葉が、喉の隙間からするりと抜け出てきた。視界が滲みそうになり、佳奈は力強く瞬きを繰り返す。

「亮がいないのに私だけが幸せになるなんて、そんなの無理です」

「そんなことないさ」

ふ、とミツルの口元が緩んだのが分かった。諦念を滲ませた微笑みだった。目尻にくしゃりと寄った皺。僅かに下がる眉。青い血管が微かに浮き上がった手の甲。その何もかもが、何故だか亮に重なってしまう。

「アイツも、アンタが幸せになることを望んでる」

そう、ミツルは言った。労《いたわ》りに満ちた声だった。

スマートフォン上で見る大学のシラバスには、講義内容がびっしりと書き込まれている。大学の卒業に必要な単位数は初めから決められており、この数を満たしていないと卒業できない。文学部のゼミでは卒業論文の提出が必須だ。佳奈も来年は四年生になる。論文のテーマについてそろそろ考え始めなければならない。

ベッドに寝そべり、両脚を天井へ向かって上げる。亮と付き合ってから自分の脚の浮腫《むくみ》が気になるようになり、こうして毎日寝る前に脚を上げる習慣が出来た。筋肉が足りないせいですぐに太腿が震え始めるので、壁に爪先を付ける。非力なせいで、自分の脚すら自分の力で支えられない。

将来。

その単語が脳内で点滅するのは、今日の湊との会話のせいかもしれないし、或いはミツルから投げかけられた言葉のせいかもしれない。佳奈はすぐそばに落ちていたスマートフォンを手に取ると、検索エンジンに文字を打ち込む。

「恋人　ずっと好きでいる　将来」検索。

検索結果には、質問サイトの回答や恋愛相談所のコラム記事などがずらりと並んでいた。その中の一つをタップすると、画面いっぱいに見知らぬ誰かの不安が表示される。

［Q　二十代前半の女です。同棲していた恋人が突然荷物をまとめて出て行ってしまいました。共通の知人に連絡しても足取りが摑めません。ハッキリと将来の約束をしてはいなかったのですが、いつか子供が欲しいねと二人で話したこともありました。私はフラれたんでしょうか？　ずっと好きでいた相手なので、どうしていいか分かりません。一日中泣いています。］

回答は四件あった。

［A　捨てられたんです。そんな男のことはさっさと忘れるべきでしょう。］
［A　元々本命じゃなかったんだろ。最初から利用されてただけ。］
［A　男女の仲とはそういうものです。まだ若いんだから次にいきましょう！］
［A　とても辛いですね、質問者様の心情を考えると胸が痛みます。いなくなってしまった彼氏にも何か事情があったのかもしれません。貴方のことを考えて身を引いたのかも。好きという気持ちを無理やり無くすことは難しいですから、まずは一度、冷静になって自分の気持ちと向き合ってみましょう。突然いなくなると、それだけで未練が湧き、相手を特別視してしまいがちです。他の回答者様が言うように、彼以外の男性に目を向けることをオススメします。］

　回答の下に、続けて質問者からの返答が書き込まれている。

［全ての回答がありがたかったのですが、私の気持ちに寄り添ってくれたのでこちらをB《ベスト》A《アンサー》にしました。辛くて眠れない日々が続いていたのですが、先日新しい恋人ができました。いなくなった彼を忘れさせるくらい大切にすると言ってくれます。今、幸せです！］

　無邪気なエクスクラメーションマーク。そこに添えられている日付は、四年前を示していた。

　どっと肩の力が抜け、佳奈はベッドにスマホを転がした。なんなんだ、と思った。幸せですなんて言わないでよ、と匿名の人間相手に愚痴をこぼしそうになる。

　瞼を閉じ、ベッドの上で身体を丸くする。右手の内側に、ミツルに触れられた感覚が蘇る。皮膚越しに伝わる彼の低い体温が、佳奈の手の平を滑っていく。

心臓が、ドクンとひと際強く跳ねた。パジャマの襟を引っ張り、鎖骨の窪みに軽く爪を立てる。それでも痛みは誤魔化されてくれなくて、佳奈は身体をますます丸めた。心臓が痛い。ドキドキする。

その時、ベッドサイドでガサガサと紙が破れるような音がした。ハッとして顔を上げると、菓子箱が破れていた。中に入っていた〈種〉が収まりきらなくなって突き破ったらしい。ガラスを思わせる質感のトゲトゲが、拍動を繰り返しているのが分かる。まるで生き物みたいだ、と佳奈は手でそれを引き寄せた。

今までも〈種〉は日に日に大きくなってはいた。だが、その成長スピードが最近は特に著しく、今では佳奈の片手に収まりきらないサイズになっている。ミツルにいつまでも隠していられないだろう。そう佳奈が思考した瞬間、〈種〉が大きく脈打った。そのサイズは先ほどよりも少し大きくなっているような気がする。

「……もしかして、ミツルさんのことを考えると大きくなるの？」

落ちた呟きに呼応するかのように、手の中の〈種〉がドクリと震えた。

翌日は珍しく快晴だった。ニュース番組に出ている気象予報士が「久しぶりに傘の要らない一日になるでしょう」と天気図をポインターで指しながら嬉しそうに語っていた。

大学で授業を受けた後に、クローゼットに並んでいるワンピースをああでもないこうでもないと吟味する。亮とデートする時の服装には勿論気を遣ったけれど、女の人と一緒に遊びに行く時は別の神経を使う感じがする。量産型の可愛いじゃなく、センスが良いと思われたい。

結局、佳奈は黄緑色のワンピースを選んだ。大ぶりのバラの模様がカーテンみたいだと母親に言われたことがある。亡くなった祖母が大学の入学祝いに買ってくれた、ちょっと高めのワンピースだ。

ブラウンのパンプスを履いて、スマホと財布とティッシュくらいしか入らない小さなフラップバッグを片手に持つ。こんなにもめかしこんだのは亮とクリスマスに夜景の見えるレストランに行った時以来だ。つまり、半年以上前の話になる。

アイロンで巻いた毛先を指に巻き付けながら、海浜公園の最寄り駅の改札口で文香を待つ。集合時間の十分前に佳奈は到着し、その五分後に文香がやって来た。小走りでこちらに近付いてくる文香は、真っ白なワンピースを着用していた。身体のラインがくっきりと浮き出たデザインで、膝の辺りが透けている。ゆるっとしたシニヨンのヘアスタイルはサイドが編み込まれていて、相当な手間が掛かっていることが一目で分かった。実はこれから友達の結婚式に出席する予定があって、と言われても納得する仕上がりだ。

「あら、綺麗なワンピースね。佳奈ちゃんの雰囲気に良く似合ってる。とっても素敵、本当に可愛い」

開口一番、文香がストレートな賞賛を投げかけてくる。お世辞だと分かっていてもこんな風に手放しで褒められると嬉しくなってしまう。赤くなる頰を両手で押し潰すように挟みながら、佳奈は「ありがとうございます」となんとかお礼を絞り出した。

海浜公園へ向かっている間も、文香はずっと喋り続けていた。天気の話や好きなテレビタレント、以前に行ったことのある美味しいフレンチレストラン、ネットで購入した化粧品について。彼女の話はとりとめがなく、それでいてエネルギッシュだ。こちらの相槌《あいづち》が少しくらいおざなりになろうとも、ほとんど気にする様子がない。

保険の営業をしていたと昨日文香が話していたけれど、彼女が客に商品を売り込む姿が容易に想像出来た。実際に客を相手にする人間は、皆似たような話し方をする。キビキビ、ハキハキ。自分の感情を読み取らせることなく、相手を気持ち良くしようとする。

「佳奈ちゃんは大学でなんの勉強をしてるの？」

「えっと……日本文学とか日本美術とかです」

「じゃあ、大学で論文を読んだりして大変だったりする？　私、大学に行ってないから大学生の子たちが何をしてるのかよく分からなくて」

「論文とか資料も読みますけど、好きなことなので大変だと思ったことはないです。でも、これが将来なんの役に立つのかなって不安になったりはします。就活で有利になるような分野でもないですし」

「大学っていうのはそういう知識を得たい人が行くものなんじゃないの？　実用的な知識だけが有益って思われるような社会って、窮屈過ぎて私は嫌だな。佳奈ちゃんが大学で学んでる内容が就活で役に立たないとしても、これから生きていく上で自分が勉強したことに支えられる瞬間ってあると思うよ。少なくとも私は大学に行けば良かったって後悔してる」

「そうなんですか？」

後悔。その二文字は文香には似合わない。目を瞬《また》かせた佳奈に、文香は軽く肩を竦めた。

「ちゃんと勉強したいって今頃になって思うのよ。子供の頃って、勉強は強制だったじゃない？　だから何かの罰みたいに感じてたところもあったんだけど、今となってはありがたい時間だったなって」

そういうものなのだろうか。二十歳を超えたら大人の仲間入りと言われているが、佳奈はまだ自分が大人である実感がない。

こちらの心境を察したのだろう、「佳奈ちゃんはまだ若いから」と文香がフォローめいた言葉を発する。「そうですかね」と佳奈は曖昧に言葉を濁した。なんて言っていいか分からなかった。

十六時過ぎの海浜公園は、子供連れで賑わっていた。今頃はちょうどバラの開花時期で、二人で寄り添って歩く恋人たちの姿もちらほらと見て取れる。手入れの行き届いたガーデニングスポットはブライダルフォトの撮影場所としても人気だった。

佳奈は自分の右手を見下ろす。亮とデートでやって来た時、駅からずっと手を繋いで歩いた。夜に電話している際に、急にバラを見に行こうという話になったのだ。公園には三千株のバラが植えられており、その開花時期は初夏だった。

「赤いバラがいっぱい咲いてるのを見るとさ、いつも『星の王子さま』を思い出すんだよね」

手を繋いだまま、亮が懐かしそうに言う。彼の茶色の髪が陽に透けてキラキラしていた。

佳奈はスニーカーの底を地面に押し付けながら、植えられたバラを見つめる。品種を表すプレートには「アンクルウォルター」と書かれていた。

「私は『美女と野獣』を思い出すかも。ディズニーの」

「あー、ガラスポットみたいなのに入ってたやつ」

「小さい頃ね、お母さんにバラが欲しいって言って、家のテーブルに飾ってもらったの。でも、花瓶なんて洒落たもの家になかったから、空き瓶に入れてた」

「花なんて家で飾ったことないな。ああいうのは外で見るもんだと思ってた」

「手入れするのも大変だしね」

棘を纏ったバラの蔓《つる》に、佳奈は鼻を近付ける。バラの花弁からは生花特有の瑞々しい香りがした。

「そのワンピース、似合ってる」

告げられた台詞に、佳奈は静かに微笑んだ。祖母が買ってくれたワンピースは、普段の佳奈だったらデート服に選ばなかっただろう。艶やかな黄緑色の生地に、赤いバラの絵柄が描かれている。古風なデザインは佳奈の趣味ではない。だけど、祖母はこのワンピースをいたく気に入っていた。

病室で最後に見た祖母の手の甲には、太い管が刺さっていた。青色のパジャマ越しでも、随分と華奢になった身体のラインが分かる。昔はふっくらしていたと家族は口を揃えて言うが、佳奈が物心ついた時には祖母はもう痩せていた。

幼い頃、佳奈は祖母が苦手だった。箸の使い方などマナーに厳しく、すぐに叱られた。佳奈が泣きそうになると、彼女は決まって「佳奈は泣かない！」と言った。

高校生になる頃には祖母に叱りつけられることはなくなったが、それは佳奈が成長したからというより、祖母の体調面で様々な問題が起きていたからだと思う。しゃんと真っ直ぐに伸びていた背中は丸くなり、入院する回数も増えた。祖母が家族に服を買い与えるようになったのはその頃からだ。

通販のカタログに目を通し、自分の好みの服が載ってるページの端を折り曲げる。お目当ての洋服に赤いマジックで丸印をつけ、それをサプライズで家族に贈る。見舞った時に自分の注文した服を誰かが着ていると、祖母はとても喜んでいた。

このワンピースだって、何度病院に着て行ったか分からない。「よく似合ってる」と祖母は会う度に同じ言葉を繰り返した。「佳奈ももう、大人になったのね」と。

「一年前に、おばあちゃんが買ってくれたの」

ワンピースの裾を摑み、佳奈は亮に見せびらかすように揺らしてみせる。光沢のある生地は滑らかで触り心地がいい。

こちらの反応を探るように、亮はじっと佳奈の横顔を見つめていた。その眉尻が微かに下がる。

「お葬式、先週だったんでしょ。どうだったの」

「電話でも言ったでしょ？　心配しなくて大丈夫だって」

「でも、明らかに元気が無かったからさ」

祖母が亡くなったという知らせが届いたのは一週間前で、それから実家はバタバタしていた。祖母は齢《よわい》八十を超えていたから、いつ亡くなってもおかしくないと前々から家族同士で話してはいた。それでも彼女の死の知らせは衝撃で、心臓にぽっかりと穴が空いたような心地がした。風が通って、心の隙間がスースーする。

「泣いてもいいのに」

握られた手にぎゅっと力が込められる。皮膚と皮膚がくっついて、互いの境界線が分からなくなる。

「なんで？　泣かないよ」

「ずっと我慢してたらさ、弱音を吐くのが下手になるじゃん」

「亮もそう？」

「俺も人前で泣くのは苦手。男は泣くなって親に育てられてたから」

「私のおばあちゃんの教えとは真逆だ」

繋がれたままの手を引き寄せ、佳奈は亮に笑い掛ける。彼の肩越しに見える空は、澄み切った青で満ちていた。誰かがいなくなっても世界は何も変わらない。平静を装う自分自身が、それを証明しているみたいで嫌だった。

亮は眉間に皺を寄せると、黙って佳奈の背中に腕を回した。抱き寄せられ、佳奈は彼の肩に額を押し付ける。唇が震えた。笑みを保とうと力を入れているはずなのに、口角は勝手に下がっていく。熱くなる目頭に反応して、ツンと鼻奥が痛くなった。

「やっぱり、誰かがいなくなるのは寂しいね」

やっとのことで絞り出した声は掠れていた。「うん」と亮が静かに相槌を打つ。

亮のそういう優しいところが好きだった。

「佳奈ちゃんは何が食べたい？」

文香の明瞭な声が、佳奈を回想から引き戻す。店に入ると、二人が案内されたのは三階のテラス席だった。透明なガラス屋根の下に、等間隔に白色のパラソルが立てられている。その全てがソファー席で、ゆったりとくつろげるようになっている。

景色が良く見えるようにと、文香は上座を佳奈に譲ってくれた。カフェメニューにはケーキの写真がずらりと並んでおり、文香はイチジクのタルトを注文した。佳奈はサクランボのタルトにした。

ホットのストレートティーとタルトがテーブルに運ばれると、文香はまずスマートフォンで写真を撮った。「Instagramに上げるんですか？」と佳奈が尋ねると、「自分の記録用」と彼女は秘密を打ち明けるような勿体ぶった口調で言った。

「他人に見せびらかすほどじゃない些細な幸せをアルバムに溜めてるの。夜に一人で見て、美味しかったなぁとか思い出すのって楽しいじゃない？」

「私も写真を見るのは好きだったんですけど……」

そんなつもりはなかったのに、語尾が勝手に尻すぼみになった。アルバムを見返すのが怖くなったのはいつからだろう。亮の痕跡が消失していることを意識する度に、気落ちしてしまう自分がいる。

「好きだった写真が嫌になったりした？」

文香はあっさりとした口調で、しかし的確に佳奈の急所を突いてきた。目を見開く佳奈に、文香はちょっと得意げに口端を吊り上げる。銀色のナイフが、イチジクのタルトに切れ目を入れる。彼女は一口分を切り取ると、フォークの先端で突き刺した。

「そういう気持ち、私にも覚えがあったから。大好きだった彼氏との写真が別れた後には黒歴史になったりね。若い頃はひどかったの。泣きながら破いたり、ガスコンロで焼いたり」

「ガ、ガスコンロ」

「若い頃ね、若い頃」

頬を引き攣《つ》らせた佳奈に、文香はどこか面白がるような口振りでひらひらと手を振った。

ゴールドのワイヤーブレスレットが細い手首で揺れている。

「文香さん、今も若いじゃないですか」

「ヤダァ、佳奈ちゃんってば口が上手。でも、私は二十代の頃より今の自分の方が気に入ってるの。しっくりくるっていうのかな。年をとればとるほど自分の輪郭がしっかりしてくる気がする。自分のお金で欲しいものを買って、美味しいものを食べて、行きたいところに行って」

「素敵な大人って感じですね、文香さんは」

「若い子たちに『年をとるって最高キャンペーン』をやってる最中だから、そう見えるなら成功かな」

「なんですか、そのキャンペーン」

佳奈の言葉に、文香はテーブルの上で両手を重ねた。綺麗に形が整えられた爪にはパールがあしらわれている。

「十代の頃、年をとるのが怖かったの。ただ生きてるだけで自分の価値がどんどん下がっていくような気がして。でも人間は絶対に年をとるんだから、そんな風に考えるのってホント馬鹿らしいでしょ？　だから私が楽しく生きることで、年をとることは素敵だって十代の頃の自分自身に証明してやろうと思って」

タルトの上にびっしりと並んだ赤いサクランボは、ナパージュのおかげで煌《きら》びやかに輝いていた。一粒だけをフォークで掬《すく》い、口の中に転がし入れる。奥歯で嚙むと、薄い皮がぷちりと弾ける感触がした。

文香は小指の先を頬に添えると、その唇を静かにしならせた。

「私の会いたい人はね、恋人なの」

こいびと、という四文字にドキリとした。昨日受け取った指輪の存在が脳裏を過ぎる。

「でも、あの店で会えるのは並行世界の恋人ですよ？　わざわざ別人に会うんですか」

「違う人生を歩んでる恋人を見てみたいって思うの、変かな？」

「変ではないと思いますけど……」

ただ、共感することはできない。今の世界で恋人に会えるなら、それだけで十分幸せじゃないか。

そこまで考えて、佳奈はハッとした。もしかすると、文香の言う恋人とはもう会えなくなった相手を指すのかもしれない。湊が太一のことを頑なに幼馴染と呼び続けていたように、彼女もまた、亡くなった相手を恋人と呼び続けているのではないか。

佳奈の内心など微塵も察していないであろう文香が、どこか愉快そうに喉奥を震わせた。

「佳奈ちゃんって、今付き合ってる人がいる？」

「一応」

「それってもしかして、あの店主さん？」

アノテンシュサン？　音声と言葉が結びつかず、フォークを動かす手が止まった。文香は頬に手を添え、「でもあの人、指輪つけてたわよね。既婚者はやめた方がいいわよ」と先走っている。

「ち、違います！」

「違うの？」

「彼氏は別の人です。色々あって、しばらく会えてないんですけど」

「遠距離恋愛か。まあでも今の時代はSNSとかもあるもんね」

実際はそうではないが、詳しく説明するのもややこしい。「そうなんですよ」と話を合わせながら、佳奈はタルトの生地部分を口に運んだ。

「彼氏、名前は何ていうの？」

「亮です」

「へぇ、漢字は？」

「諸葛亮孔明の亮、ですかね。あの、文香さんはどうして名前を聞く時に漢字まで聞くんですか？」

「だって、名前って漢字まで含めてセットじゃない。その子の親がどういうこと考えたのかなとか、由来はなんなのかって想像するの楽しいし」

昨日ははぐらかされたけれど、ミツルはどういう字を書くのだろう。これまで他人の名前の漢字なんてこれっぽっちも興味がなかったけれど、文香の言葉を聞いていると好奇心の芽がむくむくと生えて来る。

「文香さんの恋人はどういう方なんですか？」

「五十棲《いそずみ》君っていう、二歳年下の男の子。珍しい漢字でね、数字の五十に同棲の棲でイソズミって読むの。同じ職場だったんだけど、とにかく真面目で話が退屈なのが欠点。見た目も垢抜けてなかったし、ちっともタイプじゃなかった」

「でも付き合ったんですか」

「でも付き合ったのよ。なんかねー、今まで私、派手なタイプとばっかり付き合ってたけど、結婚を考えるならこういう人がいいんじゃないかって思ったのね。服装や髪型に無頓着っていうのも、私がなんとかしてあげればいいかなって。会社は社内恋愛禁止だったから、皆に隠れて付き合い出して……。実際、私の力でかなりカッコよくなったのよ。それまでは女の子に見向きもされないって言ってたのに、私と付き合ってからはモテるようになったし」

　ひらひらと動く文香の手は、蝶のようにしなやかだ。ナイフに反射する太陽光の欠片が、彼女の頬でチカチカと光っている。

「このお店も、一年前に五十棲君と一緒に来たの。そこで指輪をくれてね」

「思い出の詰まった指輪なのに、対価として渡して良かったんですか？」

「いいの」

　カチャン、と佳奈のナイフが皿にぶつかる。銀色の刃先がカスタード部分を割き、そのままタルトの生地を二つに割った。タルトを食べる時はいつもこうなる。綺麗に切れなくて、不格好な振る舞いを晒してしまう。

「すみません」

咄嗟に謝った佳奈に、「いいのよ」と文香は優しく笑った。

「佳奈ちゃんは今の彼氏と付き合っていて、幸せ？」

「それは……」

即答できず、佳奈は文香の肩越しに夕暮れの公園を見下ろした。遠くに見える海面はオレンジ色に染め上げられている。夜へと移行する合間の刹那的な美しさが、そこにはあった。

「恋愛って、楽しい気持ちだけじゃないもんね」

「どうしていいか分からなくなる時があるんです。自分の気持ちすら見つからなくて、このままでいいのかって不安になって。それでも」

躊躇いが、佳奈に口を噤ませた。抑え込んでいた本音が耐え切れないように喉奥から転がり出る。

「それでも、思い出に縋ってしまいます」

皿の上に横たわる不格好なタルトの欠片は生地とクリームが分離していた。宝石みたいなサクランボの粒の底を、甘ったるいカスタードクリームが汚している。

文香は紙ナプキンを手に取ると、上品な仕草で口元を拭った。白い紙の隅っこに、口紅の赤が付着する。

「それでいいんじゃない？　めちゃくちゃになっても、惨《みじ》めになっても、どうしても相手を忘れられない。このままじゃ幸せになれないと分かっていても、相手に執着してしまう。恋愛って、そういうものでしょ」

「そういうものなんですかね」

「少なくとも、私にとってはそう。疲れるし、嫌になる時もある。お金を稼ぐ力はあるし、自分一人で生きていけるってことも分かってる。でも、だからこそ、この人とずっと一緒にいたいと思える相手がいたら離しちゃいけないのよ。これからの人生で、もう二度とそんな相手に巡り合えないかもしれないんだから」

　差し込む日差しが、文香の華奢な体躯の輪郭を仄かに縁取っている。透けた白のワンピースはウエディングドレスを連想させた。白魚のような彼女の左手、その薬指には何も着けられていない。

「文香さんって、その五十棲さんの他に結婚したいって思った相手はいるんですか？」

「そりゃあ、いるわよね。こっちが結婚したいって急《せ》かして向こうが嫌がったパターンもあるし。逆に、向こうが結婚してくれってしつこくて私が嫌になったパターンもある」

「じゃあ、あの時結婚しておけば良かったとか思ったことってありますか」

「ないわね」

　即答だった。潔い返答に、何故だか胸がスッとする。

「だって、別の人と結婚してたら、今の私はここにいないわよね？　私ね、人間っていうのは選択の積み重ねで出来てると思ってるの。一つでも違う何かを選んでいたら、それはもう別人なのよ」

「別人……」

「私は今の私が好き。だから、これまでの選択も後悔してないの」

そう言い切る文香には、同世代の友達からは感じたことのない凄みがあった。自分に満足している人間は、それだけで強いパワーがある。

こんな大人になりたい、と佳奈は思った。純粋に誰かに憧れるのは久しぶりだった。


それから二人で夜の海浜公園を散歩し、イタリアンバルで夕食を食べた。飲酒は避けた方がいいだろうかと喋っていたにもかかわらず、佳奈は結局赤ワインを二杯頼んだ。文香は酒に強いらしく、四杯飲んでも顔色一つ変えなかった。

『Kassiopeia』に着いたのは二十四時の十五分前で、ほろ酔いの佳奈を見てミツルは眉間に皺を寄せた。

「弱いくせに酒を飲むなよ」

「大丈夫ですよ、酔っていないですから。二杯しか飲んでないですし」

「その台詞は酔っ払いが言うやつだろ」

「まぁまぁ、店主さんは可愛い佳奈ちゃんが心配なのよね？」

文香が佳奈の両肩に手を置き、ミツルの顔を覗き込む。いつもと変わらず皺だらけのシャツを着たミツルは、黒縁眼鏡の奥からじとりと半目でこちらを睨みつけた。

「別に心配してるワケじゃない」

「もう少し素直になっても良いと思うよ。大切な相手には大切な言葉を選ばないと」

「……そんなことよりお客サンの方は準備出来てるか」

「勿論」

分かりやすくはぐらかしたミツルを、文香は追及しなかった。ミツルは店奥へと顎先を向けると、「そろそろ時間だ」と唸るように言った。

寝惚《ねぼ》け眼《まなこ》の黒井さんは床に転がったままパシパシと瞬きをしている。佳奈がしゃがんでその顎を撫でると、黒井さんは機嫌良さそうに目を細めた。

「行ってくるね」

そう声を掛けても、黒井さんは寝そべったままだった。

カウンター横にある植物コーナーを抜け、三人は店奥へと辿り着く。扉の取っ手に手を掛け、ミツルは柱時計を見遣った。長針と短針が重なり、二十四時を告げる鐘が鳴る。

ボーン、ボーン。

繰り返される音を遮るように、ミツルが扉を開ける。その刹那、世界は真っ白な光に包まれた。

足元に広がる純白の砂粒。そこにしっかりと根を張る木々が風のない空間でざわざわと枝葉を揺らしている。照り付ける熱に、佳奈は喉をワンピースの袖で拭った。滲む汗がこめかみを伝い、頬の上を滑り落ちる。

　今日の温室は燦々と明るい。手で庇《ひさし》を作り、文香がガラスの天井を見上げる。

「凄い日差しね、焼けちゃいそう」

「ここは青の世界だ」

「なんで青なの？　ジャングルっぽい見た目なんだから、緑の世界の方がいいんじゃない？」

　文香の問いに、ミツルは動かしていた足を止めた。立ち込める熱気のせいだろう、振り返った彼の眼鏡レンズは曇っている。

「切り替えのタイミングで青くなるんだよ」

「切り替えって？」

「店に鉄道模型があっただろ？　それぞれの列車がぶつからないように、一定のタイミングでレールが切り替わるようになってる。この場所は、それと同じ役割を果たしてるんだ。何かの拍子に世界が壊れそうになったら、運命を切り替えるんだ。そうすることで全ての世界が消失することを防げる」

「うーん、説明を聞いても運命を切り替えるっていうのがサッパリ」

「お客サンが知る必要はないさ」

　眼鏡を外し、ミツルは着ているシャツの腹の辺りでレンズを拭いた。透明さを取り戻したことを確認し、眼鏡を掛け直す。

酔いが回っているせいか、佳奈の脳味噌は鈍麻《どんま》していた。落ちてくる瞼を必死に開けながら、ミツルの足跡を目で追った。浅い窪みを踏みつけると、足跡は簡単に佳奈のパンプスの形へと生まれ変わった。

やがて、三人の前に巨大な木が現れる。始まりの木だ。幹に埋め込まれた扉を一瞥《いちべつ》し、

「おとぎの国みたいね」と文香が冗談めかして言った。

「今からお客サンはあの扉の中に入る。邂逅の間で、お客サンが会いたいと望む相手が待ってるだろう。顔や形が同じでも、あくまで別世界の存在だが。相手は邂逅の間での出来事を夢としか認識しない」

「それってつまり、扉の向こうで何をやっても現実世界には関係ないってこと？」

「お客サンにとっての現実では、な。ただし、一つだけ約束して欲しいことがある。あっちにあるものを絶対に持ち帰るな。世界の理から外れてしまう」

「外れたらどうなるの？」

「それを教える義理はないが、もしも外れたらお客サンは絶対に後悔するだろうな」

「あら、それは怖い。わざわざ余計なことをして嫌な思いはしたくないかな」

文香は小さな革製の鞄を佳奈へと差し出した。「預かっておいてくれない？」と言われ、佳奈は素直に両腕で抱き込む。中には財布とスマートフォンくらいしか入っていないようで、随分と軽かった。

「それじゃ、行って来るね」

あっさりとそう言って、文香は扉の奥へと姿を消した。ミツルがすぐさま扉を閉める。蝶番《ちょうつがい》が軋《きし》み、子ネズミの悲鳴のような音が鳴った。

　真っ白な砂で構成された地面の上で、ぼんやりとした光が波打つ。古ぼけたスクリーンに投影される映画のように、レトロ調な色合いの映像が映し出される。

　ミツルは木の根元に片膝を立てて座った。「座るか？」と聞かれるよりも先に、佳奈はその隣にしゃがみ込んだ。二人の間に距離はなかったが、ミツルはそれを指摘しなかった。

鞄を抱き締める両腕に力を籠め、佳奈は地面を覗き込む。文香の鞄からは仄かにチュベローズの香りがした。

　文香が入った先は、使い込まれた台所だった。一部の照明しかついていないのか、薄暗い空間にシンクだけが浮き上がって見える。

　ガスコンロの上には焦げがこびりついた鍋が無造作に置かれ、その奥にある磨りガラスの窓からは外が夜であることしか窺えない。ステンレス製の小さなラックには調味料が並べられ、シンクに取り付けられたカゴには洗い終わった食器が置かれている。色違いの平皿とコップが、それぞれ二つずつ。生活感が溢れる空間に、ワンピース姿の文香は場違いだった。

「来るな！」

　暗闇から声が聞こえ、佳奈は目を凝らした。よく見ると、台所の角に男が立っている。風呂上がりなのか、頭の上にはタオルを載せていた。Tシャツとハーフパンツというラフな格好から、彼はこの家の住人なのだろうと推察する。その左腕はサポーターで覆われていた。

「近寄るなよ」

男はそう言って、手元にある何かを振りかざした。それがスマートフォンであることに、佳奈は数拍遅れで気付く。薄暗い闇の中に、長方形のブルーライトはよく映える。そこに表示されている、「110」の電話番号。

「少しでも近付いたら通報する」

男はそう言って、台所へとにじり寄った。その横顔が灯りに照らされた瞬間、佳奈は息を呑んだ。あの顔には見覚えがある。文香が店にやって来た時に見た、引き出物の皿にプリントされていた新郎だ。

警戒感を露わにする男に対し、文香はその場で手を組んだままだった。彼女のリラックスした立ち姿を見ていると、男の態度が滑稽なものに感じる。

「五十棲君」

そう、文香は男の名を口にした。呼び慣れていることを感じさせる、軽やかな声だった。

「美玖《みく》ちゃんはどうしたの。一緒に住んでるんでしょ？」

「美玖に手を出すなよ！」

「そんなに怯えないでよ。これは単なる夢なのに。あぁ、そうか。夢だから美玖ちゃんがいないのね。普段は一緒に寝てるもんね」

ふふ、と文香の唇から吐息が零れる。嘲《あざけ》りを含んだ笑いだった。

コツリ、コツリ。彼女のパンプスのヒールが床を打つ。室内であっても、文香は靴を履いたままだった。素足のイソズミと比べると、文香の方が頭の位置が高い。

「夢だって？」

スマートフォンを握り締めたまま、イソズミが声を絞り出す。「そうに決まってるでしょ」と文香は呆れたように言った。ネイルの施された爪先が、彼の左腕に向けられる。

「その腕、誰に刺されたの」

「お、お前に」

「じゃあ今の私がここにいるはずないじゃない」

「そうだ。お前は今、警察に捕まってるはずで、」

「ね？」

二人の距離が近付く。イソズミは後退《あとずさ》りし、そのまま後ろへ倒れ込んだ。呂律《ろれつ》の回っていない舌を必死に動かしながら、彼は動かない自分の脚をなんとか奮い立たせようとしている。

文香が膝を折り、イソズミに目線を合わせた。彼女の小指が、彼の耳朶にあるピアスを指で弾く。

「悪趣味なピアスね。美玖ちゃんからのプレゼント？」

「お前には関係ないだろ」

「いいじゃない、教えてくれたって。これは単なる夢。五十棲君が見てる悪夢よ」

文香の指先が、彼の首筋をそっと撫でた。震えたイソズミの手から、スマートフォンが滑り落ちた。その左手の薬指にはシルバーのリングが確かに存在していた。

慌てて拾い上げようとしたイソズミよりも先に、文香はスマートフォンを部屋の隅へと蹴飛ばす。無機質な光を放ちながら、スマートフォンが床を滑った。

「話をしましょうよ。私、その為にわざわざここまでやって来たの」

「話なんてない」

「そんなことないでしょう？　こんな夢を見るくらい、私に罪悪感を抱いてる癖に」

「罪悪感？　俺が？」

「じゃなきゃ、私の夢なんて見る？　捨てた女の夢なんて」

イソズミの喉が上下する。アイシャドウで色付けされた瞼が、文香の眼球を優しく撫でる。真っ白なワンピースの裾が彼の脚に被さっていた。

これはどういう状況だろうか、と佳奈は映像を見ながら唾を呑んだ。文香が恋人だと言っていた五十棲は、文香に刺されたと言い張っている。目の前のイソズミとこちらの世界の五十棲は、一体何がちがうのだろうか。

「あのお客サン、おっかねぇな」

それまで黙って映像を眺めていたミツルが呆れたように眉端を垂らす。彼は自身の首筋に手を添えると、くわっと大きく欠伸をした。他人事みたいな様子に腹が立ち、佳奈は鞄を抱き締める腕に力を込める。

「何か事情があるんですよ。文香さん、良い人なんですから」

「なんでそんなこと分かる？」

「だって、たくさんお喋りしたんですもん。良い人かどうかくらい分かります」

「良い奴が相手を刺したりするか？」

「それは……それは多分、何かの間違いです」

「間違いじゃない。新聞記事にもなってたろ」

「新聞？」

　首を傾げた佳奈に、ミツルは仰々《ぎょうぎょう》しく溜息を吐いた。彼はズボンのポケットから、くしゃくしゃに丸まった記事を引っ張り出す。新聞の一部を切り抜いたものだ。日付は二日前。天気予報が間違っていると佳奈が指摘した、あの新聞だった。

「結婚式を翌日に控えていた男が元交際相手の女に刺されたって記事だ。現行犯逮捕された女の名前は鈴木文香」

　思わず、佳奈はミツルの手から新聞記事を奪い取っていた。小さい記事にはそれ以上の情報は載っておらず、『会社員』という三文字が文香の名前の上に躍っていることを見付けただけだった。

「ま、その記事に載ってる女はあくまで並行世界の人間で、ここにいるお客サンとは別人なんだけどな。お客サン自身は逮捕されていないワケだし」

「じゃあ、あの扉の向こう側の世界にいるのは、別世界のフミカさんに刺されたイソズミさんってことですか」

「そういうことだ。お客サンが男を刺したか刺してないかで世界が分岐したんだろ」

佳奈は地面に視線を戻す。隙の無い笑みを浮かべた文香が、イソズミの腕に指を滑らせた。

「結婚式、このワンピースで行こうと思ってたの。素敵なデザインでしょ？　五十棲君に見せたくて」

「白の衣装はマナー違反だ」

「だから結局、着て行かなかった。だって、美玖ちゃんが可哀想だもん。せっかく同じ職場の尊敬する先輩を式に招いたのに、実は夫の浮気相手だったなんて。妊娠中の新婦を苦しめるのは私だって心苦しく思うよ」

そういえば、レストランで社内恋愛が禁止だったと文香は語っていた。だから皆に内緒で付き合い始めた、と。

「俺が全部悪いって？」

イソズミの声は掠れていた。彼の額に滲む脂汗を、文香は指で掬い取る。

「自分自身、悪かったって思ってるんでしょ？　私と付き合ってなかったら、美玖ちゃんが五十棲君に惹かれることもなかったと思うよ。あー、思い出すとムカムカしてくる。

『実は付き合ってた子が妊娠した。俺も男だし、責任を取らなきゃいけない。別れて欲しい』ってさ。三年付き合った相手にそれを言える神経が凄いよね」

「それは、」

「美玖ちゃんに『実は寿退社するんです』って言われた時の私の気持ち、わかる？『文香先輩のことずっと大好きで憧れてました。結婚式に来てもらえますか』だって」

「断れば良かっただろ、部下の結婚式を欠席する上司なんてごまんといる」

「そしたらアンタの思うつぼでしょ。それって腹立たしいと思わない？　ご祝儀の三万円を用意してる時は吐き気がしたけどね。それにしても、どうして中袋ってややこしい漢字で書かなきゃいけないんだろうね。マナーって、結局は知ってる側がマウントを取るための道具に過ぎない気がする」

世間話のようなとりとめのない話題は、今この場では浮いていた。イソズミが発する緊迫感が狭い台所に充満している。

「祝儀袋だのなんだの言ってるけど、結局お前は式には行く気なんてなかった。俺を刺して、捕まって……。美玖はショックを受けてたよ」

「私が刺したことに？　それとも、二股されてたことに？」

「どっちも。だけど、誠心誠意説明したらちゃんと分かってくれた。お前とは違う。美玖は優しい良い子なんだよ」

その瞬間、文香の顔から表情が抜け落ちた。長い脚が、イソズミの左腕を踏みつける。鋭いピンヒールがサポーターに食い込み、イソズミは短く悲鳴を上げた。

「自分に都合のいい振る舞いをしてくれることを優しいって評価しないで。じゃあ、別れを切り出した時に素直に受け入れた私は良い人？　アンタを刺した私は悪い人？」

「痛い、どけてくれ」

「これは夢だって言ってんでしょ。アンタだって分かってるから反撃しない。こうやって、自分が責められることにホッとしてる。こんなにひどい夢を見るくらい、俺は心を痛めてるんだって思えるから」

反論する余裕すらないのか、イソズミは悶絶している。脚をどけようと手を伸ばすが、力はほとんど入っていないようだった。足首に張り付いた五本の指を、文香は指先だけで簡単に剝がす。

「一方的にストーカーされていたとでも説明したんでしょう。刺されたアンタは完全に被害者になれるもんね。五十棲君、私に言ったよね。文香は一人でも幸せになれるからって」

「そんなつもりじゃない。誤解させたなら悪かった」

「いいえ、謝らなくても結構。私はね、ここに確かめに来たの。何度も考えた。もしもアンタを刺して人生を無茶苦茶にしてやったら、今頃どうなってただろうって。だけど結局、私がアンタを刺したところで、アンタはその傷を踏み台にするだけって分かった。だから、もういい。私はアンタを刺さなくて良かった。結婚式に出て良かった。アンタがいない人生を選んで良かった」

踏みつけていた脚を上げ、文香はパンプスのヒールを地に着ける。挑発的に顎を上げ、彼女は笑った。

「私は、私を幸せにできる」

仰向けになったままのイソズミを一瞥し、文香は踵《きびす》を返した。扉に手を掛け、彼女は一度も振り返ることなく狭い台所を後にした。


佳奈は立ち上がり、戻って来た文香に駆け寄った。何かを言わなければいけないと思った。だけど、適切な言葉が思いつかなかった。

途方に暮れた佳奈に、文香がそっと微笑み掛ける。緩くまとめていた髪のヘアゴムを抜き取り、彼女は何かを振り払うように大きく首を左右に動かした。

「五十棲君が怯えてるのを見て、すぐに気付いたの。あぁ、きっと並行世界の私は彼を刺したんだろうなって。結婚式に行く準備をしてる最中、私もずっと考えてたから。アイツの幸せをぶち壊してやりたいって」

佳奈は新聞記事を握り締める。くしゅりと紙が潰れる音が、いやに耳障りだった。

「さっきだって刺してやろうかと思った。捕まらないならやる価値はあるかなって。だけど出来なかったの。結局ここにいる私は五十棲君を刺すことも、結婚式に白いワンピースで行くこともできなかった。私がなんだかんだ言ったところで、結局向こうにとっては聞き分けのいい人でしかないんだよね。なんというか……情けないでしょ」

「いいえ」

咄嗟に口にした言葉の意味を、佳奈はもう一度頭の中で反芻した。ポケットに押し込んだ紙屑はゴミの癖に重たくて、ひどく乾いている。それでも掛けるべきだと思う言葉は同じで、佳奈はもう一度強く言った。

「いいえ。情けなくなんかないです」

生地に沈む手首を、本当は包み込んであげたかった。手を握って、少しでも彼女の心に寄り添いたい。だけど大人相手にそんなことをするには勇気が足りなくて、佳奈はもどかしさを抱いたまま右手を開いたり閉じたりした。

ふふ、と文香がほどけるように微笑む。

「佳奈ちゃんは優しいね」

「優しいからじゃないです。私は文香さんのこと、カッコいいなって思います。文香さんみたいな大人になりたいです。本当です」

文香は佳奈の顔をじっと見つめた。睫毛に縁取られた両目には、透き通る水の膜が張っていた。睫毛によって生まれた翳《かげ》りが陰影を生み出し、その眼差しに含みを持たせる。

軽く引き結ばれていた文香の唇が弧を描いた。赤い口紅を親指の腹で拭い、真っ白なワンピースへと押し付ける。汚れの無かった純白に、無様な赤がへばりついた。

「そう言ってもらえたなら、キャンペーン成功だ」

ワンピースの裾から伸びる彼女の脚は、ベージュのストッキングに覆われている。引き締まったふくらはぎから足首のラインに掛けて、一本の線が走っている。文香はそれを気にする様子もなく、堂々と二本の足で立っていた。細いピンヒールの先端が力強く地面に刺さっている。

「見届けてくれてありがとう」

そう笑顔で告げる文香に、佳奈は黙って頷いた。何を言っていいか分からなかった。

「そんな顔しないで」

こちらの頭を撫でようとした文香の様子が、突如として豹変《ひょうへん》した。表情からは余裕が消え去り、喉からはひゅうひゅうと木枯らしのような音が漏れた。

苦痛に耐えるように身体をくの字に折り曲げ、彼女はそのまま地面へと倒れ込む。ネイルの施された指先が喉に食い込んだ。

激しく咳き込む文香を見下ろし、ミツルは冷静に言い放つ。

「自己満足の時間は終わりだ」

地面に這いつくばり、文香は苦しそうに何度も嘔吐《えず》いた。その口から、唾液に塗れた黄色の結晶がずるりと吐き出される。イエロートパーズの、〈種〉だった。彼女の痙攣《けいれん》はピークに達し、その全身からガクリと力が抜ける。気を失ったことは明らかだった。

ミツルはそれを見届けると、慣れた動きで〈種〉を踏みつけた。キラキラした結晶はすぐに色褪せ、白い砂の中に紛れて消えた。

「ミツルさん」

「なんだ」

「もしもこの〈種〉を破壊しなかったら、いったいどうなるんですか？」

ミツルは倒れた文香の身体に手を差し込むと、腕を肩に回して持ち上げた。佳奈も慌てて手伝う。ブラウンのパンプスには、死んでしまった記憶たちが纏わりついている。

ミツルはしばらく黙っていたが、やがて温室にある一番大きな木を顎で示した。扉が埋め込まれている、始まりの木だ。

「成長して、いつか花が咲く。ここにある始まりの木みたいにな」

「こんなに綺麗な木なのに、育てちゃいけないんですか」

「あー……。この始まりの木は、『星晶花』っていう種類の植物なんだ」

「セイショウカ？」

「滅多なことじゃ花を咲かすことはないんだが、花弁がガラスみたいなんでそういう名前がついたんだよ。で、この星晶花の木は厄介なやつで、『星の王子さま』のバオバブの木みたいなもんなんだ。アレは確か、成長すると星を破壊するって設定だっただろ？　星晶花の木はそれぞれの世界に一本までならなんとかなるんだが、それ以上増えると非常にまずいことになる」

「まずいというのは？」

ミツルはすぐには答えず、店内へと繋がる扉を開けた。

店に戻った途端、二十四時を告げる柱時計の音が耳穴に飛び込んでくる。鳴り続ける鐘の音は、一分と経たずして途切れた。腰を屈《かが》め、ミツルはソファーに文香を横たわらせた。聞こえてくる寝息は穏やかで、しばらく目覚めることはなさそうだった。

「魚を狭い水槽に入れるとテリトリーを争ってダメになるだろ？　アレと一緒で、星晶花の木を育てるにはそれ相応のスペースがいる。空間が足りないと、伸びた根っこが世界を破壊するんだ」

それが先ほどの問いの答えだと気付くのに、数秒掛かった。佳奈は鞄をテーブルの上に置く。底の金具が天板を軽く引っ掻いた。

「世界を破壊って、壮大すぎて想像できないんですけど」

「まぁ、たくさんある世界の内の一つが潰れるってだけさ。大した問題じゃない」

いやいや、大した問題だろう。そう言えなかったのは、秘密を抱えている後ろめたさがあったからだ。手の平にじんわりと掻いた汗を、佳奈は太腿に擦りつける。ドクドクと早鐘を打つ心臓を無視し、意を決して口を開く。

「ミツルさん、実は――」

ガタン。告白を、文香の寝返りが遮った。ソファーからずり落ちそうになった文香の身体を、ミツルが雑に押し戻す。

「なんだ？」

振り返ったミツルと、眼鏡のレンズ越しに目が合う。その瞬間、口の中の水分が失われ、佳奈は首を横に振った。自分の〈種〉についてもさらっと言ってしまえば良かったのに、いざとなると怖気《おじけ》づいてしまった。

「あの、そういえば、ミツルさんの名前ってどう書くんですか」

「なんだいきなり。あのお客サンみたいなこと言い出して」

「ちょっと気になったんで。名前の由来、なんだったのかなって」

ミツルは眼鏡を外すと、目頭を揉み込んだ。また話を逸らされるかと思ったが、意外にも彼は話に乗って来た。

「俺が生まれた時、本当は『亮充《あきみつ》』って名前になる予定だったんだよ。アンタの捜している亮と同じ字でアキ、その下に充足の充って書いてミツって読む。だけど母親が市役所に出生届を出す時に一文字書き忘れてさ。ウチの母親はかなり楽観的な人だったから『あら、これもいいじゃない』ってすっかり気に入って。それでそのままこの名前になった」

「あれ、じゃあ私が前に言ってた亮と兄弟だって説、当たってるんじゃないですか？　亮充って名前を二人で半分こしたとか」

「残念ながら当たってない。アンタは探偵としては不出来だな」

「良い線いってると思うんですけど」

唇を尖らせる佳奈を一瞥し、ミツルは大きく溜息を吐いた。

「そんなことはどうでもいい。とりあえず、このお客サンが起きるのはまだ先だろう。今日はアンタも疲れただろうし、もう帰っていいぞ」

「でも、今私が帰ったらミツルさんと文香さんが二人きりになるじゃないですか」

「それがなんだよ」

「なんだよって……」

怪訝そうに見つめられ、佳奈はようやく自分が何を口走ったかを理解した。顔が勝手に赤くなり、それを誤魔化すようにソファーの隅に勢いよく腰掛ける。

「と、とにかく私も文香さんが起きるまでここにいます！」

「ふーん」

ミツルはどうでも良さそうに相槌を打ち、それからカウンターの奥へと消えていった。

しんと静まり返った店内に、文香の寝息だけが響く。佳奈は目を瞑《つむ》り、口の中で沈黙を舐めた。柱時計の分針が時を刻み続けている。

鼻先を漂うくすぐった甘い香りに、佳奈はハッと顔を上げる。ミツルがトレイを手にこちらへと戻って来ていた。彼は当然といった態度で隣に座ると、佳奈の前にティーカップを差し出した。

「飲むか？」

カップを満たしていたのは、鮮やかな青色の液体だった。沈丁花《じんちょうげ》のような、澄んだ春の空気に似た香りがする。「ありがとうございます」と受け取り、佳奈はカップに口を付ける。スプーンで軽く掻き混ぜると、金平糖と薔薇の花弁がふわりと舞った。

「ミツルさんの淹れてくれるお茶って、毎回不思議な色をしてますよね」

「ま、誰の為に淹れるかによって色が変わるからな」

「色ごとに何か意味があったりするんですか？」

「さあ」

「さあって」

思わず顔をしかめた佳奈に、ミツルは肩を竦めた。

「勝手に色が変わるってだけだ。分析する必要性も感じない」

「じゃあ、ミツルさんが自分の為に淹れるハーブティーは何色になるんですか？」

「淹れたことない」

「え？」

「俺は俺の為には茶を淹れない。自分の為に何かする必要がないからな」

「……それって、なんだか寂しいですね」

無意識だった。頭で考えるよりも先に、気付けば佳奈はミツルの頬に掛かる黒髪に触れていた。

その瞬間、ミツルが佳奈の手を払いのける。

「あ」

漏れた声は、一体どちらのものだったか。払いのけられた姿勢のまま、佳奈はその場で硬直する。透明な眼鏡レンズ越しに、ミツルの瞳がぎゅっと収縮したのが分かる。何故か、払いのけられた佳奈よりもミツルの方がひどく傷付いた顔をしていた。

「すみません、不用意でした」

謝罪を口にした佳奈に、ミツルは何も言わなかった。逡巡を表すように、ティーカップの中身を掻き混ぜる。星屑のような金平糖が、透明な青の中を軽やかに踊る。白くのぼる湯気が空気に溶けたのを目で追い、ミツルは呟くような声で言った。

「俺の茶を淹れてくる。そこで待ってろ」

いいんですか、と佳奈が口を開くよりも先にミツルは席を立っていた。佳奈はそのまま横に倒れ、二人掛けソファーを占領する。

先ほど振り払われた右手の甲を、爪先でゆっくりと辿る。浮き上がった骨、くびれのある手首、なだらかな腕。身体の輪郭を一つずつなぞっていくうちに、動揺が収まっていくのを感じた。

「淹れて来てやったぞ」

ティーカップの中身がすっかり冷めた頃、ミツルは再びカップを持って現れた。佳奈は慌てて飛び起き、乱れていた髪を手櫛で整える。

ミツルは十分なスペースが出来たことを確認すると、ドサリと乱雑に腰を下ろした。テーブルに置かれたティーカップの中身に、佳奈は気まずさを忘れて目を丸くする。

それは、透き通った黒色をしていた。ピカピカと煌めき続ける闇。ブラックホールというものを実際に目の当たりにしたら、こんな見た目をしているのかもしれない。液体の中を舞う薔薇の花弁は深い赤みを帯びた黒色だった。

ミツルはどこか決まり悪そうにカップを手にしたまま固まっていたが、やがて覚悟を決めたようにその中身を飲んだ。ズズズッ、とラーメンを啜《すす》る時のような音がする。カップをソーサーに戻した時には、ミツルの眉間の皺は二ミリほど深さを増していた。

「くそまずい」

そのあんまりな感想に、佳奈も恐る恐るカップに口を付ける。一口飲むと、それはなんとも珍妙な味がした。深みがあり、甘いようで苦いようで、どこか酸っぱい。不快さもあるが、それだけでない奇妙な清々しさがある。

カップを手にしたまま、佳奈はミツルの顔を見上げた。どこか不安そうに瞳を揺らす相手の両目を、佳奈はわざと凝視した。

「私は好きですよ」

「……そうかよ」

そう告げる彼の声は、微かに震えていた。続く言葉が見つからず、佳奈はなんとなく押し黙った。不快さのない、心地のいい沈黙だった。

不意に伸びてきたミツルの手が、佳奈の肩を抱き寄せる。それに抵抗することなく、佳奈は彼の肩へともたれ掛かった。人間と同じように、その体温は温かかった。


結局、文香が起きたのは翌朝だった。すっかり寝入っていた佳奈はずっとミツルの肩にもたれ掛かっていたらしく、「起きろ」と揺さぶられて目を覚ました。口から涎《よだれ》が垂れていないか佳奈が慌てふためいている間に、ソファーから身を起こした文香は優雅《ゆうが》に伸びをした。きょろきょろと店内を見回し、彼女は悪戯《いたずら》がバレた子供のような顔をした。

「もしかして私、やらかした？」

酒での失敗に慣れている大人の言い回しだ。

「倒れていたのをお店で介抱しただけですよ。酔いつぶれてたみたいで」と佳奈は躊躇いなく答えた。客への誤魔化し方にも慣れつつあった。

乱れていたワンピースを整え、文香はミツルと佳奈の顔を交互に見比べる。その眉尻が申し訳なさそうに下げられた。

「ごめんなさいね、カップルでいちゃつきたいところをお邪魔しちゃって」

「カップルじゃないです！」

即座に否定した佳奈に、文香は口元に手を添えて茶化すように笑う。

「あら、もっと複雑な関係だったかしら」

「軽口を叩いてないで、早く帰ってくれ。営業妨害だ」

「本当そうよね、お店に迷惑を掛けちゃって。私、服とか汚してないです？　お二人のクリーニング代が必要なことしてませんでした？」

「本当に大丈夫ですよ、寝てただけなんで。お気になさらないでください」

「なんでそれをアンタが言うんだ。店主は俺だぞ」

「そんな細かいこと、今はいいじゃないですか」

言い合う二人に、文香はくすくすと肩を揺らして笑う。

「仲が良いんですね、若いって本当に素敵。彼女の方は大学生？」

「そ、そうです」

「実は私もこれから大学に行こうと思ってるの。この年で？　って思われるかもしれないけど、ちゃんと勉強したいなって思って。それで仕事を辞めて、今は大学受験に向けて勉強中」

「へえ！　素敵ですね」

初対面の相手へのリアクションにしては、あまりに声が弾みすぎた。しかし文香は気にならなかったようで、嬉しそうに目を細める。

「そんなこと言ってくれるなんて優しい子ねぇ。荒《すさ》んだ心が癒されちゃう」

「ちなみにどの学部を受けるんですか？」

「文学部よ。ロシア文学を研究したくて」

「私も文学部なんです」

「あらー、すごい偶然！」

キャッキャッと盛り上がる二人に、ミツルが白い目を向けてくる。早く帰れ、と訴えているのが言葉にしなくともオーラで分かる。流石に察したのか、文香が鞄を手に立ち上がった。

「お礼はまた後日、改めてさせてもらいますね。朝まで面倒みて頂いてありがとうございます」

「あ、駅まで送りますよ。酔ってたから道を覚えてないですよね」

強引な言い訳をくっつけて立ち上がったのは、佳奈が文香との別れに名残惜しさを覚えたからだ。茉莉や湊と同じ様に、彼女もきっとこの店にはもう二度と辿り着けない。

「流石にそれは申し訳ないわよ。スマートフォンで調べればいいんだから」

「いえ、もう少し一緒にいたいので」

強い主張に、文香がはにかむ。その唇から、整った歯列がちらりと覗いた。

「あら嬉しい。それじゃあ店主さん、彼女さん借りていくね」

「もう酔っ払うなよ」

しっしっと追い払うように手を動かすミツルに、文香はくすくすと可笑《おか》しそうに笑った。

佳奈に顔を近付け、「否定しなかったってことは脈アリね」と文香が楽しそうに耳打ちしてくる。途端にバクバクと暴れ始めた自身の心臓の素直さに、佳奈はちょっと呆れてしまった。

第四話

# 優しい嘘つき

Kassiopeia

人生には明らかにヤバいと本能で察する瞬間が何度かある。

例えば、あと五分で家を出ないといけないのに、寝ぐせがとんでもなかった時。或いは、鍋に少しだけ醬油を足そうとしたら、思いのほか大量に中身が出た時。イケると思って店の試着室でトップスを着たら、サイズが小さくて脱げなかった時。寿司屋で食べたヤリイカが喉に詰まって、飲み込めなくなった時。——そして、箱の中で保管していた〈種〉がとんでもないサイズに成長しているのを発見した時、だ。

「うわぁぁ……」

唇から引き攣った声が漏れる。寝ぼけていた意識が覚醒し、佳奈を現実へと引き戻した。くしゃくしゃなベッドシーツ。足元に転がる枕。寝相が悪いせいでベッドから蹴飛ばされた布団が床で無残な姿を形作っている。寝ている間に自分がどれだけ暴れ回っていたかはさておき、ベッドサイドには菓子箱が破れた状態で落ちていた。中に入れていた〈種〉が膨れ上がり、箱を破壊したのだろう。

ドクドクと脈打つ〈種〉は、中央部分が水風船のように肥大している。大きさは小ぶりなスイカくらい、輸入家具屋で見掛ける間接照明みたいな見た目だ。棘のサイズは全く変

2025年
5月の新刊

わらないため、相対的に棘が小さくなったように錯覚する。棘の先端に手の平を押し当てると、硬い感触が返ってきた。多分、このまま力を入れると簡単に皮膚に穴が空いてしまうだろう。

もう、限界なのかもしれない。

瞼を閉じ、佳奈は深く息を吐き出す。このまま隠し通すことができたとして、それでどうなるというのだろう。亮にまつわる手掛かりが摑める気配はない。

自分のやっていることは単なる逃げなのではないか。病気の初期症状に気付かないフリをするのと同じで、現実と向き合うことを過度に恐れている。きちんと事情を話せばミツルだって〈種〉を壊さないかもしれない。この中に入っているものは、実は佳奈にとってどうでもいいものかもしれない。いっそ壊してしまった方が、事態が好転するかもしれない。

かも、かも、かも。積み重なる仮定が焦燥《しょうそう》を搔き立てる。

「ミツルさんに会ってみたい？」

戯れに問い掛けてみると、〈種〉はまるで意思を持つ生き物みたいに内側をチカチカと青く光らせた。

ブルーフラッシュ現象。

数か月前に見聞きした単語が刹那的に脳裏を過ぎった。

七月に入り、大学のレポート課題も増えてきた。図書館は資料を求める学生で埋め尽くされ、キャンパス内を行き交う学生たちの顔にはどこか疲労が滲んでいる。

「今日、お昼どうする」

こちらを向く茉莉の表情は先ほどの授業でレポートを提出したばかりということもあって清々しかった。佳奈は「んー」と小さく唸る。

「特にこれといって希望はないけど、強いて言うならガッツリ系かなぁ」

「ガッツリ系って例えば」

「中華とか」

大学の正門を出た途端、日差しを遮るものがなくなった。燦々と太陽が照り付ける道路を睨みつけ、茉莉は額の上で手で庇を作った。

「じゃ、駅前の中華料理屋さんとかどう？　飲茶《ヤムチャ》ランチしようよ」

「あそこ美味しいよねぇ。行こう行こう」

大学から駅までの道路は広く、四車線もある。柵で仕切られたエリアは自転車ゾーンと歩道に分かれているため歩きやすいが、二人以上の人数で横並びになると道を占拠することになるため、広がって歩かないようにと大学側から何度か注意勧告が出されていた。

「ってか、荷物多くない？　パンキョーⅡしか授業なかったのに、何持って来てんの？」

一般教養、略して『パンキョー』。茉莉のそのイントネーションは『弁当』のそれと同じで、少し間が抜けて可愛く聞こえる。

茉莉の視線から隠すように、佳奈は肩に提げた大きめのトートバッグを抱き込んだ。中に入っているのは〈種〉だった。授業の後、ミツルに見せようと思ってわざわざ大学まで持ってきたのだ。

「この後店の手伝いがあるから、その荷物」

「あぁ、例の店？　佳奈もよく続いてるよね、ボランティアなんて。まあでも、店主がイケメンだったら私も頑張ろうって思えるかも」

「イケメンかはさておき、尊敬できる人なのは間違いないよ」

〈種〉を破壊された茉莉に、『Kassiopeia』の記憶はほとんどない。欠如した記憶は前後の記憶に合わせて整合性のとれた形で修復されたらしく、茉莉はあの店を酔いつぶれた際にお世話になった雑貨屋としてしか認識していない。自分が何かを忘れていることすら、今の茉莉は忘れている。

助手という説明だとややこしくなる可能性もあるため、佳奈は彼女に店でボランティアをしていると伝えていた。アルバイト経験すらなかった佳奈の突然の行動に「詐欺じゃないの？」と最初は心配していた茉莉だが、今では応援してくれている。

「尊敬できる人ねぇ。ふーん」

「何その言い方」

「恋愛フラグ立ってるなと思って」

「ダメダメ、立てちゃダメだから」

咄嗟に否定した佳奈に、茉莉は面白がるように口角を上げた。彼女からすれば単なる揶揄《からか》いなのだろうが、こちらにとっては深刻な問題だ。

「あらぁ、佳奈ちゃん」

自分を呼ぶ声がして、佳奈はその場で立ち止まった。きょろきょろと周囲を見回すと、横断歩道の向こう側からこちらに駆け寄って来る文香の姿があった。赤のトップスに、足首丈のストレッチパンツ。彼女が歩く度に、ヒールがカツカツと小気味のよい音を立てた。

「こんなところで会うなんて偶然ね。大学帰り？」

「そうです。授業終わりで」

「お疲れ様ね。そちらはお友達？」

「はい。サークルが一緒で」

話の矛先を向けられ、茉莉が軽く会釈する。文香は手に提げていた紙袋を揺らすと、「キャンパスライフ、楽しそうね」と社交辞令だか本音だか分からない声で言った。

「文香さんはどうしてここに？」

「引っ越ししたから役所に住所変更に来たの。警察署にも行かなきゃダメだし、引っ越しって色々とめんどくさいよね。あ、佳奈ちゃんは一人暮らしだったっけ？」

「そうです。大学に入る時は親が引っ越し先を決めてくれたんですけど、社会人になって引っ越す時には自分で探さないといけないのかなーって」

「もしここらへんで家探しする時に頼れる人がいなかったら私に連絡して。内見大好きだから一緒に行ってあげる」

「あ、ありがとうございます」

「じゃ、私はこれからジムだから。二人共元気でね」

ひらひらと手を振り、文香は颯爽《さっそう》とその場を立ち去った。黙っていた茉莉が「どういう関係？」と首を捻る。

「ボランティア先で会った人なの。秋から大学に入学するために勉強中なんだって」

「へぇ。大人になってからやりたいことするのってカッコいいよね」

「ね！」

自分の友達が自分の憧れの人を褒めてくれると嬉しくなる。自分が好きなものを貶《けな》されると悲しくなるし、だからこそ他人の好きなものを攻撃しないでおこうと思う。どうせ生きるなら、色んな人の色んな好きの在り方が共存できる世界がいい。

「あ、店行く途中で郵便局寄っていい？」

「いいけど何で？」

聞き返した佳奈に、茉莉はどこか恥ずかしそうに目を逸らした。彼女の肩に提がる革製の鞄は夏だろうが冬だろうが同じ形をしている。しっかり者の茉莉は何でも持ち歩きたがるので、鞄のサイズも大きかった。ノートパソコンだって余裕で入る。

茉莉は鞄のファスナーを開けると、その中から厚みのある茶封筒を取り出した。A４サイズでは中身が収まらなかったのか、A３サイズの封筒だった。

「応募原稿、送ろうと思って」

宛先には出版社の名前が書かれている。佳奈も名前だけは知っている、青春小説を多く手掛けている出版社だった。

「小説、書けたの？」

茉莉は照れくさそうに頬を掻いた。

「佳奈がさ、前に澪と喋ってみなって言ってくれたじゃん？　それで、飲み会の時に話してみたら、高校時代に匿名で私にファンレター送ってくれてたことが発覚してさ。それで、あの子に読ませるぞって思ったらいい意味で力が抜けたというか、スランプを抜け出せたの」

「じゃ、じゃあ、喋って良かったんだね」

「うん、本当そう。佳奈のおかげだよ、ありがと」

どういたしまして、と応じようとしたのに、何故だか声が詰まって出てこなかった。

「なんで泣きそうになってんの」と茉莉が笑いながら佳奈の肩を叩く。ブラウス越しにもその力強さを感じ、佳奈は「痛いよ」と冗談めかした口調で言った。

掲げるように、茉莉が茶封筒を顔の横で振ってみせる。

「私さ、そのファンレターに返事を書こうと思って、ずっと大事にしてたレターセットがあったんだよね。宛先分かんないし、書いても無駄じゃんって我に返って途中で捨てちゃったり。何枚の便せんを無駄にしたか分かんない。……で、送り主が澪って判明したからやっと返事が書けると思ったんだけど、家をどんだけ捜してもそのレターセットが見つかんないの。腐ってた時期があったから、その頃に捨てちゃったのかもしれないけど」

「捨てたっていうか、ウッカリ無くしちゃったんじゃない？」

「そうかもしれないんだけどさぁ、絶対に無くさないと思ってたからショックだった。返事をするならあのレターセットで、って決めてたから。でもまぁ、無いもんは仕方ないよね。多分、私にとって捨てた方がいいもんだったんだよ」

　それが事実ではないことを、今この場で佳奈だけが知っている。茉莉のレターセットは奇跡の対価として『Kassiopeia』に差し出された。だけど佳奈はそれを伝えようとはしない。彼女からは店にまつわる記憶が全て失われているから、たとえ伝えたとしても実感がないだろう。

「レターセットが無くたって、澪に直接ありがとうって言えばいいだけだし。それにさ、さっき新人賞で結果が出なかったり、またしばらく書くのをやめようって思ったりしても、さっきの人みたいに大人になってからまたやり始めたらいいんだよね。意外とどうとでもなるんだよなって思った、人生ってさ」

「おお、なんかカッコいいね。今の台詞」

「でしょ」

　肩に掛かる黒髪を指で払い、茉莉はどこか得意げに胸を張った。

昼食を終え、茉莉と別れたのは十三時を過ぎた頃だった。そこから電車に乗り、『Kassiopeia』へと向かう。通い慣れた道だ。錆《さ》びついたガードレールをなんとなく目で追っていると、途中でひしゃげているのが見えた。先日、バイクが突っ込んだらしい。この道の見通しが悪いのは有名で、これまでも何度か事故が起こっている。深刻な被害が出たことはないが、近所の小学生の親たちは役所に対策を求めているらしい。

今日は珍しく晴れているが、雨の日だと余計に事故が起こりやすいだろう。梅雨明けは来週だとニュースで言っていたが、傘を手放すことのできる日々が早く来て欲しい。

店の扉に、佳奈はいつものように手を掛けた。花壇に咲き乱れるグラジオラスの香りが、立っているだけで鼻腔をくすぐる。胸いっぱいに空気を吸い込み、佳奈は扉をゆっくりと引き開けた。

異変にはすぐに気が付いた。普段ならば二十四時間灯りの消えることのない店内が、今日に限って真っ暗だ。電灯は点《つ》いておらず、時計が刻む針の音だけが闇の奥から響いていた。

「ミツルさん？」

キィ、と蝶番が軋む。足を踏み入れるのが躊躇われ、佳奈は扉にできた隙間に上半身だけを差し込んだ。目を凝らすと、窓の隙間から差し込む青白い光の筋がうっすらと床板を照らしている。

なんだか変だ、と佳奈はすぐに違和感に気が付いた。まだ日中にもかかわらず、窓から注ぐ光は月光のように淡い。カーテンの無い窓の外は暗く、まるで夜のようだった。

覚悟を決めて扉の中に足を踏み入れる。その途端、扉が勝手に音を立てて閉まった。開けようと何度も取っ手を捻ったがびくともしない。閉じ込められた、と脳がすぐさま結論を導き出す。

店で起こる奇妙な現象に慣れて来たとはいえ、こんな経験は初めてだった。怖気づきそうになる心を奮い立たせ、佳奈はトートバッグからスマートフォンを取り出した。ライト機能を使い、周囲を照らす。LEDの無機質な白が店内にくっきりと浮かび上がった。

一歩、また一歩と店内を進む。鉄道模型も動いていないのか、いつもの汽車の音は聞こえなかった。カウンターの奥へと向かっていると、何か柔らかいものがパンプスの先端に触れた。「ひっ」と思わず悲鳴を漏らしたが、柔らかい物体は動く気配がない。怖いものではありませんように、と恐る恐るスマホで照らすと、そこにあったのは人間の脚だった。

もっと厳密に言うと、倒れている人間の身体だ。

「ミツルさん？」

すぐさましゃがみ込み、佳奈は上半身に光を向けた。床に倒れているのは間違いなくミツルだった。倒れた衝撃で外れたのか、眼鏡が床へ転がっている。ひくひくと痙攣する瞼が、彼が生きていることを明確に示している。

「ミツルさん、大丈夫ですか」

頰に触れると、その肌はやけに熱かった。佳奈が入って来たことにすら気付いていないのだろう、彼は固く目を瞑ったまま浅い呼吸を繰り返している。ひどい熱であることは明らかだった。本来ならば病院に連れて行くべきだろう。だが――。唇を軽く嚙み、佳奈は閉まったままの扉を見遣った。ミツルはあの扉から先には行けない。

バッグを床に置き、佳奈はミツルの脇に腕を通した。気絶した客をミツルが運ぶ時のやり方だ。ミツルは佳奈よりも一回り程大きいが、太っている方ではない。力を込めると、なんとか身体が持ち上がった。右腕でミツルの身体を支え、左手でスマートフォンを構えるという体勢をとる。

「ベッドに連れて行きますよ」

呼びかけるが、反応はなかった。シャツ越しに感じる体温は四十度近くあるのではないかと思われる。ミツルは自分のことを人間じゃないと言っていたが、熱が出て弱るのは同じらしい。

「ミツルさん」

無駄だと分かっていても、それでも名前を呼んでしまう。自分以外に動いている生物の気配がないのが怖かった。

「黒井さん、いないんですか」

思わず暗闇に向かって声を掛けるが、いつも店にいる黒猫は今日に限って姿を見せなかった。外に出ているのかもしれない。

一歩ずつ足を動かす度に、重苦しい静寂が皮膚に纏わりつく。怖い。怖い。ミツルが目を覚まさないかもしれないという可能性が、ひたすらに怖い。

「ミツルさん、起きてくださいよ」

鼓膜を揺する自分の声は、情けなく引き攣っている。店奥へとライトを向けると、鮮烈な赤がぽつんと床に落ちている。バラの花弁だった。

なんとなく薄ら寒い心地になり、佳奈はすぐさまライトの向きをカウンター奥へと変えた。普段、ミツルがハーブティーを淹れる度に行き来しているのはこの扉だ。

ごく普通の木製の扉で、黒い鉄製のドアノブがついている。ライトをカウンターに置いてからドアノブを捻ると、扉は簡単に開いた。施錠されていないらしい。

「他人のプライベートな空間に無断で立ち入ることは良くないことだよ！」と脳内の天使が窘めたが、「緊急事態なんだから仕方ないでしょ」と悪魔がすぐさま反論した。そうだ、今は緊急事態。躊躇《ちゅうちょ》している猶予はない。

「失礼します……」

形式だけの挨拶を口にし、佳奈は扉を引き開けた。真っ先に目に入ったのは、全面ガラス張りの壁だった。そこから見える庭は夜闇に包まれており、降り積もる雪が月光を白く反射している。そう、雪だ。七月初旬に見えるはずのない物質。

外の景色に相応しく、部屋の温度も低かった。佳奈が息を吐き出すと、唇から白い空気が零れる。着ているブラウスが半袖なせいで、気付けば鳥肌が立っていた。

ミツルの部屋も電気は点いていなかったが、月明かりのおかげで家具の輪郭を摑むことはできた。部屋の三分の一ほどの空間をベッドが、四分の一ほどの空間を木製デスクが占めている。キッチンは一応あるが、一口コンロと小さなシンクしかなかった。かなり不便そうだが、食事を摂らないのであれば問題ないのかもしれない。

なんとかベッドの上にミツルを寝かせ、厚みのある掛布団を身体に被せる。額に滲んだ汗が頬を伝うのが見え、佳奈は震える指でそれを拭った。先ほどからガタガタと自分の身体まで震えているのは室温のせいだ。少しでも寒さを凌《しの》ごうと、佳奈は床に落ちていた半纏《はんてん》を勝手に拝借することにした。

ミツルが目を覚ますまでの間、何かできることはないだろうか。幸か不幸か店の扉が閉まっている以上、客が来ることはなさそうだった。

佳奈はひとまずデスク前に置かれていた深緑色のチェアに腰掛けた。脚にキャスターがついている、ごく普通のデスクチェアだった。

木製デスクには引き出しがあり、その全てに鍵が掛かっている。奥には数冊の本が並べられ、その隣には見覚えのある宝箱が置かれていた。ミツルが客から受け取った対価を入れている箱だ。

思わず伸ばした手が、箱の金具に触れる。頑丈そうな見た目とは裏腹に、鍵は掛かっていなかった。

そこに入っていたのは、一枚の紙と一輪のドライフラワーだった。水分を失った、美しい赤いバラ。その花弁は黒に近い色に変色し、乾いた葉は端が捲れあがっている。

だが、佳奈の目が吸い寄せられたのはそちらではなかった。二つ折にされている紙に見覚えがある。ミツルが客に差し出す契約書だ。

一度、佳奈はベッドの方を振り向いた。ミツルが目を覚ます気配はない。

他人の私物を勝手に見てはいけない。そんなこと頭では分かっている。それでも読みたいという欲求を抑えることはできなかった。震える指で、紙を広げる。年季の入ったそれにはやはり見覚えのある文が並んでいた。

Kassiopeia（以下「甲」という）と坂橋亮（以下「乙」という）は、奇跡（以下「本件商品」という）につき、以下のとおり契約（以下「本契約」という）を締結する。

第一条（目的）

甲は乙に対し、以下の条項に従い、本件商品を提供し、乙はこの対価を支払う。

第二条、第三条と続く箇条書きは、第五条まであった。その下の甲の欄には『Kassiopeia』の住所が書かれている。そしてその更に下、乙の欄には確かに契約者のサインがされていた。

「……坂橋亮」

薄々、気が付いていたのかもしれない。ミツルと亮が同一人物ではないかという可能性に。髪色も雰囲気も全然違うが、ミツルは亮に似すぎている。

ずっと捜していた相手は、最初からここにいたのではないか。ミツルが坂橋亮という存在を佳奈から遠ざけようとしていたのは、彼自身が亮だからなのではないか。何かしらの事情があって、その事実を隠しているのではないのか。

ぼたり、と手の中の紙に水滴が落ちた。部屋の中に雨なんて降っていないのに、紙にはいくつもの染みが出来た。自分でも何故泣いているのか分からない。ただ、涙が止まらなかった。

契約書を箱に戻し、蓋を閉じる。宝箱の中に入っているものは、きっとミツルにとってかけがえのないものだ。その赤いバラが何を意味しているか、佳奈には見当もつかないけれど。

ミツルが目を覚ましたら、その時こそちゃんと聞こう。この契約書は何を意味しているのか。ミツルの本当の名前は、坂橋亮というのではないか。

目を閉じると、ミツルの浅い呼吸音をやけに意識させられる。このままミツルが目を覚まさなかったらどうしよう。何か重大な異変を見逃していて、自分のせいでミツルがいなくなったらと想像すると恐ろしい。

デスクに突っ伏していた上半身を起こし、佳奈はそのまま立ち上がった。なんとなく。なんとなくだけれど、今はミツルから目を離さない方がいい気がする。

カーペットが敷かれた床に座り込み、佳奈は腕を枕代わりにミツルの眠るベッドへと身体を預けた。掛布団の端を握り込み、強く目を瞑る。

早く目を覚ましますように。それだけを願った。


「起きろ」

肩を掴まれ、揺さぶられる。目覚めさせるにはかなり悪い部類に入るやり方だった。

いつのまにか寝入っていたらしい。目を擦りながら、佳奈はベッドから身を起こした。

そこで目の前のベッドがもぬけの殻になっていることに気付き、微睡んでいた意識が覚醒する。

「ミツルさん、あの、大丈夫ですか」

ミツルは既にベッドから抜け出しており、佳奈の背後で仁王立ちしていた。顔色は幾分かマシになったが、ボサボサの前髪から覗く両目には未だに疲労が色濃く滲んでいる。鋭く吊り上げられた眦《まなじり》に、佳奈は「ひっ」と短く悲鳴を上げた。放たれる怒気が、佳奈の身体を竦ませた。

「もしかして、怒ってます？」

「怒ってる」

「そのー……部屋に勝手に入ったのは謝ります。でもあの、ミツルさんが倒れてたので、どうにかしなきゃと思って。それで――」

「これはなんだ」

言い訳を捲し立てていた舌が硬直する。ミツルが差し出したのは、佳奈が持ってきた〈種〉だった。倒れていたミツルを見て気が動転し、〈種〉の入っていたトートバッグを店に置きっ放しにしていた。恐らくミツルがそれを見付けたのだろう。

充満する冷気に気付き、佳奈はぶるりと身を震わせた。窓の外は冬のままで、地面には雪化粧が施されている。この部屋はずっと冬の夜のままだ。

「あの、そんなことよりも体調は――」

「これはなんだと聞いてる」

言葉を乱暴に遮られ、佳奈は自身の膝へと視線を落とした。くたびれた青い半纏の袖が視界に入り、そういえば無断で拝借していたことを思い出す。大きな袖を指先で握りながら、佳奈はしどろもどろに説明する。

「私の〈種〉です。ここのところ様子がおかしくて、ミツルさんに相談した方がいいんじゃないかって思って。でもその、なんというか、言い出しにくくて」

「いつ吐いた」

「えっと……最初に店に来た日の朝に」

「三か月も前じゃないか」

「あ、あの、そんなことより体調は」

「そんなこと！」

吐き捨てるようにそう言って、ミツルはくしゃくしゃと自身の髪を掻き混ぜた。苛立たしさを隠さない態度に、佳奈は思わず立ち上がった。座り続けたせいで足先は痺れていたが、感覚がなくとも十本の指はしっかりと地面を摑んでいた。

「おかしいと思ったんだ、クソ。もっと早く気付いていれば」

ぶつぶつとした呟きは、明らかに返事を求めてのものではなかった。ミツルは腕に抱えた〈種〉を見せつけるようにこちらに向けた。

「何で隠してた？　こんなになるまで放置するなんて。アンタは俺を信用してなかったのか」

「それは、」

言葉が詰まった。何を言っても言い訳にしかならないという自覚があった。黙り込んだ佳奈を一瞥し、ミツルが深く溜息を吐く。

「もういい。今すぐ帰れ」

出会った当初に戻ったかのような頑なさだった。きっぱりとした拒絶がその声には込められている。佳奈は慌てて口を開いた。

「帰りません、ミツルさんの体調だって心配だし」

「アンタの心配なんて要らない」

「でもっ」

「そもそも助手にしたのが間違いだった。初めから許すべきじゃなかったんだ。いいか、この店には二度と近付くな。アンタが来ていい場所じゃない」

その言葉に、ぶちんと堪忍袋の緒が切れた。自分が責められるのは分かる。〈種〉の存在を隠していたのも、部屋に無断で入ったのも事実だ。だけど、こちらにだって言い分がある。

「なんなんですか、さっきから一方的に！　ミツルさんだって、私に秘密にしていることがあるくせに」

「秘密？」

「机の上にあった箱」

端的な指摘に、ミツルはあからさまに顔をしかめた。

「見たのか」

「見ました。契約書の名前、坂橋亮って」

今度はミツルが黙る番だった。唇を手の甲で拭い、佳奈は彼を真っ直ぐに見据える。

「ミツルさんの本当の名前は、坂橋亮っていうんじゃないんですか。私に亮を忘れろって言っていたのも、貴方自身が亮だからじゃないんですか」

「何を馬鹿なことを」

「貴方は、私の捜してる亮そのものなんじゃないんですか」

「……」

「ミツルさんがどういうつもりで色んなことを知らない振りしているのかは分かりませんけど、私はただ、貴方が心配なんですよ。この店に入った時に貴方が倒れていて、私がどんな気持ちになったか分かりますか。そうやって全部、勝手に溜め込んで。私だって、力になりたいと思ってるのに」

泣きたくなんかないのに、勝手に涙が溢れてくる。顔を逸らし、佳奈は半纏の袖で乱暴に目元を拭った。悔しかった。自分の気持ちが相手に伝わっていないことが。

漏れそうになる嗚咽を堪えようと、佳奈は唇を強く嚙んだ。下唇に歯を突き立てると、ぷつりと皮が破れる感触がした。佳奈は泣かない、佳奈は泣かない。祖母の口癖を脳内で何度も繰り返す。

ミツルはじっとこちらを見つめていたが、やがてデスクの上に〈種〉を置いた。ゴトリと重量を伴った音が響く。

「佳奈」

息が止まる。名前を呼ばれた瞬間、頭のてっぺんから爪先までビリリとした衝撃が走った。渇きが一瞬で満たされる感覚。

やっぱり、ミツルは亮だったんだ。

伸ばされた手が、佳奈の頰に添えられた。その親指の腹が目の下の涙をそっと拭う。近付く距離に、佳奈はぎゅっと目を瞑る。キスされるんじゃないかと思った。

即席の闇の向こう側から、フッと笑い交じりの吐息が聞こえた。彼の指先が佳奈の髪を搔き分けるように耳殻《じかく》をなぞる。唇が、佳奈の耳元に寄せられた。

「俺が、アンタの亮を殺した」

その瞬間、空気が凍りつくのを肌で感じた。勝手に瞼が跳ね上がり、冷ややかにこちらを見下ろすミツルと至近距離で目が合う。この部屋はひどく寒いと、今更ながら思った。こんなにも近くにいるのに、彼の手が肌に触れているのに、ちっとも温度が伝わらない。

「どういう意味ですか、それ」

声が掠れた。

「アンタ、さっき聞いたよな。俺自身が亮じゃないかって」

「だって、契約書が」

「俺は確かに坂橋亮だが、アンタの求めている亮じゃない。今のアンタならこの意味が分かるだろう」

——だって、君は僕の湊じゃない。

あの扉の向こう側で、タイチが湊に告げた台詞だ。アンタの求めている亮。今しがたミツルが口にした言葉も、きっと同じことを意味している。

心臓がぐしゃりと握り潰されたような、そんな心地がした。肥大していた期待がパチンと弾け、目の前が真っ暗になる。脚に力が入らなくて、佳奈はその場にしゃがみ込んだ。

「亮がいなくなったのは、ミツルさんのせいなんですか。本当に、貴方が殺したんですか?」

「そうだ」

「どうして……」

両手で顔を覆った佳奈に、ミツルは何も言わなかった。重苦しい沈黙が二人を包む。せめて外が雪でなければ。そうすれば、外の物音が雪の中に吸い込まれることもないだろうに。

羽織っていた半纏を脱ぎ、佳奈はくしゃくしゃに丸めてミツルへと投げつけた。それは彼の脚にぶつかり、そのまま床へと落ちた。袖口から露わになった肌に、冷たい空気が突き刺さる。

「風邪ひくぞ」

「ひきません」

「ひく。アンタは人間なんだから」

「じゃあミツルさんは何なんですか」

「前にも言った。俺は、扉の番人だ」

「そんなの、何の説明にもなってないですよ。番人ってなんなんですか。亮は……亮には本当に、もう会えないんですか」

「会えない。アイツはもう、どの世界にも存在してない」

絶句した佳奈から、ミツルは顔を背けた。

「これ以上、ままごとには付き合えない」

ままごとなんかじゃない！　少なくとも、自分はずっと真剣だった。そう言い返したいのに上手く言葉が出なくて、佳奈は拳を強く握り締めた。

その時、木製扉の向こう側からガランガランとけたたましいドアベルの音がした。来客の合図だ。店にいる時とこの部屋にいる時とでは、聞こえ方が全然違う。

佳奈は素早く立ち上がると、扉へと手を掛けた。「待て」と後ろから制止する声が聞こえたが、無視した。扉を開けると、カウンター越しに広がっていたのは普段通りの光景だった。照明は温かく店内を照らし出し、鉄道模型はひっきりなしに動き続けている。

そして入り口の扉には、一人の男が立っていた。紺色のスーツは、彼の体形に合っていないのか肩の生地が少し余っている。

「えっらいお洒落な店ですけど、ここ、『奇跡が起こる店』で合《お》うてます？　絶対に会えへん人に会えるって聞いたんですけど」

そう、男が尋ねた。関西の訛《なま》りが色濃く出ている喋り方だった。


来店した客は常和《ときわ》吉兼《よしかね》と名乗った。「吉兼って気軽に呼んでください」と言う声は大人の男性にしてはやや高い。短い黒髪に、愛嬌のある細い垂れ目。身長は百七十センチ足らずだが、顔が小さく、手足はやたらと細長い。口角を上げて喋るせいか、頬のえくぼが目立っている。着ているスーツは年季が入ってくたびれているが、童顔なせいで少し子供っぽい印象を受けた。

「いやね、さっきまで行くか行かんかで悩んでたんですよ。だってほら、ええ年した男が『お告げみたいな夢を見て来たんですぅ』なんてスピリチュアルなこと言うたら引かれるかもしれへんでしょ？　でも仕事さぼりがてら車走らせてたら、夢で言われた通りの店が実在してるワケですよ。そりゃ、なんてこったいってなるでしょ」

「車はどこに停めたんですか？」

「すぐそこのパーキングに。あそこ、えらい良心的で助かりましたわ。軽は一時間二百円やて。こういう時に軽で良かったって思います。でかい車を住宅街で走らせると色々面倒やし」

吉兼はソファーに腰掛けるなり、べらべらと喋り出した。その正面のソファーに座る佳奈は、相槌を打ちながらもカウンター奥の扉へと消えていったミツルの動向を気にしていた。

突然の来客に、佳奈とミツルの言い争いは一時休戦となった。ミツルはいつものように「茶を淹れてくる」と言ってその場を離れ、佳奈は佳奈でどこに座るかで頭を悩ませた。客の隣に座るのは絶対におかしいが、かといって普段通り二人掛けソファーに座ったら戻って来たミツルと隣り合うことになる。それは気まずい。かといって立ったままでいるのも変だ。

何を選んでも正解ではないのだから、悩むだけ時間の無駄だ。開き直った佳奈は、結局いつもと同じように振る舞うことにした。幸いにも吉兼はお喋りな性格だったため、聞いているだけで彼に関する情報はみるみるうちに集まった。

年齢は三十五歳。高校卒業後に寝具メーカーに就職し、現在は営業担当で、大阪支店と東京本社を行き来している。好きな食べ物はプリン、嫌いな食べ物はピーマン。飲み会は好きだが、酒を飲むのは苦手。小学生の頃の夢は吉本興業所属の芸人になることだったが、高校時代に文化祭で友達とやった漫才で大滑りして、自分には向いていないと悟った。

「マァ、友達の何人かはほんまに芸人やってる奴もおるんですけどね。食うていくのが大変みたいで、バイト掛け持ちしてますわ。友達の嫁はんからは『さっさと定職に就けって言うてやってください』って頼まれたりもするし。難しいところですよねぇ。二十代の頃は夢を追いかけてるところが素敵や言うて結婚したのに、子供ができると夢見とる場合ちゃうやろって怒りだしたり。やっぱ、子供が人を変えるんですかねぇ」

「子供どころか結婚すらまだなので、あんまり想像できないですね。吉兼さんはご結婚されてるんですよね？」

「あ、バレました？　そうなんですよ」

ヒラヒラと振られた左手の薬指の付け根には、銀色の指輪が嵌まっている。表面にいくつも浮かんだ浅い傷が、指輪が新品でないことを示していた。

「二十六歳の時に結婚して、今でもラブラブですわ。ボク、背が高い人が昔から好きで。うちの嫁、百八十センチあって、中学の時はバレー部の主将やったんですよ。ハイヒール履くとほんまカッコよくてねぇ。屈んでもらわんとキスできんから困るんですけど」

はっはっは、と恥ずかしげもなく惚気《のろけ》る吉兼に、佳奈は呆気《あっけ》にとられた。こんな風に大っぴらに自分の妻への好意を語る人間は、佳奈の周りでは珍しい。

「奥さんのこと、大好きなんですね」

「そりゃあ好きやなかったら結婚なんてしないですからね。まぁでも、おねえさんみたいな若い子らは結婚せんでも完全に許される世代でしょう？　生き方の選択肢なんてなんぼあっても困らんからね、どんどん増えてったらええなって思いますよ」

「吉兼さんもそんなに年は変わらないですよね？」

「いやいや、十《とお》違ったらだいぶちゃいますよ。じぇねれーしょんぎゃっぷ、いうやつやな。まあでもボクなんかは仕事で西日本と東日本を行き来してますから、世代間ギャップよりも地域間ギャップをひしひし感じますね。嫁さんも前までは土産いっぱい買《こ》うて来てくれるから嬉しいわ、なんて言うてくれてたけど」

　それにしても暑いな、と吉兼はスーツのジャケットを脱ぐと、鞄から小さな団扇《うちわ》を取り出した。宣伝用の品らしく、会社名がばっちりと印刷されている。『眠れない？　そんな時はNEMURELUにご相談ください！』とゴシック体でセールス文句が書かれている。

　先ほどのミツルの部屋と違い、店内は七月初旬に相応しい気温だ。窓の外は明るく、今日が快晴であることが室内からでもよく分かる。吉兼がシャツの袖を肘辺りまで捲ると、筋張った腕が露わになった。

「奥さんは同世代なんですか？」

「同い年です。中学生からの付き合いやから、出会ってかれこれ二十年くらいか」

「えっ、中学の頃からずっと同じ人と付き合って結婚したんですか？　凄い」

「いやぁ、そう言えたらカッコいいんですけど、実は一回別れてるんですよ。中三の時に付き合うてて、高校に進学した時に別れて。で、二十五歳の時に同窓会で再会して、向こうからアプローチしてきて……なのに気付いたらこっちの方が好き好き言うてるから不思議な話ですよねぇ。どこで逆転したんだか」

「それだけ愛されてたら、奥さんも幸せなんじゃないですか？」

「そうやとええんですけどね」

眦を下げ、吉兼は照れたように笑った。

「随分盛り上がってるな」

ハーブティーの入ったカップをトレイに載せ、ミツルが二人の元へ戻って来た。彼はテーブルにそれぞれのティーカップを置くと、当然といった顔で佳奈の隣に座った。一見すると普段と変わらない態度に見えるが、いつもより脚を広げる角度が大きい。機嫌の悪さは二割増しといったところか。

「なんやこのお茶、めっちゃええ匂いしますね。うちのばあさんも砂糖代わりに金平糖入れてたわ、懐かしいなぁ」

陶器のティーカップは、透き通る緑色の液体に満たされていた。細いティースプーンで掻き混ぜると、緑色の薔薇の花弁と金平糖がクルクルと楽しげに踊った。

佳奈はカップを傾ける。口に含むと、芳醇《ほうじゅん》な春の香りが広がった。ハーブティーは甘く、苦みが一切ない。

「おにいさん、甘党なんですか？　このお茶、金平糖入れんでも元々めっちゃ甘いみたいですけど」

「お客サンに合う味になっただけだ」

「エー、おにいさんってエスパーです？　ボクね、昔から紅茶も珈琲も苦手で。やけど客先行ったら大体この二択でしょう？　だからね、息止めて飲むっていう技を身につけたんですよ。でもこのお茶は甘いからなんぼでも飲めそうですわ」

愉快そうにコロコロと喉奥を鳴らして笑う吉兼の言葉は、明らかにリップサービスだと分かるのだが嫌みがない。人懐っこい顔立ちだからか、或いは高低差のあるイントネーションのせいだろうか。話す声が耳に心地いい。

「随分と喋り込んでたみたいだが、本題に入っていいか」

ミツルの口調は素っ気ないが、吉兼が気分を害した様子はない。「どうぞどうぞ」と彼は団扇で扇ぎながら言った。

それからミツルは店の説明を行った。対価を差し出せば望んだ相手に会うことはできるが、その人物は並行世界の住人であってこの世界の人間ではない。

「つまり、ぱられるわーるど！　えらいワクワクする単語ですね」

まるでフィクションを楽しむかのような気軽さで、吉兼はミツルの説明を受け入れた。あまりにもあっさりと納得してしまうものだから、佳奈の方が慌ててしまう。

「信じるんですか？」

「だって信じた方が面白そうですし。それになんちゅーか……自分でもよう分からんのですけど、この店の夢を見た時からそういう不思議なことがあってもおかしくないなって気持ちなんです。ボクも三十五のええ大人やし詐欺ちゃうかって疑う気持ちもあるんですけど、なんか信じたくなるんですよね」

「それは身体に住み着いた〈種〉の影響だ」

「タネ？」

口を挟んだミツルに、吉兼が小首を傾げながら顎を擦った。佳奈は咄嗟にミツルの顔を見上げる。ミツルが事前に〈種〉について客に話すのは初めてだった。

「寄生植物ってあるだろう。他の植物に寄生し、栄養を吸収して生きる。〈種〉は、最初に人間の体内に寄生する。元々は米粒大だが、ある程度の大きさまで成長すると、寄生された人間は引き寄せられるようになる」

「引き寄せられるって、何にですか？」

「この店に。もっと厳密に言うと、この店にある始まりの木に。お客サンの見た夢は〈種〉が見せたものだ。始まりの木は生存戦略として、人間に〈種〉を吐き出させるためにこの店を利用してるんだ。〈種〉を体内に放置したままだと、やがて巨大化して寄生先の人間ごとダメになるから」

「想像したらグロいんですけど。エイリアンの卵みたいなもんがボクの腹の中にいるっちゅーワケですか？」

うげ、と大袈裟に顔をしかめ、吉兼は自分の薄い腹を撫でる。

「腹じゃないが……まあ、そういうことだ」

「体内に残したままだとダメになるって今言うてましたけど、そのダメがどういうものを指すのか具体的に教えてもろていいですか？」

「死ぬ」

「ワーオ、ほんまに具体的」

「寄生される人間には傾向がある。何かしらに対する強い執着を持っていて、世界の均衡を壊しかねない。この店で並行世界の人間に客を会わせるのは、客の中に住み着いた〈種〉に刺激を与えるためだ。感情が強い刺激を受けると、〈種〉はそれに付随した記憶を伴って体外へと排出される。排出された直後はまだ柔らかく、破壊することも容易《たやす》い」

そういえば以前、文香の質問にミツルは『ガス抜き』という言葉を使って答えていた。

茉莉も、湊も、文香も、その他の客も、誰もがミツルの説明を疑わず、素直に契約を交わしていた。それも全て〈種〉の影響だったのだろうか。彼らは自分の意思だと思い込んだまま、この店にやって来たのだろうか。

じゃあ、自分はどうなんだろう。ティーカップを両手で包み込み、佳奈はじっと緑色の水面を眺める。ミツルの助けになりたいと願ってしまうのは、本当に自分の意思なんだろうか。

「その〈種〉っちゅーのは体外に排出された後どうなるんです？　わざわざこの店に宿主

をおびき寄せてるってことは、なんか良いことがあるとか？」

「この店に集まった〈種〉は、最終的には俺に破壊される。粉々になった〈種〉は砂状になり、始まりの木の養分となる。そうやって大きな一本の木を、多くの〈種〉の力で維持しているんだ」

「んん？　つまり、〈種〉は自分から破壊されるためにこの店に来てるっちゅーワケですか？」

「種《しゅ》の存続の為の生存戦略だ。そしてこの店は、始まりの木を管理するために存在している。体外へ排出されても〈種〉は宿主と繋がっていて、奪った記憶に結びつく特定の感情によって成長する。体外に出た〈種〉は、刺激を加えられる度にどんどん育つ。木に育つのを止めるには〈種〉を破壊するしかないから、〈種〉が体内にある段階でさっさと処理するのが肝心だ。放置なんてもってのほかってワケだ」

後半の言葉は、明らかに佳奈に向けられたものだった。ミツルがわざわざこうして説明しているのは、客の為じゃない、佳奈に聞かせるためだ。〈種〉を放置しているとどうなるか、回りくどく嫌みを言われているらしい。

奪った記憶に結びつく、特定の感情。その言葉を佳奈は脳内で反芻する。

「お客サンが願っている相手と会った後、この店で起こった全ての記憶は失われる。夢でこの店を見たことも、対価を差し出したことも、扉の向こうで誰かと会ったことも。この店にまつわるあらゆることを忘れる」

「最後には必ず忘れるって分かってて、それでも会う意味ってなんなんです？」

「そういえば言ってなかったな。ここは、『自己満足を売る店』なんだ」

吉兼の眉間に軽く皺が寄った。垂れ目のせいで、顔をしかめても柔和な印象は変わらなかったが。

ネクタイに手を掛け、緩める。二人掛け用のソファーの背もたれに身を預け、吉兼は「ふう」と大きく息を吐いた。スラックスの裾がこころもち上がり、薄い桃色の靴下が覗く。

「ややこしいことはよう分からんけど、会えるなら会いたいし、断る理由がないな。あと、腹に変なもん抱えて死にとうないし」

「契約成立だ」

ミツルがそう告げると、テーブルの上に契約書が現れた。吉兼は隅から隅までじっくりと読み込んでからサインをした。綺麗ではないが読みやすい字だった。

「今日の二十四時前にこの店に来てくれ」

「じゃあ、私はそれまでに思い出の場所に行って話を聞いて来ればいいんですね」

「何でだ」

「はい？」

いつもと同じ手順を踏んでいるだけなのに、ミツルは不可解そうな顔をした。

「そしたらお客サンとアンタが二人きりになるだろ」

「これまでもそうでしたけど」

首を傾げた佳奈に、ミツルは手で口を覆った。手の平で押さえつけていても、舌打ちの音が確かに聞こえた。

吉兼がニヤッと口角を上げる。

「マァ、おにいさんは随分と心配性な性格っちゅーワケですな」

「そうじゃない」

「大丈夫大丈夫。ボクは嫁さん一筋やから、おねえさんに手ぇ出したりしませんよ」

「だからそうじゃないって言ってるだろ」

ミツルの文句を受け流し、吉兼は飄々《ひょうひょう》と笑っている。もしかして嫉妬していたのだろうかと数拍遅れで理解した佳奈は、不服そうなミツルの顔を横目で見た。その双眸は透明なガラスに遮られている。黒髪の隙間から覗く耳殻の形を目で追いかけると、視線に気付いたミツルがこちらを向いた。

「おい」

「な、なんでしょう」

なんとなくばつが悪く、気付けば姿勢を正していた。ミツルは後頭部をくしゃくしゃと搔き混ぜると、気まずそうに口を開いた。

「アンタ、お客サンの話を聞き終わったらいったん店に戻って来い」

「あ、はい。分かりました」

「じゃ、さっさと行け」

しっしっと追い払うように手を動かしたミツルに、「これがツンデレってやつですか」と吉兼が茶化すように言った。その手には団扇が握られたままだった。

近所の有料パーキングに停められていたのは、グレーのマニュアル車だった。扉を開けると、もわっとファストフード特有の油の匂いがする。

「さっきまでマクド食べてて」

そう言い訳し、吉兼はマクドナルドのロゴの入った紙袋を後部座席へと押し込んだ。関西の人って本当にマクドって言うんだな、と佳奈は呑気《のんき》に思った。

「ごちゃごちゃしててスンマセン。あ、シートベルトを忘れずにしてくださいね。警察に見つかったらボクが減点されるんで」

助手席に座ると、ルームミラーにぶら下がった『交通安全』と書かれた小さなお守りが目に入った。視線に気付いた吉兼が口元を綻ばせる。

「それね、嫁さんが買って来たんですよ。『よう車に乗るんやから、私の知らんところで事故らんように』って。確かに、車に乗ってる時間が長いですからね。新幹線に乗ったらええんやけど、車の方が好きなんでつい大阪と東京の行き来にも車使ってまうんです」

「吉兼さんって今どちらに住まれてるんですか？」

「家は大阪なんですけどねぇ、一か月の三分の一くらいは東京に来てます。その間は社員寮で過ごすんで、家が二つある感じですかね。あ、おねえさんは車酔いとかしますか？」

「そんなにしない方なので大丈夫です。一応、免許も持ってますし」

十五日間の合宿で取ったAT限定の免許は、取得したその日から財布の肥やしになっている。下手すぎるという理由で、周囲の人間から車の運転を止められていた。

「今の会社、ボクは好きなんですよ。休みは少ないですけど、やりがいも給料もそこそこあるし。でも、嫁さんは転職して欲しいみたいなんですよね。仕事を頑張ってる貴方が好きって前は言うてくれてたんやけどなぁ」

停止状態から加速し、車道を走る。その一連の流れが滑らかだ。普段から丁寧に運転していることが窺える。

「あの、吉兼さんの会いたい相手って奥さんなんですか？」

文香とのやり取りを思い出し、佳奈は膝小僧をスカートの上から撫でる。吉兼はハンドルを握ったまま、「んえ？」と素《す》っ頓狂《とんきょう》な声を上げた。

「なんでわざわざ並行世界の嫁さんに会う必要があるんです？　ボクの大好きな嫁さんはこの世界に一人だけやのに」

「それじゃあ誰に会いたいんですか？」

「じいさんですよ、父方の。常和吉郎《よしろう》っていうんですけど。えらいおっかないじじいでね、ボクが悪さするとすぐ叩く。ヘビースモーカーで酒豪で、色々と豪快な人でしたわ。十年前にサウナに長時間い過ぎたせいでぽっくり逝ったんやけども、マァ、太く短くが口癖やったから本人も幸せやったんちゃうかなぁ」

吉兼の口調は明るい。クッションシートに沈む尾てい骨の位置が気になって、佳奈は小さく身動ぎした。

「じいさんの家は山奥にあって、ばあさんが植えた花やら木やらで溢れてる。家庭菜園もやってたな。じいさんは将棋が好きでね、よう相手させられました。子供相手にも容赦なくて、毎回ボコボコにやられてね」

「じゃあ将棋がお強いんですか？」

「強くはないですけど、中学時代は将棋部やったんですよ。アレはじいさんの影響やろうな。大会でもらった賞状をあげたら、じいさん、額縁に入れて家に飾ってたんですよ。ボク、愛されてるなぁってその時は思いましたね。じいさんと一緒に指した将棋セット、今も車に置いてるんですよ」

交差点に差し掛かり、車は減速する。左折を伝えるウインカーが、カチカチとリズムを刻んだ。左折する際はバイクや自転車が隙間を通れないように左側に車を寄せること。教習所で学んだ知識が脳内に飛来して、一瞬にも満たない間に消えていく。

「この前、ばあさんも死んで。色々と片付けとかが大変やったです。家は売り払って、大事そうな荷物の大半は親父が引き取っていきましたね。ボクの住んでるところは賃貸やしそこまで広くないから、この将棋セットも置くところがなくて車の中に置いてるっちゅーワケです。じいさんに会うための対価に差し出すなら、やっぱこの将棋セットになるんかなぁ」

「大事なものなのに対価にしていいんですか？」

「あのおにいさんが大事な方が良いって言うてたし。それにね、なんでか分からんのですけど、あの店にになら大事なものを渡してもええなって気分になるんです。そうやって考えるのも、ボクの腹の中にいる寄生植物の影響なんかもしれんけど」

「お腹の中にいるワケじゃないみたいですけどね」

「じゃあどこにいるんやろ」

「私も分からないですね。あの店は不思議な原理が働いているので説明できないことも多くて」

「ふーん」とおざなりな相槌になったのは、彼の意識がフロントガラスの向こう側にあるせいだろう。ベビーカーを押した若い女性が信号機のない横断歩道を遠慮がちに渡っている。軽く会釈され、佳奈もまた頭を前へ傾けた。

「ボク、木って好きなんですよ。じいさんばあさんの家の影響かもしれんけど。その始まりの木ってやつ、どんぐらいデカいんですか？　東京タワーよりデカい？」

「いやいや、そんなには。屋久島の杉の木みたいなイメージですかね」

「はー、かなりデッカイ木なんですね。ボク、小さい頃は木って無限にデカくなるもんやと思ってて。庭に埋めたどんぐりが成長し続けていつか世界を呑み込むんじゃないかってビビってたんですよ。でも、実際は成長にも限界があるんですよね。光合成には水が必要不可欠やけど、水を吸い上げることが出来る限界を超えてまで大きくなることはないし」

「それが、始まりの木は例外みたいですよ」

「んなアホな。限界の無い生き物なんて、この世には無いと思いますよ。もしも限界がないように周りに思われてるものがあるなら、それは単純に限界が知られてないだけちゃいますか。どんだけ凄い野球選手もめいっぱいやれば身体を壊すし、どんだけ凄い大食い選手も限界を超えて食べることはできひんでしょ」

「そう言われるとその通りな気がしてきました」

「そうでしょそうでしょ」

　気分が良くなったのか、吉兼がフフンと得意げに口角を上げた。自分よりも一回り以上年上だと分かっていても、子供っぽさの残る仕草を見ると愛らしさを感じずにはいられない。恐らくここが営業マンとしての吉兼の強みなのだろう。

「それにしても面白いですよねぇ、並行世界って。あの時ああしてたら、こうしてたらって想像は人生にはつきもんやし。大人になればなるほど色々と考えますよね。ボクが芸人になってたらどうなってたかなぁ」

「もし吉兼さんが芸人になってたら、今頃テレビに出てたかもしれませんね」

「いやいや、そんな才能なかったですから。それにもし芸人になってたら、今のボクとは別のボクになってるでしょうしね。おねえさんは何かあります？　ああしとけば良かったなっていう選択」

「どっちかっていうと、こうしてて良かったなって記憶ばっかりですね。あの時こっちを選んでて良かったな、みたいな」

文学部と社会学部で悩んでいたけれど、良い友達と出会えたから今の学部にして良かった。サークルに入るか悩んでいたけれど、茉莉と仲良くなれたから勇気をだして入って良かった。亮に二人で出掛けようと誘われた時、恥ずかしかったけれど誘いに乗って良かった。

積み重なった選択が、今の佳奈を築き上げている。

佳奈の言葉に、吉兼は目尻を微かに下げた。ハンドルに置いた右手の人さし指が、その表面を小さく叩く。

「良い人生を送ってはるんですね。ボクもそういう考え方の方が好きやな。後悔したって時間は遡《さかのぼ》らへんし、別の選択もできませんしね。うちのじいさんもよう言ってました。『正しいことを選ぼうとするな、選んだものを正しくしていけ』って」

「良い言葉ですね」

「あ、カッコつけてたら道間違えた」

「ええっ」

右折した先の道路は片側二車線の国道へ合流した。吉兼が舌を覗かせて笑う。

「ま、最後に目的地に辿り着けたらいいんですよ、こういうのは。寄り道もまた人生です」

踏み込んだアクセルが、車を加速させる。流れていく景色を目で追いながら、佳奈は背もたれに身を預けた。車の中でじっとしていると、自分だけが何もしていないような錯覚に陥りそうになる。それでも車は前に進んでいるし、確実に目的地へと近付いていた。

吉兼が思い出の地として案内したのは、市内にあるデパートだった。七階建ての建物で、屋上にはかつて子供遊園地と呼ばれる施設があった。佳奈が小学生の時に、夕方のワイドショーで閉鎖のニュースが取り上げられていたのを覚えている。

今では屋上庭園に生まれ変わり、夏にはビアガーデンになる。佳奈も大学の友人たちと何度か来たことがあった。

「あー、ここ、ここ。良かった、まだちゃんと店が残ってて」

六階のレストランフロアの一角、ガラス張りのショーウインドウには色鮮やかな食品サンプルが飾られていた。パフェ、ドリンク、パンケーキ、オムライス、ステーキ、ハンバーグ、お子様ランチ。その上に掲げられた小さな看板には、CMで時折見掛けるロゴが表示されている。少し高めの価格帯のファミリーレストランのチェーン店だ。

「おねえさん、アレルギーとかあります？」

「全然ないです」

「良かった良かった。三時やし、おやつ食べるのにちょうどいい時間ですね。早速入りましょうか」

吉兼はそう言って、颯爽と店内に入っていった。佳奈は慌てて彼の後をついていく。時間帯のせいか、席は五割ほどしか埋まっていなかった。案内されたのは四人掛けのボックス席で、二人で使うには十分すぎる広さがあった。

「何食べます？　ボクはプリンアラモードって決めてるんですけど」

「美味しいんですか？」

「美味《うま》いですよぉ、ここのは。昔、じいさんと来たことがあってね、その時に食べたんです」

メニューの最後のページにはプリンアラモードの写真がデカデカと掲載されていた。シルバーの舟形のプレートには、苺、キウイ、バナナ、オレンジ、リンゴ、アイスクリーム、プリンが盛りつけられている。

「ボクが二十歳くらいの時かな、じいさんが東京に旅行に来たんです。その時に連れて行かれたんがこの店だったんですよ。ボク、当時もう働いてて、寮暮らしやったからそこそこ金もあったんですよね。で、高い飯屋ぐらい知ってるぞって調子乗ってたんですけど、じいさんの中ではボクはいつまでもガキやったんでしょうね。『プリン食え、好きやったろ』って。いやいや、プリン如きじゃ喜ばんよって思ったんやけど、無下にもできんくてね」

吉兼の指先が、つるつるしたメニュー表を辿る。写真の隣には『創業以来変わらぬ美味しさ！』とポップな吹き出しが添えられていた。

「美味しかったなぁ、あの時のプリン。固めでね、卵がぎょーさん入っとって。ボクががつがつ食べてたらね、じいさんが『美味いか』ってやたらと嬉しそうにしてるんですよ。最後にボクが支払いしようとしたら怒ってね、『子供は黙ってご馳走になっとけ』って言うんです。カッコつけたかったんでしょうね。じいさん、そういうところあったから」

「吉兼さんはおじいさんのことが好きなんですね」

「そりゃね、好きですよ。でも、こうやって好きって言えるようになったんも、じいさんが死んでからやな。こっぱずかしくてね、言えんかった。好意も感謝も、相手がいるうちに言っといた方がいいですね。死んでからいくら礼を言うても、向こうには届かんから」

その台詞に、佳奈は亡くなった祖母の顔を思い浮かべた。年を重ねる程、死は身近なものになっていく。いつかは祖父も、父や母も亡くなるだろう。その時のことを想像するだけで、心臓がきゅっと締め付けられる。喪失の痛みは簡単に癒えない。だけど多くの人間が、それをおくびにも出さずに日常生活を送っている。

「あ、すみません、注文良いですか」

からりと明るく笑いながら、吉兼が片手を挙げて店員を呼び留めた。

「ボク、プリンアラモードとアイスカフェオレのセットで。おねえさんは何にします？」

「あ、私も同じものを」

「かしこまりました。ご注文、確認させていただきます」

そう言って、店員は注文を繰り返した。その間、佳奈はメニューのドリンク一覧を眺めていた。興味があったわけではなく、こういう時にどういう振る舞いをするのが正解なのか分からない。

「以上、二点でお間違えないでしょうか?」

「ハイ、大丈夫ですー」

「では、後ほどお持ち致しますので少々お待ちください」

一礼して去っていく店員は、社員なのかアルバイトなのかと考える。佳奈と同世代の友人たちは接客業でバイトしている子も多い。そうした金銭の発生するバイト経験がないことは、佳奈のちょっとした引け目だった。

「吉兼さんって、バイトとかしたことあります?」

「ないですよ。高卒で就職して、それが初めての労働でした。敬語も使えんかったんで、色々と大変でしたけどね。おねえさんはあの店でバイトしてるんでしょう?」

「あれはバイトというか、ボランティアというか……」

「無賃金労働ですか? あきませんよ、そういうのは」

吉兼が眉間に皺を寄せた。このままではミツルが濡れ衣を着せられてしまう、と佳奈は慌てて言い訳を口にした。

「あの店は色々と特殊なので」

「まぁ、それは見たら分かりますけどね。特殊な店に、特殊な主人。特殊な条件に、特殊な商品。あのおにいさん、どういう経験を積んできたんやろう。求人募集に応募したようには見えへんかったけど。一代目？」

「いえ、前の代の店主さんもいたみたいです。詳しくは教えてもらえないですけど」

「店を急に継げって言われたら、ボクやったら腰抜かすな。あのおにいさん、若いのにえらいしっかりしてはるわ」

うんうんと頷く吉兼に、佳奈は「そうなんでしょうか」と目線を手元に落とした。ミツルがどういう過去を持っているかは知らないが、亮にはバイト経験がある。バイト先は、亮が住んでいたマンションの近くにあるチェーン店のファミレスだった。

付き合い始めて半年が経った頃、亮と会う機会が減った時期があった。彼のバイト先の子が三人ほど一気に辞めて、人手が足りなくなったせいだ。新しいバイトが入るまで、シフトの穴を埋めなきゃいけないから会える時間が減ると説明された。デートの回数も、週三から週一になった。

「大学生　カップル　会う頻度」検索。

キーワードを打ち込むと、どこまで信憑性があるのか分からないサイトが画面に沢山表示される。

『大学生カップルは社会人カップルに比べて会う頻度が高く、平均的には週に二、三回。ただしバイトをしている学生や、違う大学に通っている場合は週一のケースも。会い過ぎるとマンネリに注意！』なんて文言を見ると、いっぱい会いたいという自分の気持ちは単なるワガママなんじゃないかと思えてくる。

周りの友達に相談しても、「佳奈ってば意外と彼氏と会いたいタイプなんだねー」だとか「それって彼氏が冷め始めてない？」だとか、好き勝手言われただけだった。そういうのを聞きたいんじゃない！　と声を大にして言いたいけれど、じゃあ何を言われたら満足するんだと聞かれると途端に何も言えなくなる。

夜中、ベッドに寝転がってSNSを巡回するのが気付けば癖になっていた。友達のInstagramで彼氏とのツーショット写真を見ると、ちょっとだけ苛ついてしまう。今までは何とも思わなかったのに、自分の心の器がどんどん小さくなっていくのを感じる。

誰かの幸せに腹を立てるような、嫌なヤツにはなりたくない。だけどどうしても、満たされない気持ちを誤魔化せない。

電話をして、「もっと会いたい」とたった一言口にできたらいいのに。亮の負担になりたくない、面倒なヤツだと思われたくない。

高校生までの自分はこんなに寂しがり屋ではなかった。彼氏なんていなくたって当たり前に生きていたはずなのに、好きであればあるほど自分を支える大事な部分が相手に侵食されていく。

じめじめと一人で考えるのは柄《がら》に合わない。佳奈はベッドから立ち上がると、トレンチコートを引っかけ、バッグに財布とスマホと鍵を放り込んで家を出た。

十一月にしては暖かい夜だった。

ブラウンのトレンチコートが歩く度に身体に纏わりつく。電車に乗り、亮のバイト先に着いた頃には頭も少し冷えていた。時刻は二十時を少し回ったところで、ガラスの窓越しにレストランが盛況であることが一目で分かった。

店内に入るのは流石にまずいだろうか。あぁ、こんなことなら茉莉を誘って二人で来れば良かった。晩御飯を食べに来たんだよ、なんて言い訳ができただろうに。

脳内で、思考がぐるぐると渦巻く。職場にやって来るなんて、確実に重い女だ。やっぱり帰ろう。そう思って踵を返そうとしたその時、制服姿の亮が他の女性店員と楽しげに話しているのが窓越しに見えた。

ただの同僚だ。そんなことは百も承知で、だけど心の隅っこにある百分の『一』の部分がチクチクと胸を突き刺してくる。トレンチコートのボタンを上から順に閉め、佳奈は足早にその場を去った。ほらやっぱり、来なきゃ良かった！　歩幅が自然と大きくなり、スニーカーの底が地面を抉《えぐ》った。

亮と付き合って、初めて知った気持ちはたくさんある。例えば、手を繋ぐと嬉しくなったり、ぎゅっと抱き締めてもらうとホッとしたり。一緒に過ごす夜はドキドキするし、目が覚めた時に相手の体温を感じると幸せになる。

だけどその分、離れていると会いたいという気持ちが強くなる。それまで気付きもしなかった寂しさが、分厚すぎるコートみたいに佳奈の身体を包んでしまう。一緒にいたい。バイバイを言いたくない。友達相手には絶対に口にしない子供じみたワガママを、恋人相手にはぶつけてしまいそうになる。

きっと、人を好きになるってこういうことなんだ。今まで知らなかった自分が内側から顔を出して、見て見ぬふりをしてきた部分を曝け出してしまう。

目頭に込み上げる熱が何を意味しているかを考えたくなくて、地面を睨み続けたままひたすらに足を動かす。線路に沿って歩いていると、時折通り過ぎていく電車の音が聴覚を麻痺させた。

アスファルトで舗装された道路には、車から剝がれ落ちた初心者マークがめり込んでいた。何度も踏みつけられたのだろう、道路の表面と一体化している。車の持ち主はマークを落としたことに気付かなかったのだろうか、それとも拾うのが面倒だからそのまま放置したのだろうか。

初心者マークの表示義務期間は、運転免許取得から一年間。運転に初心者マークがあるなら、恋愛にだってそういうマークがあればいいのに。恋愛だけじゃない、他のものだって。佳奈は色んなものの初心者だ。学生初心者、大人初心者、人生初心者。慣れないことばかりですぐにミスを犯すし、下手するとミスしたことに気付いてすらいない。

三駅分の距離を歩き切り、帰宅してすぐにトレンチコートを脱ぎ捨てた。汗を搔いているのもお構いなしに、床の上へと寝転がる。目を瞑り、ニットの上から腹部を押さえる。手の平に、ドクドクと脈のような拍動が響いた。鬱屈《うっくつ》した感情を捨てようと、肺から大きく息を吐き出す。

寂しい思いをするのが嫌なんじゃない。寂しさを我慢できない、弱くなった自分を直視しなきゃいけないのが嫌だ。相手に寄り添うことと依存することは違うと頭では分かっているのに、自分の足で立ち続けることを投げ出してしまいたくなる。

瞼を閉じ、佳奈はぎゅっと身体を丸めた。胎児みたいな格好だ。本当はシャワーを浴びてベッドで寝た方がいいだろうに、身体を動かすことすら億劫《おっくう》で佳奈はそのまま眠りに落ちた。


延々と繰り返される、軽快な音楽。ＬＩＮＥの着信音だ、とぼんやりと認識したところで佳奈の意識は覚醒した。画面に浮かんでいたのは、亮のアイコンだった。

床で寝ていたせいで身体の節々が痛い。ぼさぼさになった前髪を掻き上げ、佳奈は通話ボタンをタップした。そのまま、スピーカー設定に切り替える。

「もしもし？」

「あ、もしもし。佳奈、起きてる？」

「んー、ちょっと寝てた」

「ごめん、起こしたか」

「謝らなくていいよ、電話してくれて嬉しい」

「なら良かった」

機械越しの亮の声は、普段よりも疲れているように聞こえた。テレビの前に置いた電波時計を見遣ると、二十三時を過ぎていた。

「どうしたの？　急に電話なんて。用事あった？」

「いや、大した用事じゃないんだけど。ちょっと声が聞きたくて」

店に行ったことがバレたかとヒヤリとしたが、亮の口振りからするとその件とは無関係みたいだった。体育座りをし、太腿を引き寄せる。ジーンズに包まれた両脚は少し浮腫《むく》んでいた。

「いま、バイトの帰り？」

「そう。さっき家に着いたところ。今日は客が多かったから結構きつかった、ただでさえ人が少ないのに新しく入った子のフォローもしなきゃいけなくて」

「新しく入った子って、女の子？」

「そうそう。近所の女子大に通ってるって言ってた。車の免許を取るためにバイトを増やしたんだって」

あの子だろうか、と脳裏に先ほどの光景がちらつく。机の上に置きっぱなしにしていたマグカップがなんとなく目に入り、佳奈はそれを手に立ち上がった。一口コンロしかない台所のシンクに、マグカップの中身をひっくり返す。ティーバッグを漬《ひた》しすぎた紅茶が、銀色のシンク内に飛び散った。蛇口を捻ると、黒色の液体を水が押し流していく。

「今、なんかしてる？」

「カップの中身を捨ててた」

「あぁ、その音か」

「うん。亮はご飯もう食べたの？」

「まだ食べてない。佳奈は何食べたの」

「私も食べてないいや、そのまま寝ちゃって」

「えっ、ダメじゃん。食べなきゃ」


こちらを心配しての言葉なのに、『ダメ』の二文字だけが鼓膜にこびりつく。スマホをコンロの上に置き、佳奈は「そうだね」と曖昧に笑った。電話相手に愛想笑いなんて馬鹿みたいだ。

鍋を置くパーツは、小学校の時に社会の授業でならった工場の地図記号に似ている。五徳《ごとく》という名前だと、以前クイズ番組で見て知った。このままコンロに火を点けたらどうなるだろう。眠たい時に生まれる無責任な好奇心が、佳奈の右手を疼《うず》かせた。勿論、実際にそんな馬鹿な真似はしないけれど。

数拍の沈黙の後、亮が息を吸う気配がした。


「あのさ」

「うん？」

「今から佳奈に会いに行っていい？」


シンクに掛けていた手が滑りそうになった。無意識に締まった喉を、佳奈は強引にこじ開ける。

「それって、ちゃんとした提案?」

「何、ちゃんとした提案って」

亮の語尾が掠れた。笑いを含んだ吐息だった。左の薬指を、佳奈は右手で軽く握る。親指と人さし指で付け根を押すと、皮膚越しに骨の感触がした。

「冗談だったら、私だけ真に受けたみたいになるなって」

「本気だって。コンビニでテキトーに買って行くから、一緒に食べようよ」

「家に泊まりに来るってこと?」

「迷惑だったらゴメン。無理だったら全然断ってくれていいから」

「迷惑なんかじゃない」

ただ、臆病な自分が踏み込むことを躊躇っただけだ。Wi-Fiで繋がった音声が、向こうの様子を教えてくれる。がちゃん、と扉が閉まる音がした。

「もう出たの?」

「出た。一秒でも早く佳奈に会いたくて」

随分と調子が良いことを言う。だが、リップサービスだとしても、言われて悪い気はしない。

茶渋の残るマグカップに、佳奈は蛇口から水を注いだ。内側に残る汚れは消えないけれど、入れた水は透き通っていて濁りがない。

「私も、亮に会いたかったよ」

　ポロリと零れた本音に、亮の言葉が一瞬途切れた。どうしたんだろうと訝しんでいると、「くー」と情けない悲鳴のような、喜びを嚙み締めた歓声のような、なんとも力の抜けた声が聞こえた。

「何？　今の声」

「いや、癒されたから思わず」

「ふふ、何それ」

「今日はさー、バイトが本当大変で。新人がトラブル起こしたり、クレーマーの処理があったり、踏んだり蹴ったりだったんだよ。だからか分かんないけど、佳奈に会いたいって気持ちが我慢できなくて」

「そういうの、普段から言ってくれたらいいのに」

「えぇ？　なんか恥ずかしいじゃん。カッコ悪いところ見せるの」

「カッコ悪い亮も好きだから大丈夫だよ」

　マグカップをシンクに置き、佳奈はスマートフォンを両手に包み込むようにして持った。スピーカーからは「くー」という声が再び聞こえた。

「――以上でよろしかったでしょうか？」

　店員の言葉に、佳奈は脳内シアターで放映されていた回想を慌てて打ち切った。テーブルに置かれた二つのプリンアラモードは佳奈が想像していたよりもずっとサイズが大きかった。

「大丈夫です、ありがとうございます」

マニュアルに沿った言葉に、吉兼は丁寧に受け答えをしている。アイスカフェオレには氷が二つ入っていた。

「いやぁ、見た目も昔と全然変わってへん！　懐かしい」

吉兼は目を輝かせながら、スマートフォンで写真を撮っている。それに釣られて、佳奈もスマホを構えた。斜め四十五度の角度で撮ると美味しく見える、というのは茉莉からの受け売りだった。

「ボク、プリンは断然固い派なんですよ。卵いっぱい入ってる方が好きで」

「とろけるタイプも美味しくないですか？」

「美味しいけど、あれはあんまりプリン感ないじゃないですか。歯ごたえがある方が美味しいと思うんです」

「私はどっちも好きですけどね」

プレートに載ったオレンジに齧り付くと、汁が手に滴った。甘酸っぱい果汁が舌の上で爽やかに弾ける。皮を押すと湧き出るトパーズ色のミストは煌びやかな匂いがした。

「おねえさんって、家族仲は良い方ですか？　親のこと、好き？」

「仲は良い方だと思います。べったりって感じではないですけど、両親とも仲良しですし。感謝も尊敬もしてます」

「今は実家暮らしなんですか？」

「いや、一人暮らしです。実家は好きなんですけど、なんというか、居心地が良すぎて。このままだとダメになっちゃう気がして、家から離れた大学を選んだんです」

皮を皿の上に戻し、佳奈は紙ナプキンで口元を拭った。吉兼はアイスクリームに刺さっていたウエハースを手に持って、ぷらぷらと揺らしている。

「おねえさん、しっかりしてはるなぁ。自立しようって思ったワケや」

「全然しっかりしてないですけどね」

「いやいや、しっかりしてるよ。もしボクが同じ立場やったら、家から出たくなーいって言うてると思うもん」

「でも吉兼さんの方がしっかりしてませんか？　高校卒業してすぐに働き始めたんですよね？　今の私の年齢の時には、もう社会人だったってことですし」

「それはほら、じいさんたちにこれ以上迷惑掛けられへんかったから。さっさと家を出るためには働く以外の選択肢が思い付かんかったんですよ。ボクの両親、ボクが小さい頃に離婚してね」

ふぅ、と吉兼の唇の隙間から細い息が漏れた。ウエハースをプレートの上に戻し、彼は右手で頬杖を突く。

「母親が不倫相手と駆け落ちしたんですよ。それで、父親一人じゃ子育ては無理やってなって、大阪のじいさんの家で暮らすことになったんですね。それまでは両親と一緒に東京で暮らしとったのに、突然生活環境が変わってね。父親は東京で働き続けてたんで、マァ、会《お》うのは一年に数回って感じでした。母親に至っては、小学二年生ぐらいの時に会うたんが最後かな。離婚が成立するタイミングで、ケジメとして家族で集まろうって話になって。イタリアンレストランに連れていかれました。窯《かま》で焼いたマルゲリータが出てきて……ほんま懐かしいなあ」

「吉兼さんは両親に怒ったりしたんですか？　こう、話を聞いてる限り、ひどい話だなって思っちゃうんですけど」

佳奈の言葉に、吉兼は軽く背を丸めた。彼は赤色のストローを手に取り、グラスの中でくるくると回している。

「怒るより、嫌われたくない気持ちの方が強かったかなぁ。ボク、母親のことが好きやったから、良い子にしてたらまた会うてくれるようになるんちゃうかって思ってたんですよ。結局、そんなことはなかったんですけどね。父親も母親も今じゃ新しい家庭を作って、ボクの兄弟が何人かいるっちゅー話です」

「会ったことはあるんですか」

「兄弟と？　ナイナイ。じいさんが会わせんようにしてたんもあるけど、正直、ある程度年をとったらボクにとっての家族はじいさんとばあさんだけやって思うようになったから、会う必要がなかったな。父親も母親もボクのことを持て余してたみたいやけど、じいさんとばあさんがその分大事に育ててくれたから幸せでしたしね。心残りがあるとしたら、じいさんを結婚式に呼べんかったことやなぁ。その前に死んでもうたから」

自然と目線が吉兼の左手の薬指に吸い寄せられた。シンプルなデザインの結婚指輪が、その付け根で光っている。

「でもちょっと思うのは、ボク、家に両親がいるって状況を想像できないんですよね。普通の父親や母親が子供に対してどう振る舞うのかが分からんのですよ」

「別に分からなくてもいいんじゃないですか？　私の周りでもひとり親の子なんて全然珍しくなかったですし、普通の親なんて幻想みたいなものなんじゃないかって思ったりもします」

「んー、十歳以上も年下の子に言われると、そうなんかなぁって思っちゃいますねぇ。そうかぁ、幻想かぁ」

しみじみと嚙み締めるように頷かれ、佳奈は慌てた。

「いや、なんか偉そうなことを言っちゃいました。すみません」

「なんで謝るんです？　若い子と喋る機会なんて少ないからそういう意見を聞けて嬉しいですよ」

垂れ目の眦を更に下げ、吉兼はへらりと笑った。佳奈はスプーンを手に取りプリンを掬った。ぷつぷつと表面にできた気泡に、カラメルソースが染み込んでいる。

「あー、うまっ」

先に食べた吉兼が、満足そうに目を細めている。それに倣《なら》って、佳奈もプリンを口に運んだ。真っ先に感じたのは卵黄の風味だった。それから遅れて、口蓋《こうがい》にカラメルソースの苦さが貼りつく。最初はつるりとした食感だが、舌で押しつぶすと心地の良いざらつきが残った。確かに美味しい、王道のプリンだ。

「ね、美味しいでしょ？」

得意げに口角を上げる吉兼の表情は、どこかあどけない。「これは気に入るのも分かります」と頷いた佳奈に、吉兼はメニューの裏面を掲げて見せた。

「ここのプリン、お持ち帰りもあるみたいですからおにいさんに持って帰ってあげたらどうですか？」

「え？」

「あのおにいさん、随分と疲れた顔をしてたでしょ？　疲れてる時には甘いもんがいいんですよ」

なんてことないように告げられた台詞に、佳奈は目を瞬かせた。接客中のミツルの顔色はほとんど普段通りだったと思うが、それでも吉兼には見抜かれてしまっていたらしい。初対面の客ですら、彼の不調はお見通しだったということだろう。佳奈はじっとメニューを見つめる。

プリンを店に持って帰っても、きっとミツルは食べられないだろう。それでも買って帰ろうと思った。

「こういうのは気持ちが大事ですもんね」

「そうそう！」

同意する吉兼の語尾が跳ねる。佳奈は残ったプリンを全てたいらげた。間違いなく美味しかった。


佳奈が戻ると、店には灯りが点いていた。昼の真っ暗な店内の様子を思い出し、佳奈は慎重に扉を開ける。ミツルはソファーで横になっていた。その傍らには寄り添うようにして黒井さんが丸まっている。

「体調は戻りましたか」

カランカラン。閉めている最中、ドアベルは鳴り続ける。その音に反応し、黒井さんが顔を上げた。髭をぴくりと震わせ、「にゃおん」と短く鳴く。帰りが遅い、と怒っているらしい。

佳奈が床板を踏みしめると、一部の場所だけがギシリと軋んだ。ミツルはソファーから身を起こすと、顎をしゃくって向かい側のソファーを示した。テーブルの上には佳奈の〈種〉が置かれている。

「アンタの方はどうだった」

「色々とお話を聞けました。吉兼さん、亡くなったおじいさんに会いたいそうです」

「ふうん」

膝の上に頬杖を突き、ミツルは胸ポケットに入れていた眼鏡を出して掛けた。重たい前髪の下で、少し腫れた瞼が緩慢に上下する。

佳奈はソファーに腰掛けると、紙袋からプリンを二つ取り出した。プラスチック製のスプーンまでついている。

「これ、お土産です」

「俺は要らない」

「昔、亮がプリンを買って来てくれたんです。ほら、バイトが忙しかった時に。いきなり電話を掛けて来て、今日泊まっていい？　って言われて。結局二人とも疲れてて、ご飯を食べた後そのまま寝ちゃって」

ミツルは何も言わず、包装されたプリンを手に取った。透明なカップには、原材料の書かれたシールが貼ってある。興味なんて欠片もない癖に、ミツルはそれを読み込んでいる振りをしている。

佳奈はお構いなしに言葉を続けた。

「知らなかったでしょうけど、私あの日、バイト先にまで行ってたんですよ。どうしても亮に会いたくて。だけど負担に思われたら嫌で、隠してたんです。人を好きになるって怖いことなんだなって思いました。なんというか、自分が自分じゃなくなるみたいで」

「……」

「亮がいなくなってから、色んなものを見て見ぬふりしていました。こうしてお店で働いてたら、いつか亮に会えるって信じていたかったから。現実を直視したくなかったんです。

ミツルさんといると心地よくて、このままでいいかって、問題を先延ばしにしてしまいました。本当は、もっと早く言わなきゃいけませんでしたよね」

テーブルの上にある〈種〉は、今ではスイカほどのサイズにまで成長している。佳奈はそれを手に取ると、自分の膝へと載せた。棘を撫でると、その表面は仄かに熱を帯びていた。

「これ、ミツルさんのことを考えると大きくなるんです。ミツルさん、吉兼さんに説明する時に言ってましたよね。体の外に排出されても〈種〉は宿主と繋がっていて、奪った記憶に結びつく特定の感情で成長するって。私が失っている記憶は、ミツルさんに纏わるものなんですか。それとも亮とミツルさんが同じ人間として見做《みな》されているだけですか」

口の中が乾いていた。乾燥する唇を舌で湿らせ、佳奈は真っ直ぐにミツルを見た。

「私の亮を殺したって言いましたよね。その言葉の意味を、ちゃんと教えてくれませんか」

透明なレンズの向こう側で、ミツルが微かに目を細めた。皺だらけのシャツの襟元に手を添え、彼は乱暴にボタンを開ける。

「……喉が渇いたろ。ハーブティーを淹れてくる」

「逃げないでください」

「逃げてない。ただ、話すと長くなるから」

ミツルはそう言って立ち上がった。制止する暇すら与えず、彼はカウンター奥へと消えていった。自室にある小さなコンロで湯を沸かしているのだろう。

あの部屋はまだ冬なのだろうか。もしかすると、ミツルはずっと同じ時の中で生きているのかもしれない。

思考を巡らせていると、黒井さんが佳奈の膝に擦り寄って来た。勢いよく頭を擦り付ける動きは、甘えているというよりもはや頭突きだ。

「戻るのが遅くなってごめんね」

そう言って、佳奈は黒井さんの顎下を指で撫でた。少しすると満足したのか、黒井さんはフイと顔を逸らすとテーブルの下で丸くなった。黒井さんが息をする度に、黒い毛に覆われた柔らかな背中が上下した。

ただ待っているだけでは落ち着かず、佳奈はプリンの包装を剝いだ。いくつか気泡が混じった、固めのプリンだ。スプーンを突き刺すと、底にあるカラメルに突き当たった。一口、二口。ほんの数口でプリンを食べ終わり、佳奈は空になったカップをゴミ箱へと入れた。口の中が甘ったるかった。

「もう食べ終えたのか」

自室から戻って来たミツルが、佳奈の前にティーカップを置いた。佳奈の〈種〉と同じ、透き通った青色をしていた。

「ありがとうございます」

「いや、別に」

ミツルはソファーに座ると、片足だけ胡坐《あぐら》を掻いた。ティーカップの底で、金平糖が煌めいている。川底に眠る砂金みたいだ。

「あー……どこから話そうか」

「その前に、確認したいことがあります」

「なんだ」

「体調はもう大丈夫なんですか」

尋ねると、ミツルはぽかんと口を開けた。ばつが悪くなったのか、彼はコホンと空咳をする。

「そんなこと聞いてどうする」

「大事なことですよ、店に来てビックリしたんですから。電気は消えてるし、ミツルさんは倒れてるし」

「この店は俺の体と連動してるから、電気が消えてたのはそれでだろう」

「何ですか、体と連動って」

「言葉通りの意味だ。俺が体調を崩すと、この店は客を受け入れなくなる。アンタは客にカウントされてないから偶々《たまたま》入れたんだろう」

「体調を崩した原因は何なんですか？　ミツルさん、散々自分は人間じゃないとか言ってたくせに」

靴の先端同士を、佳奈は静かに擦り合わせる。怒りを抑えようと心掛けたら、声はどこか拗《す》ねたような響きになった。

ミツルは眼鏡を外し、胸ポケットに引っ掛けた。困惑を誤魔化すように、指先で眉間を軽く揉む。

「隠しててもしょうがないから正直に言う。原因は、アンタの星晶花の〈種〉だ」

「私の？」

「〈種〉が成長しているせいでこの世界のバランスが崩れてるんだ。管理者である俺は、その影響をモロに受けた」

「それって、ミツルさんが苦しんでるのは私のせいってことですか」

ミツルは肯定も否定もしなかった。だが、その反応こそが答えのようなものだった。

「私が〈種〉を隠してたから？　それで、ミツルさんが倒れたんですか」

「いや、アンタだけのせいじゃない。そもそも、この世界の歪みの原因は俺にある」

「どういうことです」

ミツルは額を押さえ、深々と息を吐き出した。ペンダントライトが落とす影が、その身体に被さっている。

「アンタの推測通り、坂橋亮は俺の元の名前だ。この店で働くようになってからはミツルと名乗るようになった」

「やっぱり」

思わず身を乗り出した佳奈を、ミツルが首を横に振ることで制した。

「とはいうものの、アンタの知ってる亮とも違う。アンタが知ってる亮を亮Aと呼ぶなら、俺は亮Bと呼ばれるべき存在だった。俺とアンタでは、そもそも存在する世界が違うんだ」

「ミツルさんは並行世界の亮だったたってことですか」

「そうだ。そして俺にとっての仲内佳奈は、アンタじゃない。ここにいる佳奈と俺のカナの差も分かってる」

「なんなんですか、その差って」

「俺がカナに、プロポーズするかしないかだ」

プロポーズ、と佳奈は思わずその単語を繰り返した。ミツルがプロポーズしたというのも驚きだし、自分じゃないカナがそれを受けたのだと思うとモヤモヤした。変なの。並行世界のカナと現在世界の自分は、別人だと分かっているのに。

「俺の家で夕飯を食べて、それから百本のバラの花束を贈ったんだ。カナがそういうのに憧れるって言ってたから」

「百本のバラぁ？」

声が思わずひっくり返った。そんなものを欲しがるカナの存在が想像できなかった。だが、バラへの憧れなら少しある。レストランのサプライズで注目を浴びるのは嫌だけれど、二人きりの場所で花束を渡されるのなら嬉しい。

「そしたらカナは、その内の一本を引き抜いて俺に渡した。バラは本数によっても花言葉があって、一本のバラの花言葉は『あなたしかいない』って意味なんだよって言いながら。俺はそのバラを酒瓶に飾って、その日カナは俺の家に泊まって一緒に過ごした」

　話だけを聞くと、幸せの絶頂としか思えない。プロポーズは成功し、二人は病める時も健やかなる時も互いを愛し合うことを誓った。

「アンタ、俺がこの店に差し出した対価を見たんだろ？　想像通り、俺の対価は赤いバラだ。あの日、カナから受け取ったバラ」

「それはつまり、ミツルさんは元々はこの店の客だったってことですか。じゃあ、対価を支払って誰に会ったんです」

「アンタだよ」

「え？」

　その言葉を耳にした瞬間、心臓が大きく跳ねた。今、隠されていた真実が露わになりつつある。佳奈の不安を察したのか、テーブルの下から黒井さんが這い出て来て、わざわざ靴の上を踏みつけるようにして寝そべった。

　ミツルが真っ直ぐにこちらを見る。眼鏡を外した彼の双眸は、やはり亮によく似ている。

「アンタが客じゃないにもかかわらずこの店に入れたのはそれが理由だ。俺はこの店で奇跡を起こし、扉の向こうでアンタに会った。俺にとっての、別世界のカナに。アンタだって覚えてるんじゃないか？　俺たちは邂逅の間で確かに会った。アンタにとってそれが夢に過ぎなかっただけで」

「夢……」

この店に入った瞬間に感じた強烈な既視感。夢として脳の引き出しにしまわれていた記憶は、刺激が加わるとあっさりと蘇った。

そうだ。あの時、気付けば佳奈は『Kassiopeia』の店内にいた。

花を見ていたのは覚えている。カウンターの横にある植物コーナーを、佳奈は確かに眺めていた。ブリキの汽車が走る鉄道模型をもう少し見たいと亮が言い、二人は別行動をとったのだ。自分が黙った途端に静まり返る店内に強い不安を覚えて、佳奈は亮の名前を呼んだ。

——思い出した。あの時、鉄道模型を見ていたはずの亮が、何故か扉の外から現れた。

「あれが、ミツルさんだったってことですか」

言葉にしながら、何かが脳裏に引っ掛かる。違和感。その言葉で思い浮かべるのは、本当にそれでいいのだろうか。喉に魚の小骨が刺さったような、うっすらとした不快感。もっと決定的な何かがあるはずなのだ。現実と夢の境目を示す証拠が。

黒髪を指に絡め、ミツルは微かに頰を緩めた。張り詰めていた緊張の糸がほどけたような、取り繕うことを諦めたような、どこかもの悲しさを湛えた笑みだった。

「そういうことだな」

「じゃあ、どうして幸せにするだなんて言ったんです。私はミツルさんのカナじゃないのに」

「それは――」

途中で言葉を詰まらせ、ミツルは項垂《うなだ》れた。下がった腕の先に、伸びすぎた爪が見える。亮がこんなに爪を伸ばしたところを佳奈は一度も見たことが無い。並行世界の存在は、どれだけ見た目が似ていようと、どうしようもなく別人なのだ。

親指の腹で、ミツルは口端を強く拭う。その途端、今しがたの弱々しさは彼の顔から消え失せた。

「……いや、それはどうせ後になれば分かる。今は重要じゃない」

「重要ですよ！」

「それよりも、俺はアンタに言っておかなきゃいけないことがある。アンタのバカでかい〈種〉のことだ」

貸してみろ、と立ち上がったミツルに無理やりに〈種〉を奪われ、佳奈は奥歯を嚙み締めた。〈種〉のことを持ち出されると、後ろめたさのせいで何も言えない。

ミツルは〈種〉を床に転がすと、いつものように靴で踏みつけた。だが、〈種〉はびくともしない。サッカーボールに足を乗せているような格好のまま、彼はやれやれと肩を竦めた。

「見ての通り、この〈種〉は簡単には壊れない。時間が経ち過ぎたせいだ」

「それはすみません」

「全くだ、と言いたいところだが、責めていても仕方ない」

ミツルは陳列棚からハンマーを手に取ると、〈種〉めがけて躊躇なく振り下ろした。それでも〈種〉には傷一つつかなかった。

佳奈の足元にいた黒井さんが「ぴゃっ」と驚いてソファーの下へと引っ込む。

「こんなに頑丈なんですか」

思わず頬が引き攣った。ミツルは平然と答える。

「ここまで硬くなった〈種〉はどうしようもない。ドリルを持ってこようが、車で轢こうが傷すらつかないだろう」

「それってまずいんですか？」

「大いにまずい。だからこちらも破壊する以外の手段をとる必要がある」

「どうするんですか？」

「〈種〉の中にある記憶を、持ち主の身体に戻す。つまり、この〈種〉の中にある記憶をアンタの身体に戻すってことだ」

「か、身体に戻す？　そんなことしたら大変なことになるような気が……。というか、そんなことが実際に可能なんですか？」

「理論上は」

そう言って、ミツルは目を伏せた。顎を擦り、彼は後ろめたそうに付け加える。

「だが、俺もやったことはない」

「記憶が持ち主に戻ったら、どうなっちゃうんでしょうか。その、私の身に何か起きたり？」

「いや、アンタは大丈夫だ、安心していい。それより問題は時間だな、今日の二十四時は先客がいる。決行は明日だ」

ミツルの足先が、〈種〉を蹴った。コロコロと転がって店の隅へと収まったそれは、オブジェのような顔をして平然と店内に溶け込んでいる。

黒髪を掻き上げ、ミツルは力なく言った。

「明日の二十四時には全て分かるだろうさ。坂橋亮のことも、アンタ自身のことも」

その日の二十三時四十五分に、吉兼は将棋セットを小脇に抱えて店へとやって来た。昼間のスーツ姿ではなく、カーキ色のカーゴパンツに白シャツというカジュアルな格好だった。足元も革靴ではなく、白のスニーカーだ。

「いやぁ、あぶないとこやった。いっぺん家帰ってシャワー浴びたら眠くなりましてね、うっかり寝過ごすところでしたわ」

テーブルの上に将棋セットを置き、吉兼はそこで驚いたように目を瞬かせた。

「あれ。おにいさん、眼鏡はどうしたんです？」

「邪魔だったから外した」

「似合《にお》うてましたのに。眼鏡があるかないかで随分雰囲気変わるんですね」

「別に俺のことはいいだろう。それよりこれか？　対価の品は」

「はい。結構古いですけど、ちゃんと使えますよ。駒も全部揃ってますし」

垂れ目な眦を更に下げ、吉兼は将棋盤の表面を撫でた。二寸足付きの木製将棋盤はそこそこの大きさがある。その上に載っている桐箱には、「御将棋駒」と書かれた金色のシールが貼られていた。年季が入っているせいでところどころ変色しているが、それでも全体的に光沢は失われていない。丁寧に扱われてきたのだろう。

「契約成立だな」

ミツルは手慣れた動きで指を鳴らした。その途端、普段よりも大きな宝箱がテーブルの上に出現した。どうやら対価によって箱のサイズは変わるらしい。

「もしかしてこれ、ここにあるソファーの時も箱に入れたんですか？」

「そうだが」

佳奈の問いに、ミツルは平然と頷いた。入れるものに対応してサイズの変わる箱だなんて、運送会社からしたら垂涎《すいぜん》ものだろう。

「あの、吉兼さん」

「うん？」

「本当にいいんですか？　将棋セット、おじいさんとの思い出の品なんでしょう？」

「とはいっても、こっちは覚悟決めてるしね」

応える吉兼の表情はどこか晴れやかだった。決断した人間特有の清々しさを纏っている。

だからこそ、佳奈は困惑を隠せなかった。吉兼は今までの客とは違う。このお店で起こった記憶が後から奪われると分かった上で契約している。

「後悔しませんか？」

ミツルが何か言いたげにこちらを見たが、佳奈は頑なに吉兼から視線を外さなかった。

あの日から、湊は失ったキーホルダーをずっと捜し続けている。自分が大切なものを手放したことすら忘れて。忘れたことすら忘れるなんて、そんな残酷なことがあるだろうか。

湊から縋るように向けられた眼差しを、佳奈は今でも忘れられない。

尋ねられた吉兼はオーバーな仕草で両腕を組んだ。

「んー、後悔するかもしらんけど、ボクはそうなっても別にええかなって思ってる」

「本当ですか？」

「だって、ほんまやったらこんな経験できひんワケやん？　結局ね、ボクはどんな形であれまたじいさんに会えるなら、後から忘れようがそれでもいいやって思ってるねん。おにいさんがこの店を『自己満足を売る店』って言うてたけど、その表現がピッタリやとボクも思う。自己満足でいい。現実が何も変わらんでも、この瞬間、ここにいるボクがそうしたいって思ってるんやから、心の声に従いたい」

自分で言っていて照れたのか、吉兼が頬を掻いた。その爪の先端は神経質なくらい短く切られ、白い部分が見当たらない。誰のことも傷付けようのない指だった。

ミツルが顔を逸らす。

「話は終わったか。そろそろ移動するぞ」

「移動って、どこにです？」

「あの扉の向こうに」

カウンターの横に掛けられた柱時計が、せっせと分針を動かしている。二十四時が近付いていた。吉兼は歩き出したミツルの後を追っていたが、ふとその横にある植物コーナーに目を留めた。

「あ、紫陽花《アジサイ》」

花弁状の萼片《がくへん》は四枚ずつで小さな花を作り、それらが密集し、鮮やかな塊となっている。萼片の中央は白色だが、外にいくにしたがってピンク色が強くなる。

「嫁さんが好きなんですよ」

目を伏せ、吉兼が口元を綻ばす。その瞼の裏で、妻の姿を思い浮かべているのだろう。

「時間だ」

ミツルが声を発する。その直後、ボーンと柱時計の音が響き渡った。扉が開く。真っ白な光が、佳奈の目を焼く。


「これは見事やなぁ、温室ですかぁ」

開口一番、吉兼が発した台詞がそれだった。最近では見慣れてきたガラス製の天井。歩く度に靴越しに触れる、砕けた〈種〉の感触。

「さっきまで夜やったはずなのに、ここは眩しいですね。人工太陽灯ですか？」

「みたいなもんだ。こっちについて来てくれ」

「ボク、昔から植物園も好きなんですよ。温室って良いですよね。世界と切り離された雰囲気というか、こう、非現実的な感じがして。嫁さんとの最初のデートも植物園やったな、バラを見に行ったんですよ。ボク、バラも好きでね。庭で育ててたやつを、ばあさんがようドライフラワーにしてました」

「お客サン、本当にお喋りだな」

「テンションが上がってるせいかもしれないですね。それにしても変な店やね。店長さんってほんまは魔法使いなんとちゃいます？」

「まぁ、似たようなもんだ」

温室の中央には巨大な木がそびえ立っている。始まりの木だ。その幹に埋め込まれた扉の取っ手を摑み、ミツルは吉兼の方を振り返った。

「この扉の先は『邂逅の間』だ。全ての世界から独立した空間。ここに、並行世界の人間を呼び出している。お客サンがこの中に入ったら扉が閉まる。後はまぁ、勝手にどうにかなる」

「制限時間とかあるんですか？」

「これまでの最長時間は五時間程だが、基本的に制限はない。ただ、向こうにとって邂逅の間の出来事は夢という認識になるんだが、相手が強い違和感を覚えて目を覚ましたらお客サンは強制的に邂逅の間から弾き出される。そうなるとお客サンのダメージも大きいから、俺としては自分の意思で出てくることをオススメする」

「他に気を付けることってあります？」

「一点だけ。扉の先にあるものは、ひとつとして持ち帰らないで欲しい。世界の理《ことわり》から外れてしまう」

「マァ、なんかようわからんけどおっかないな」

自分で自分を抱き締めるようなポーズを取り、吉兼は大仰に二の腕を擦った。ふざけているようにも感じるが、その表情はどこか硬い。緊張を誤魔化しているのかもしれない。

ミツルが扉を引き開ける。長方形の空間は、薄ぼんやりとした膜のようなもので遮られていた。

「ここを通るんです？」と吉兼が扉の先を指さす。「そうだ」とミツルは頷いた。

吉兼はしげしげと扉を見つめていたが、やがて決意したように自身の両頬を挟み叩いた。

「ほな、行ってきます」

吉兼の身体が膜の中へと呑み込まれていく。その足先まで全てが見えなくなると、扉は閉まった。

バタン。

その音を合図に、佳奈たちの足元からは奇妙な光が立ち上がり始めた。白い砂をスクリーン代わりに、扉の向こう側の光景が映し出される。

ミツルが木の根元に腰を下ろし、佳奈もその隣に座った。二人の間には中途半端な距離が開いていた。間に一人が座れないほどの、ぎこちない距離だ。

前までの佳奈なら、迷いなくミツルの傍らに寄り添うようにして座っていた。だが、今はもう無理だ。

——俺が、アンタの亮を殺した。

その言葉の意味を全て理解できたというわけではない。それでも、あの台詞が二人を隔ててしまったのは間違いない。

自分たちはもう、何も知らなかった頃には戻れない。

膝を抱え、佳奈はじっと地面を見つめた。足元に映る映像には、八畳ほどのダイニングキッチンが映し出されていた。

とにかくカラフル、というのが佳奈の抱いた最初の印象だった。キッチンの壁はターコイズブルーのタイルで構成されていて、並んでいる電化製品もかなり古い。ポットは薄桃色、冷蔵庫は黄緑色、電子レンジはオレンジ色だ。ワークトップにはごちゃごちゃと調味料が並べられており、生活感に溢れている。

ダイニングテーブルにセットされた木製の椅子には、座布団のようなクッションが置かれていた。吉兼はごく自然にその上へ座る。その対面で、紙パックに入っているコーヒー牛乳をストローで啜っている人物、彼こそが吉兼の祖父のヨシロウだろう。

日に焼けた肌には深く皺が刻まれている。体形が急激に変化したのか、彼が着ているポロシャツは身体に対して一回り程大きかった。高齢だと一目で分かる容貌だ。

「じいさん、生きとったんかい」

そう軽口を叩く吉兼の語尾は震えていた。上下する喉骨を隠すように、彼は片手で喉を覆う。

ヨシロウは片眉を上げると、フンと鼻を鳴らした。

「なんやお前、藪《やぶ》から棒に。俺がいつ死んだんや」

「いつ死んでもおかしない年やろ」

「アホ抜かせ、ピンピンしとるわ。昨日も笹田《ささだ》と釣りに行ってきたとこやし」

「笹田のじいさん、元気にしとんのか」

「しとるしとる。ちょっと前に花子《はなこ》に子供が出来て忙しくはなったみたいやけど」

「花子って娘さんか」

「笹田のとこで飼ってる牛や」

「なんやねん、紛らわしい」

二人の間には、先程吉兼が対価として差し出したものと同じ見た目の将棋セットが置かれていた。テーブルの上に足付きの将棋盤を置いている光景は違和感があるのだが、二人は気にしていなかった。恐らく、いつもこうして使っていたのだろう。

「それにしても、お前が顔を出すのも久しぶりやな。最近、仕事忙しいんやろ？」

「せやねん。なかなか会いに来れんですまんな」

「お前にも家庭があるんやから、こっちに気を遣わんでええねんで。咲良《さくら》さんの調子はどうや、妊娠分かってバタバタしとるやろ」

「うん、色々と大変やねん」

咲良さん、という名前が出た時、吉兼の横顔に安堵の色が滲んだ。駒箱を開け、その中から一つ取り出す。玉将《ぎょくしょう》だった。

「オレ、こっちの世界でも咲良と結婚してんねんな」

「なんや、こっちの世界て」

「単なる独り言や。それよりじいさん、久しぶりに将棋やろうや。そのつもりでここに置いてるんやろ？」

「いや、俺が置いた記憶はないんやけどな。そういや、なんでこんなとこに将棋セットがあるんやろうか。普段は押し入れにしまってるのに、ばあさんが勝手に出したんか……」

「まあまあ、細かいことはええやんか」

首を捻るヨシロウの疑問を、吉兼は強引に流した。「せやな」とヨシロウもあっさりと頷く。

「お前と将棋なんて何年振りやろか。お前の結婚式の時以来か」

「じいさん、オレの結婚式でたん？」

「薄情な奴やな、忘れたんかい」

「いや、忘れたワケとちゃうけど」

軽快に話を進めながら、吉兼は将棋盤の上に駒箱をひっくり返した。駒が盤上に散らばる。

吉兼が結婚する時には既に、祖父は他界したと聞いていた。ここにいるヨシロウは吉兼の知っている吉郎とは何かが異なる存在なのだ。その分岐点を、吉兼は世間話を装いながら探っている。ジェンガ遊びの終盤のような、楽しさを纏いながらも慎重さを隠せていない振る舞いだ。

「王将はじいさんにやるわ」

「ええんか？　昔は王将じゃないと嫌やって泣いてたのに」

「いつの話やねん」

淀《よど》みない動きで、二人は盤上に駒を並べていった。佳奈は将棋をあまりやったことがない。簡単なルールくらいは知っているけれど、戦術などの難しい話はさっぱりだった。

二人から目を逸らし、もう一度キッチンへと目を向ける。隅にはスタンドが置かれており、小さな物干しハンガーが二つ吊るされていた。片方には布巾やタオルが、もう片方には逆さまになって切り花がぶら下がっている。

橙《だいだい》のバラ、白のカスミソウ、紫のスターチス、黄のミモザ、そして、青の紫陽花。それらの茎は麻紐で縛られ、先端を洗濯ばさみで留められている。ドライフラワーを作っている途中なのだろう。鮮やかな花弁と人工的な洗濯ばさみのちぐはぐさが面白い。

この家では、花が日常に溶け込んでいる。

「じいさん」

「なんや」

「オレの今の仕事、芸人やったりする？」

「は？」

ヨシロウがぽかんと口を開けた。毛量のある眉が顰《ひそ》められる。

「なんや、布団売りから転職するんか」

「い、いや、そんなつもりはないけど」

「子供生まれたら、東京と大阪行き来する生活は咲良さんに負担掛けるやろうしなぁ。とはいえ、今から芸人っちゅーのはなかなか厳しそうやけど」

「だからそんなつもりはないって」

ぱちん、と吉兼が歩《ふ》を一マス進めた。ヨシロウもまた歩を進める。

多分、吉兼は自分の人生の分岐点がそこにあると踏んでいたのだろう。だからこそ、当てが外れて動揺している。

二人はしばらく、順番に駒を動かしていた。取ったり、取られたり。佳奈には分からないけれど、高度な駆け引きを行っているのかもしれない。

吉兼が香車《きょうしゃ》を直線上に進める。前へ進むことしか知らない駒だ。

「じゃあ、もしかしてやねんけどさ、父さんと母さんが離婚した時、オレ、父さんと一緒に暮らすことにした？」

笑顔を繕っているものの、吉兼の声は硬い。ヨシロウは盤面から目を離さず答える。

「なんや、急に昔話やなんて」

「今でもよう覚えてるねん。『おじいちゃんたちと一緒に暮らすか、父さんと一緒に暮らすか、どっちがいい』って。それでオレは、」

「『お父さんと一緒に住む』って言うてたよ。東京を離れたくないって」

一呼吸分の間を見兼ねてか、ヨシロウは自然に吉兼の言葉の続きを引き取った。

祖父と暮らすことにしたという話は吉兼から聞いていた。だが並行世界のヨシカネは、もう一つの選択を行ったらしい。

「そうか」と吉兼が呟いた。硬直した指の下にある駒を、ヨシロウの桂馬《けいま》が掠め取る。

「今更そないなこと気にしとんのか？」

「そりゃ気にするやろ。っていうか、父さんと一緒に暮らす方を選んだのに、結局オレは咲良と結婚したんか？　何も変わってないやないか」

「お前が何言うてるかはよう分からんが、東京で暮らして一週間も経たんうちにこっちで一緒に住むようになったからなぁ。どっち選んでも大して変わらんかったんちゃうか」

「はぁ？」

「『最初からじいちゃんと住めば良かった！』ってあの頃はようプリプリ怒ってたで。父親が知らん女とおるのが嫌やったんやろな」

垂れた双眸が大きく見開かれる。吉兼は額に手を当て、深々と息を吐き出した。長い長い溜息だった。

「……なんやそりゃ。考えるだけ無駄やったんか」

その台詞を、ヨシロウが豪快に笑い飛ばす。

「無駄なことあるかいな。選択をやり直すのは悪いことちゃう。あの時ああしたら良かったって後悔を潰せるからな」

「じいさんも似たようなこと思ったことある？」

「俺の場合はアレや、サウナや。医者に控えるよう言われた時、従うか従わへんかでだいぶ悩んだんや。太く短くが俺のモットーや！　って医者に隠れて入り続けてたんやけど、倒れてなぁ。その時にばあさんに泣かれて、そっから入らんようになった。ま、そのおかげでひ孫の顔まで見られるちゅーワケやから、細く長くの人生もええんかもしれん」

ぱちん、と駒が盤を打つ音が響く。吉兼は持ち駒の歩を握り締めていたが、やがて観念したように盤上へと置いた。

「……じいさん、丸なったなぁ」

「うっさいわ」

「でもオレ、こうやって長生きしてるじいさんに会えて、今めっちゃ嬉しいで」

「急になんやねん、こっぱずかしいこと言い出して」

「ほんまやねん。ほんまに……オレ、何度思うたか。じいさんに相談できたらって」

開いて、結んで。右手で同じ動きを繰り返しながら、吉兼は静かに破顔した。視界の隅で、下を向くカスミソウの白がちらついている。

「じいさん。オレな、怖いんよ」

「何がや」

「親になることが」

絞り出した本音が、テーブルの上に滴り落ちる。弱々しさのヴェールを羽織ったまま、声がぐちゃりと飛び散った。

「子供を妊娠して、咲良は変わった。今までと同じように生きていくのが無理なんは頭では分かってる。でも、じゃあ、どうしたらええんか分からんねん。父親も母親も、オレにとっては他人やったから。生まれてきた子供を邪魔やなって思ってもうたらどうしよう、あの人たちみたいに」

あの人たち。吉兼が口にした言葉の響きは平板で、どこまでも他人事みたいだった。じいさんと呼ぶ声に含まれる温かさが欠片もない。

テーブルの上に手を突き、吉兼は首を垂れた。「こわいねん」とその口が小さく動く。顔に張り付いていた笑顔の仮面がひび割れる。脆く崩れたその隙間から、幼い彼の面影が覗いた。

「オレ、ほんまに子供を愛せるんかな」

ヨシロウが銀将を動かす。歩からと金へ成った駒が、皺の刻まれた手に呑み込まれる。

「んなもん、俺が知るか」

「手厳しいな」

吉兼の唇の端が捲れ上がる。椅子の背もたれに身体を預け、彼は両足を微かに浮かせた。

「嘘でも大丈夫って言ってくれや」

「ダイジョーブダイジョーブ」

「その言い方、絶対嘘やん」

「めんどくさいやっちゃなぁ、嘘でも言えって言うたんは誰や」

「声が白々しすぎるんやもん」

唇を尖らせ、吉兼はテーブルへと突っ伏した。後頭部の髪がぴょこんと跳ねているのが見える。木製の天板に額を擦り付け、吉兼は顔を隠したまま大きく息を吐いた。

「オレさー、ほんまにちゃんと親になれるかな」

「何べん同じこと言うねん。こういうのはなれるかなれへんかなんて関係ない。子供が生まれたら、もうお前は親なんや」

「耳が痛いわ」

「咲良さんが頑張ってくれとるのに、何を甘えたこと抜かしとるんや。向こうの方がお前の何倍も怖いに決まってる。出産ってのは命がけなんやから」

「それは分かってる。だから余計こわいねん。咲良だけがどんどん母親になっていくというか、オレだけ置いてけぼりというか」

「咲良さんが置いてけぼりにしとるんとちゃう。レースはスタートしとんのにお前が走り出してないだけや。出産だけは男が代わってやれん大仕事やねんから、お前がそんな気弱なこと言うてどうすんねん」

　迷いない動きで、ヨシロウが成香《なりきょう》を玉将の傍へと動かした。「王手」という言葉に、吉兼がガバリと起き上がる。

「うわ、追い込み漁やったんか」

「香車とってええぞ。さっきお前からもろうたやつや」

「いやいや、とったら角《かく》にとられるやないかい」

　吉兼が一マス後ろに後退させた玉将の上に、ヨシロウは淡々と桂馬を重ねた。下敷きになった玉将を親指と人さし指で挟み、ヨシロウは得意げに口角を上げる。「わざわざとるなや」と吉兼がぼやいた。

「俺の勝ちやな」

「桂馬なんていつ移動させてん」

「お前がぶつくさ言うてる間や」

「じいさん、将棋強うなった？」

「逆や。お前が弱くなった——ほら、手を出せ」

　ヨシロウに言われるがままに、吉兼は右手を差し出した。白い手の上に、祖父は駒ごと自分の手を乗せる。日に焼けた手の甲は、吉兼のそれと比べて随分と色が濃かった。皺も多く、厚みがある。長い時間を生きてきた男の手だった。

「親になるってのは誰かて怖い。けど、怖がるくらいがちょうどええんかもしれん」

「さっきは甘えたこと抜かすなって言うたやん」

「勝者の余裕や」

「さよか」

「嘘や」

「嘘なんかい」

「こういうのは口実がないと言えんもんやろ。お前にはさっき偉そうなこと言うたが、俺だって若い頃は父親になるのが怖かった」

「そうなん？」

手を握ったまま、吉兼は目を瞬かせた。ヨシロウの方は気恥ずかしそうに目を伏せている。

「子育てっちゅうもんは正解がないやろう。……正解が分からんもんは怖い。ずっと不安と生きてかなあかん。これで良かったんやろか、ああした方が良かったんやろかって。お前を引き取った時もそうやった。子供を放り出すようなバカ息子を育てた俺が、ほんまに孫を引き取ってええんかってな」

「意外やな、じいさんには怖いもんなんてないと思うてたわ」

「怖いもんなんてぎょうさんある。ただ、お前には隠してただけで」

「隠さんで良かったのに」

「アホ抜かせ。大の男がガキに弱いところ見せられるか」

「別にええやろ、今は男とか女とか気にする時代とちゃうで」

「そう思うんやったら、お前もお前の弱さを気にしとる場合とちゃうわ」

伏せられていたヨシロウの双眸が、真っ直ぐに吉兼を射貫いた。ギュッと吉兼の喉が上下する。

「吉兼」

「なんや」

「お前は大丈夫や」

凛《りん》とした声だった。ヨシロウの手に一瞬だけ力が入り、やがてその手が離される。吉兼の手の平には、温もりを持った玉将だけが残された。何を犠牲にしても、守り抜くべき駒だった。

「急に真面目にならんとってや」

吊り上げられた口角にはおどけようとした吉兼の努力の跡があった。だが、頰を伝う涙のせいで何もかもが言わずもがなだった。

扉から出て来た時、吉兼の両目は赤く腫れていた。その手には将棋の駒が握られているのではないかとハラハラしたが、彼は佳奈と目を合わせた途端に白い歯を見せて笑った。ひらりと振られた両手には、何も存在していなかった。

「良かった。ちゃんと駒を置いて来たんですね」

「だってそこのおにいさんが何も持って帰って来るなって言うてたから。ボク、約束は守る方なんですよ」

自然と元に戻った一人称に、佳奈はこっそりと安堵した。自分よりもうんと年上の人が弱っているところを見るのは心臓に悪かった。

「なんというか、ええ時間やったわ。たとえ自己満足やったとしても頼んで良かったと思う。おにいさんもおねえさんもありがとね」

「別に、礼を言われるようなことはしてない」

ミツルは立ち上がり、膝の辺りを軽く払った。脚の裾に張り付いた砂粒が、さらさらと地面へ落ちていく。ガラス越しに差し込む真っ白な日差しが肌に刺さって痛かった。

「自己満足の時間は終わりだ」

そうミツルは言った。その途端、吉兼が激しく咳き込み始めた。しゃがみ込み、彼は嘔《え》吐《ず》きを繰り返す。涙が瞼から押し出されるように浮き上がり、細い睫毛を透明に彩った。

「——ぐっ」

気道に詰まる物体を少しでも排出しやすいように、吉兼は地面に額を押し付けた。胸を押さえていた右手を、彼は自分の口の中に突っ込む。指を使って掻き出そうとしているのだ。

唾液に濡れた指先が、やがて透き通った結晶を引きずり出した。彼の手の中にあるそれは、艶やかな緑色をしている。吉兼はゼイゼイと激しく肩を上下させていたが、意識を失ってはいなかった。

「早く地面に転がせ」

ミツルの言葉に、吉兼は反応しない。朦朧《もうろう》とした眼差しを手の中の石に注いでいる。これまでの客は吐く時の痛みで意識を失っていたから、こうした反応は初めてだった。

「吉兼さん」

歩み寄ろうとした佳奈を、ミツルが腕を出して制した。

「お客サン、早く」

急かすミツルの言葉を無視し、吉兼は〈種〉を光に翳した。まるで望遠鏡を覗き込むみたいに、緑色の結晶越しに世界を見る。

噛み締めるように、彼は笑った。

「ほんま、あほみたいに綺麗やな」

頭がふらりと揺れ、そのまま体が傾いた。手から力が抜け、棘を纏った〈種〉が地面へ転がる。

倒れ込む吉兼の元へ慌てて佳奈が駆け寄る一方で、ミツルは〈種〉を踏みつけた。バリン、とエメラルド色が砕け散った。

「そっちのお客サンの体調はどうだ」

表情一つ変えず、ミツルは佳奈に目を向けた。吉兼の首筋に手を添えると、皮膚の奥でドクドクと血管が脈打っているのが確認できた。

「大丈夫です。気を失ってるだけみたいなので」

「ソファーに転がしてたら勝手に目が覚めるだろ。言い訳はアンタに頼む」

「嫌ですよ、ミツルさんが考えてください」

「じゃ、外の道で酔っ払ってたってことにしておくか」

吉兼の脇に腕を差し込み、ミツルはいつものように彼の身体を持ち上げた。その反対側から佳奈も身体を支える。

「アンタは手伝わなくていい」

「いいえ、助手としての役目もこれが最後になるかもしれないですから」

ミツルは目を瞠ったが、すぐさま瞼の裏に動揺を隠した。白い地面に足跡を残しながら、二人はゆっくりと店へと繋がる扉に向かう。

空から降り注ぐ光。それを反射する記憶の死骸たち。

不穏な気配も、別れの予感も、この空間ではあっと言う間に白に呑み込まれてしまう。

「吉兼さんが目を覚ましたら、紫陽花を勧めてあげてください」

「紫陽花？」

「奥さんへのお土産ですよ。奥さんが好きな花らしいので」

ミツルの肩に回された腕の先、吉兼の左手の薬指には結婚指輪が輝いていた。使い込んでいることを感じさせるいくつもの傷たちが、シンプルなリングをより一層輝かせている。日差しを反射して現れた光の欠片はミツルの頰を撫でると、すぐにどこかへ消えてしまった。

佳奈はそれを寂しいと思った。だけど、口には出さなかった。

# 第五話

## 世界が青くなったら

Kassiopeia

昨日の夜、上手に塗れたマニキュアを可愛いねって褒めてほしい。

飾り棚に置かれたガラス瓶を手に取りながら、佳奈はちらりと隣に立つ坂橋亮の顔を見上げた。店内の飾り窓から差し込む光が彼の柔らかな髪に透けている。すらりと通った鼻筋、垂れ目がちな二重瞼、シャツに包まれた細い体軀。その全てが好きだと思った。

身体の内側で暴れ回る心臓の動きがバレないように、佳奈はそっと鼻で息を吸った。四月に相応しい生を漲らせる花の香りが店奥に設置された棚から漂っている。

「店員がいないな」

店内をキョロキョロと見回し、亮が少し困ったように言った。そういえばどうしてこの店に来たんだっけ。夢の中にいるみたいに、前後の記憶があやふやだった。

「ここ、何の店だった?」

佳奈の問いに、亮はあっさりと首を竦めた。

「分かんない。佳奈が歩いてて入りたいって言ったんだろ? 『気になるから入っていい?』って言ってさ」

「そうだったっけ」

「そうだよ。それにしても変な店だよな、最近出来たようには見えないけど」

亮が歩く度に、スニーカーの靴底が床板を蹴った。佳奈はその後を追い掛ける。店内の奥で何かを見付けたのか、亮が急に足を止めた。その髪から、爽やかな整髪料の匂いがする。

「すげぇ」

「何が？」

彼の身体の横から、その先にあるものを覗き込む。そこにあったのは、巨大な鉄道模型だった。平面という意味でも立体という意味でも、複数のレールがあちこちで交差している。レールは鉄を思わせる銀色をしていて、その上をいくつものブリキの汽車が走り続けていた。それらはあちこちで交差しているが、決してぶつかったりしなかった。

佳奈は汽車へ手を伸ばす。レールに手を置くと、ブリキの汽車が指を轢いた。汽車は脱線し、長い車体がレールを塞ぐ。痛みはなかった。

「この夢のこと、覚えてる？」

模型を眺めていた佳奈が、こちらに向かって振り向いた。何かがおかしいと、そこで初めて気が付いた。

佳奈は、『カナ』を見ているのだ。三人称視点で撮られた映画みたいに。

咄嗟に腕を動かそうとして、自分の肉体が存在しないことに気が付いた。この空間で、佳奈は単なるカメラ役に過ぎなかった。

覚えてる、そう口にしたかった。だけど佳奈は唇を持たないから、声を発することができなかった。気付けば亮の姿は無く、無音の店内にカナだけが残されている。

カナが余計なことをしたせいで、汽車はどんどんと渋滞していた。倒れた車体に別の汽車が乗り上げ、更に後ろからやって来た汽車がそこに突っ込んで動きを止める。障害物となった汽車を取り除かない限り、この鉄道模型が元通りになることはないだろう。交差しないはずの世界はたった一度の介入でいとも容易く壊れてしまった。

カナは口元に手を添えると、ただ静かに微笑んだ。鮮やかなピンク色がその爪を飾っていた。


——爪だ。

目が覚めた瞬間、真っ先に浮かんだのがそれだった。ベッドから跳ね起き、佳奈は棚に飾ったマニキュアの瓶を手に取る。あの日、亮に見て欲しくて塗ったマニキュア。瓶の中で煌めく色は、桜貝を思わせる柔らかなピンクだった。

おかしいと今更ながら思う。最初に『Kassiopeia』を夢で見た際、自分はターコイズブルーのマニキュアをしていた。記憶と現実に、些細な食い違いが起こっている。

マニキュアを棚に戻し、素足のままフローリングの上を歩く。朝特有のひんやりとした冷気がふくらはぎに絡みつき、それを追い払うように足を大きく上げた。

冷蔵庫から牛乳パックを取り出し、マグカップに注ぐ。それを電子レンジに入れて加熱するとブーンという音を立てながらターンテーブルが回転を始めた。

佳奈はそれを黙って眺める。何をするでもなく、時が過ぎるのを待っている。

〈種〉は『Kassiopeia』に置いて来た。ミツルが店で保管すると言って聞かなかったからだった。


「記憶を取り戻す方法って、具体的にはどうするんですか？」

昨晩、吉兼が眠っている間、佳奈とミツルはソファーに隣り合って座り、吉兼が目覚めるのを待っていた。黒井さんは興奮しているのか、佳奈の星晶花の〈種〉に何度も跳び掛かっては先端の鋭さに負けて距離を取るのを繰り返していた。

ミツルは脚を広げ、前かがみの姿勢で両手を組んだ。眼鏡を掛けていないと佳奈の知っている亮の面影と重なった。

「『ナイチンゲールとばらの花』って話が入ってる本、前にこの店にあっただろう」

「今もありますよ、まだ売れてませんから」

「よく把握してるな」

「そりゃあ棚の陳列も助手の仕事ですからね」

オスカー・ワイルドの童話集には、表題作である『幸福な王子』の他に『ナイチンゲールとばらの花』が収録されている。

女を舞踏会に誘うために赤いバラを必要とする学生と、その願いを叶えようとして己の身を犠牲にするナイチンゲールの物語。

「勝手な自己犠牲、って前にミツルさんが言ってましたね」

佳奈の言葉に、ミツルは苦々しい笑みを浮かべた。

「言った。俺は自己犠牲が嫌いなんだよ」

「私もナイチンゲールのやり方はどうかと思いましたけどね。せめて学生がナイチンゲールのおかげで赤いバラが手に入ったんだって知ってたら良かったんですけど。何かをされたってことを知らなきゃ、感謝することすらできないですよ」

「でも、ナイチンゲールは満足してる。崇高な恋の為に犠牲になれたから。この物語の中で唯一幸せになれた存在だな」

「自分を犠牲にして誰かを幸せにするなんてやり方は変ですよ」

「頭では分かってても、自分がもし同じ立場に置かれたらどう決断するかは分からないだろ」

「それは、もしも赤いバラが必要になったらってことですか？」

眉をひそめた佳奈に、ミツルがゆっくりと首を横に振る。

「違う。自分を犠牲にしてでも手に入れたいものがあるかどうかって話だ」

「分からないですよ、そんなの」

「アンタは、坂橋亮を愛してるのか」

佳奈はミツルの横顔を凝視した。白い顎に、微かに髭が生えている。亮もそうだった。

普段はこまめに剃っているけれど、一緒に夜を迎える頃には僅かに髭が見え始める。肉眼では気にならないけれど、顎を撫でると手の平にチクチクとした感触があった。佳奈はそれが嫌いじゃなかった。

「愛していますよ、ずっと。好きです」

ふっと、ミツルの唇が綻ぶ。その口端に強く滲んでいるのは呆れだった。

「初めての恋人だから執着してるんじゃないのか」

「唯一の恋人です、私にとっては」

「今はな」

「これからも、です」

「アイツはもうどこにもいないのに？」

息が止まった。唇が戦慄《わなな》き、勝手に空気を零す。ミツルはこちらを見ず、ティーカップの縁を指先でなぞっていた。

「それは、ミツルさんが私の亮を殺したって話に繫がりますか」

「繫がる」

無意識の内に唾を吞む。喉の辺りがカッと熱くなって、怒りにも混乱にも似た感情が身体の内を苛《さいな》んでいる。佳奈は口を開き、それから閉じた。唇を軽く嚙み、続きの言葉を舌先で探る。

「殺したっていうのはどういう意味ですか。こう、比喩的なことですよね？」

「そのままの意味だよ。俺のせいで、アイツは死んだ」

「それじゃあ分からないです。そもそも違う世界の人間には関与できないんでしょう? ミツルさんがどうやって亮を殺すんですか」

　佳奈が捲し立てても、ミツルは取り乱したりしなかった。目頭を軽く揉み込み、疲労を含んだ吐息を漏らす。

「一つだけ、並行世界の人間を殺す方法がある。世界の理《ことわり》を壊すことだ」

「理を、壊す」

「そう。並行世界から物を持ち出す。ただそれだけで全てが狂う。人々の認識が歪み、常識は書き換えられ、だけど誰一人それに気付かない。そうやって、坂橋亮は死んだ」

「そんな説明じゃ分からないですよ。ミツルさんが亮をナイフで刺したとか言われた方がまだ理解できます」

「理解しなくていい。俺が坂橋亮を殺した、それだけが真実なんだから」

　頑なな口調に、佳奈は反論する言葉を呑み込む。分かりやすい拒絶。明確にある境界線。ミツルはいつも、大事なところで口を噤む。

　彼にとってのカナは、今ここにいる佳奈じゃない。それなのに、ミツルは『Kassiopeia』で仲内佳奈に会おうとした。佳奈にとってミツルは亮ではないし、ミツルにとって佳奈はカナではない。どれだけ大切な人に似ていようと、お互いが本当に求めている相手ではない。

「アンタは、俺のカナに一番近い存在だった。分岐している箇所はほんの僅かしかないし、考え方も喋り方も、何もかもがよく似ている」

「似ているって言われても不思議ですけどね。ミツルさんは亮と一見似てますけど、喋り方も性格も違います」

「そりゃそうさ。俺はアンタの亮とは別の存在なんだから」

フッ、とミツルは自嘲するように息を吐いた。もしかすると、ミツルは坂橋亮という存在を捨てたかったのかもしれないと不意に思った。

黒髪にして、眼鏡にして、ミツルと名乗って。そうやって、自分という存在を少しでも亮から遠ざけようとした。

「最初から、アンタを拒絶しておけば良かった。働かせてくれなんて無茶苦茶な要求、断ってしまえば良かったんだ。俺に関わらなければアンタの〈種〉が大きくなることもなかっただろうし」

「〈種〉が大きくなる理由は、やっぱりミツルさんなんですか」

「まあな。アンタの肉体から欠落している記憶は、俺にまつわるものだ。だから、成長のトリガーも俺になった。俺と一緒に過ごすことが刺激になったってことだろ」

「俺っていうのは、亮じゃなくてミツルさんのことですよね。もし私がミツルさんに近付かなかったら〈種〉はどうなってたんですか？」

「体外に排出された時のサイズのまま大きくはならなかった。成長さえしなければ、体外に出た〈種〉を無視するって選択肢もあっただろう。けど、ここまでのサイズになった以上、記憶を戻しても戻さなくても〈種〉の成長は止まらない。前にお客サンにも言ったが、〈種〉が成長し続けるとやがて宿主は死んでしまう。それだったら記憶を戻した方がいい。アンタが助かる見込みがある」

「記憶を戻すのが最善策ってことですね」

「本当の最善策は、俺とアンタが関わらないことだったんだがな」

「でも私はミツルさんに会えて良かったですよ。朝起きて、亮の痕跡が無くなってて、みんな亮のことを知らないって言ってて。自分の頭がおかしくなったんじゃないかって、怖くて仕方がなかったんです」

亮の部屋に行って空き家だと言われた時、何もかもが自分の妄想だったのではないかと思って目の前が真っ暗になった。握った手の柔らかさ。ハグした時の温かさ。キスした時のくすぐったさ。その全てを明瞭に覚えているのに、本当はまやかしだったのではないかと不安になった。

あの時、自分の記憶を一番疑っていたのは佳奈自身だ。

「だからミツルさんをこの店で見た時、私と亮はまだ繋がってるんだってホッとしたんです。亮はちゃんと存在してるし、私は大丈夫だって」

「俺は大丈夫じゃなかった。アンタを見た瞬間、血の気が引いた」

冗談かと思い、佳奈は口角を無理やりに上げた。ハハッと引き攣った笑い声を上げる。

だが、ミツルの表情は至って真面目だった。その指が佳奈の肩の輪郭をなぞる。

「アンタを見てると息苦しい。責めてくるんだよ、心の中で俺自身が。罪を忘れるなって」

「ミツルさんの罪って何ですか」

「何だと思う」

分かりやすくはぐらかし、ミツルは佳奈の身体を引き寄せた。突然のことに息を呑む。ハッ、と響いた自分の吐息の音が恥ずかしかった。

硬直する佳奈の肩口に、ミツルは鼻先を押し付けた。彼が呼吸する度に、熱の波が寄せては引く。こんな風にミツルと密着するのは初めてで、なのにどこか懐かしい気持ちになる。思い切り鼻から息を吸うと、スパイスのような生花の匂いが鼻腔に入り込む。ミツルの匂いだ。亮と限りなく似ていて、だけど違う。生々しい命の匂い。

ブラウス越しにミツルの指が佳奈の背を辿る。肩甲骨の窪みを撫で、彼は途中で手を止めた。心臓がある場所の、ちょうど裏側だった。

「心臓に突き刺すんだ」

「何をですか」

「さっき、アンタが聞いたろ。記憶を取り戻すにはどうするのかって」

「聞きましたけど……」

「『ナイチンゲールとばらの花』、あれと一緒だ。〈種〉の棘を心臓に押し当てる。そうすれば繋がった箇所を通じて記憶が身体に戻る」

「それって私、死んじゃいません？」

「さっきも言っただろう。アンタは大丈夫だ」

「気休めですか？」

「気休めなんかじゃない。安心しろ、絶対にアンタは死なせない」

背中に回された腕に、強く力が込められる。絶対に、とミツルは繰り返した。佳奈は黙って彼の頭に手を伸ばす。少し癖のある黒髪に指を絡ませ、後頭部に手を当てる。そろそろと動かすと、少し出っ張っている骨の形がよく分かった。

「撫でるな」

そう言う割に、ミツルは顔を上げなかった。彼が息を吐き出すと、首の表面がざわざわする。ミツルさんの馬鹿、と佳奈は口の中だけで呟く。佳奈がどんな気持ちでいるか、ミツルにはきっと分からない。行き場のない感情を、唾と一緒に呑み込んだ。

「俺はガキじゃないぞ」

「知ってますけど」

「それに、アンタの坂橋亮でもない」

「それも知ってます」

「分かってて優しくするんだな」

「ミツルさんが可哀想だからですよ」

「同情か」

「嫌でした？」

「いいや」

顔を上げ、ミツルは佳奈を見下ろした。前髪の下で、彼の眼差しが静かに和らぐ。

「愛情なんかより、よっぽど信頼できる理由だ」


吉兼が目を覚ましたのは、それから一時間後だった。すっかり記憶を失った彼に、ミツルはいつものように嘘を吐いた。「酔っ払って店の前で寝ていたんだよ」と。

吉兼は一瞬だけ怪訝そうな表情をしたものの、すぐにパッと明るく笑った。社交的な大人が得意とする、完璧な営業スマイルだった。

「ボク、体質的に酒は飲めへんのですけどねぇ。でもまぁ、助かりました。大の大人が外で寝てるなんてみっともないですから」

よっこいしょ、と声に出し、吉兼がソファーから立ち上がる。始発の時間には程遠かったが、そういえば彼は車でここまで来ていたのだとすぐに思い出す。吉兼が飲酒運転になることを気に掛けていないのは、自分が酒を飲んだなどと露程《つゆほど》も思っていないからだろう。

「ここのお店、なんていう名前ですか？　ご迷惑おかけしたんで、日を改めて挨拶に来させてください」

「いいや、気にしなくていい」

「そうはいきませんよ、こういうのはケジメが肝要やから」

「じゃあ、礼代わりに花を買って行ってくれ」

「花？」

「こっちだ」

シャツの袖を捲りながら、ミツルはカウンター横の植物コーナーへ移動した。この一角だけは色鮮やかだ。ピンクの紫陽花、紫色のアガパンサス、黄色のフェンネル、白のカスミソウ、緑のレザーファン……そして、ひときわ目立つ赤いバラ。

「ここは花屋さんなんですか？　リサイクルショップかと思いましたけど」

「まぁ、何でも屋みたいなもんだ。棚にあるものでも気に入ったものがあったら買って行っていい」

「じゃ、ボクは紫陽花を買おうかな。嫁さんが好きなんですよ」

そう言って、吉兼は棚の一番端を指さした。

「紫陽花メインで、なんか良い感じのブーケにしてください。予算は千五百円で」

「分かった」と頷き、ミツルは慣れた手つきで花を抜き取る。そういえば、ミツルが花を売っているところを見るのはこれが初めてだった。

「ボク、これからちょっと会社寄って大阪戻るんですけど、花ってどれくらい保《も》ちます？　夜には枯れてるかな」

「極力傷まないように処理しておく、一日くらいなら平気だ」

「へぇ、そんなことできるんですか。それやったら嫁さんに綺麗な状態で渡せますね。喜んでくれるかな」

　作業に集中しているのか、ミツルは返事をしなかった。疑問の形で投げかけられた言葉を無視するのも礼儀知らずな気がして、佳奈は「きっと喜んでくれますよ」と相槌を打った。吉兼は少しだけ目を丸くした。

「おねえさん、さっきから静かやから喋るん嫌いなんかと思ってましたわ。人見知りなんやとしたらこんなオッサンの相手させるのも悪いなって」

「そんなことないですよ。ただ、口を挟む隙がなかったので」

「おねえさんはこんな時間になんでここに？　もしかして、お二人はご家族とか？」

「いやいや、単なる助手です。お手伝いしていて」

「こんな夜中まで？」

「営業時間が不規則な店なので」

「ふーん、えらい大変なんですねぇ。あ、そや」

　ポン、と芝居じみた動きで手を打ち、吉兼は作業中のミツルに声を掛ける。

「おにいさん、紫陽花とは別にバラを一輪ください」

「紫陽花と組み合わせて一つにしてもいいが」

「いや、おねえさん用です」

「私に？」

首を捻る佳奈に、吉兼はカラカラと明るく笑った。

「せっかくなので。うちの嫁さんが昔言うてたんですよ、バラを貰って嫌な気分になる奴はおらんって。多分、ボクが起きるのを待ってたせいでこんな時間まで働く羽目になってるんでしょう？　スミマセンって気持ちを込めてです」

「はぁ、なるほど。ありがとうございます」

人からバラを貰うのは初めてだった。カナはミツルから貰ったらしいけれど、自分にとってバラとは花壇や植物園で観賞する存在でしかなかった。

「部屋にでも飾ってください。あ、おにいさんもいります？」

「いらん」

「おにいさんもバラ貰ったら嬉しいでしょ？　枕元に飾ってくださいよ」

「だからいらないって」

「つれへんなぁ」

素っ気ないミツルの返事に、吉兼は揶揄《からか》うように喉奥を鳴らして笑った。

「あ、ここって電子マネー使えます？」

「そんなハイカラなもんはない。現金のみだ」

「えー、マジか。しもたな」

尻ポケットに乱暴に手を入れ、吉兼はくしゃくしゃになった千円札を二枚取り出した。

「財布は」と尋ねたミツルに、「車の中ですよ」と吉兼は飄々と答えた。

「普段はスマホで会計ですからね、わざわざ財布を持ち歩いたりしませんし」

「釣りはどうする」

「あー……あ！」

「なんだ」

「いや、今こそ例の台詞を言えるチャンスやと思うて」

「例の台詞？」

ただでさえ細い両目を更に細くし、吉兼は勿体ぶった仕草で自身の前髪を軽く払った。

「お釣りは結構です」

「散々溜めてそれか」

「大人なら一度は言うてみたいですやん」

軽口を叩いている間にも、ミツルは淀みなく作業を進めていた。水色のラッピングフィルムで紫陽花とグリーンの葉を包み、その上から白のリボンを巻く。

次に器に入ったバラを一輪引き抜き、透明なフィルムの上に置いた。バラの花弁は深い赤色をしていて、ビロードのような光沢があった。花の下には緑の萼が垂れ、そこから伸びる花枝《かし》の表面は産毛のような棘で覆われていた。

触れると痛いだろうに、ミツルは表情一つ変えずバラを包み終えた。一輪のバラを「ん」と佳奈に向かって突き出す。

「ん、と言われましても」

「このお客サンがアンタに渡すって言ってるんだ。受け取れ」

「本当にいいんですか？」

隣に立つ吉兼の顔を見上げると、彼は片手をヒラヒラと振った。

「ええねん。綺麗やなぁって思うてくれたらそれで」

「勿論、綺麗ですけど。なんというか、花を貰うのって不思議な感じで」

「そうです？　うちのばあさんなんか、よう人に花をあげてましたよ。花をあげる時って、絶対に相手のことを考えるじゃないですか。貰った人もあげた人もどっちも幸せになれる贈り物、それが花やって言ってましたわ。だからね、ボクも人に花を贈るのが好きなんです」

紫陽花のブーケを腕に抱え、吉兼はどこか照れくさそうに頬を緩めた。誰かに花を贈る時、彼は祖母のことを思い出すのかもしれない。

「大事にしたってくださいね」

そう笑い掛けられ、佳奈はミツルの手からバラを受け取った。綺麗なバラだった。生気に満ち溢れ、スパイスのような芳醇な香りを漂わせている。星の王子さまが大事にしていた赤いバラは、こんな見た目だったのかもしれないとふと思った。

ナイロンフィルムの上から、そっと力を込める。丁寧に包装されていたから、少し力を入れたくらいでは花枝に触れることすらなかった。

あの後、帰宅してからすぐに佳奈はバラを活けた。花瓶なんて洒落たものはなかったため、資源ごみの日に出そうと思っていたジャムの空瓶を利用することにした。長すぎる枝を切り落とすと、見栄えはぐっと良くなった。

そして今、そのバラが目の前にある。昨晩の出来事を振り払い、佳奈は乾いた唇を舌先で舐めた。電子レンジはまだ動き続けている。ホットミルクが完成するまで、残り一分十三秒。

瑞々しいバラの花弁が、柔らかそうだと思った。なんとなく、佳奈はその先端を唇で挟んだ。想像していた感触とは違い、花弁は硬かった。上等な和紙みたいだ。咥《くわ》えたまま引っ張ってみるが、全く抜けない。

唇を離し、佳奈は外側の花弁を指で引っ張った。が、萼にピタリと張り付いていてびくともしない。もう一度、今度は千切るつもりで引っ張ると、ぶちりという音がしてようやく抜け落ちた。簡単に散るものだと思っていたから、その頑丈さに驚く。守ってやらなきゃいけないほど、繊細な存在には思えない。

ピンポン玉ほどの大きさの花弁は鮮やかな赤色だが、根元の部分だけがちょこんと白い。うっすらと浮き上がる花脈は、人間の血管によく似ていた。窓から差し込む朝日に翳すと、濃い赤が透けて影が動いた。それをぼんやりと眺めていると、電子レンジがチンと鳴った。

弄《もてあそ》んでいた花弁を銀色のシンクに落とす。隣り合う日常と非日常が、何だか妙に美しかった。蛇口を捻ると、水流が花弁を押し流す。排水口に取り付けた水切りネットの中で、バラの赤はよく目立っていた。

電子レンジからマグカップを取り出し、床に座る。ローテーブルに肘をつき、佳奈はゆっくりと息を吐いた。

温めた牛乳を口に含み、飲み込む。食道を滑り落ち、胃の底にぽたりと熱が灯《とも》る。習慣でテレビをつけると、ワイドショーでは人気芸人の結婚について取り上げていた。

「有名女優似の婚約者Sさんは、彼が売れない頃からずっと支えてきました。交際十五年目にしてようやくゴールインとのこと。『売れるまで待っててくれ』という言葉をSさんは信じ、先日の漫才大会での優勝を機にプロポーズされたそうです」

ニコニコと語る芸能リポーターの姿を一瞥し、佳奈はテレビの電源を切った。「そんなの待ってらんないよ」と勝手に口を衝《つ》いて出た。

「と、いうワケなので、デートしましょう」

「何が『と、いうワケ』なのか、全く理解出来ないんだが？」

夕方に店に行くと、ミツルは二人掛け用ソファーに寝そべっていた。不貞腐《ふてくさ》れた顔をする彼を無視し、佳奈は反対側のソファーに座るとコンビニで買った品を広げた。

「ほら、食べるものも買ってきました。サンドイッチとお菓子です」

「俺は二十四時前に店に来いって言ったんだがな」

「いいじゃないですか、せっかくの記念ですし。何したいですか？」

「そもそも俺はここから出られない」

「店の中でいいですよ。見て回りましょうよ、せっかくなので」

「急に面倒なことを言い出して……一体なんなんだ」

「ミツルさんと少しでも一緒にいたいんですよ」

「変なもんでも食ったか」

「ひどい」

　わざとらしく口をすぼめ、佳奈はワンピースの裾を引っ張った。光沢のある黄緑色の生地に、赤いバラの絵が描かれている。祖母が買ってくれた思い出のワンピースだ。そして、それを摑む指先には、ピンク色のマニキュアが塗られている。

「おめかしもして来たのに」

　ミツルは身を起こすと、ボサボサになった黒髪を掻きながら言った。

「その服、懐かしいな」

「懐かしいってことはないんじゃないですか？　文香さんと出掛けた時に着てましたよ」

「そうだが……。そのワンピース、カナが泣きたい時に着る服だ」

　そんなつもりはないですよ。そう言いたかったのに、何故だか声にならなかった。テーブルの上に広げられた品を見下ろし、ミツルはふっと口元を緩める。

「ここ三か月、なんだかんだ言って楽しかったよ」

「急にしんみりするのやめてください」

「アンタもしんみりしてるから馬鹿なこと言い出したんだろ？」

「私は大真面目にデートの提案をしてるんですけどね。ミツルさんの部屋、もう一回見たいなぁ」

「入ったら風邪ひくぞ」

「あそこ、なんで冬なんですか？」

「それは……」

食べもしないくせに、ミツルは包装されたサンドイッチを手に取った。苺とホイップクリームのフルーツサンドだ。透明なフィルムの上からミツルはそっとそれを押し潰す。

「俺がこの店で働くようになったのが冬だったんだよ。十二月の、クソ寒い日だった。あの部屋はあれからずっと同じ時間のままだ」

「せめて春とか秋だったら良かったですね、そしたら過ごしやすかったのに」

「だが、冬も別に悪くはない。静かだからな」

「静かすぎて寂しくなりません？」

「寂しいくらいがちょうどいい。そういう役目だ」

佳奈もサンドイッチを手に取る。こちらの具はハムとレタスだ。マヨネーズがたっぷりと塗られていて、嚙むと口の中で溢れる。

「ミツルさんにとって、この店で働くことは役目なんですか？」

「少なくとも、仕事ではないな。給料もないし、人間らしい生活も出来ないし。だけど逃れられないからこうして同じことを繰り返してる」

「もしもその役目を終えたらどうなるんですか」

「さあ、どうなるんだろうな。誰も教えてくれなかった。死ぬのかもしれないし、人間としてひっそりと生きていくのかもしれない。どうなったとしても、永遠にこうしているよりずっといい」

　ミツルの手の中で、サンドイッチが柔らかく潰れる。クリームがはみ出し、フィルムの内側を白く染めた。見えなくなった苺が哀れだった。

「もしもミツルさんが番人の役目を終えたら、何をやりたいですか」

「なんだ急に」

「したい仕事とかないんですか」

「考えても意味のない仮定だな。俺はずっとここから離れられない」

「花屋さんとかどうですか。駅前に店を構えるんです」

「だから、意味がない仮定だ」

「想像するくらいいいじゃないですか」

　マヨネーズで汚れた手をナプキンで拭い、佳奈は両手を開いてミツルの方へ差し出した。

「なんだ」と彼が警戒したように眉間に皺を寄せる。

「そのサンドイッチ、私が食べるのでください」

「潰れてるぞ」

「潰したぞ、の間違いでしょう？　いいからさっさと寄越してください」

「別にわざわざこれを食べなくてもいいだろ」

「私は、」

　不自然に息が切れて、佳奈は大きく深呼吸した。ハッキリと言葉が届くよう、意識して唇を動かす。

「私は、潰れたくらいで捨てたりしないですよ」

「強情だな」

「そもそも、選んだのは私ですからね。好きだから選んだんです」

「しかも物好きだ」

「きっと美味しいですよ、少しくらいダメになったとしても」

　ミツルはじっとフルーツサンドを見つめていたが、やがて溜息と共に佳奈の手の上に置いた。体温が移ってしまったせいか、その表面は少し温《ぬる》い。

　切り取り線を引っ張ると、簡単に開けることができた。指の形にへこんでいるパンに苦笑しながら、佳奈は一切れを手に取った。クリームの半分がはみ出たせいで、貧相な見た目になっている。

「アンタはさ、変わんないんだな。別の世界で生きてても」

「その台詞、なんか漫画みたいですね」

「俺にとっては現実だけどな」

フルーツサンドに齧り付き、咀嚼する。口蓋に乾いたパンが貼りついて、思わずむせた。ミツルはソファーの背もたれに身を預ける。

「懐かしい。カナはフルーツサンドが好きだった」

「私も好きですよ」

「だろうな」

「亮もフルーツサンドが好きですよ、一緒に食べに行ったこともありますから」

「知ってる」

「なんか、冷静に考えると変な会話ですよね。不思議な感じ」

指にくっついた生クリームを舐めると、作り物めいた甘さが舌に残る。窓枠に目を向けると、二体のキーホルダーのぬいぐるみが寄り添うように座っていた。

「ミツルさん」

「なんだよ」

「私もこの店で買い物ができますか、欲しいものがあったら」

「花なら買えるかもな。花そのものは『奇跡』とは何の関係もないから」

「私、ミツルさんの育ててる花、好きですよ。ずっと綺麗だと思ってました」

「そりゃどうも」

「花じゃなくて、契約書は買えませんか？」

脚を上げると、ワンピースの裾が持ち上がる。ストッキングを爪の先で引っ掛けるようにして引っ張ると、ベージュの薄い膜が浮き上がった。

ミツルは視線だけをこちらに向ける。彼が動揺していることにはすぐに気付いた。そして向こうも、こちらが気付いていることに気付いている。

「あれは売り物じゃない」

「でも、欲しいんです。どうしても」

フルーツサンドを二切れとも食べきり、佳奈はビニール袋にゴミを突っ込んだ。紙ナプキンで手を拭き、ついでに唇も拭う。リップのピンク色がナプキンの端についた。

ミツルは眉間に寄せた皺を更に深くした。

「それは、俺の意思ではどうにもならない。この店の意思が――」

言葉を遮るように、突如としてミツルの手に契約書が現れた。それを見た途端、ミツルは分かりやすく狼狽《ろうばい》した。

「嘘だろ。店が許したのか」

「これって、私にも契約書を受け取る権利があるってことですよね」

「まぁ、ここに契約書がある以上、そういうことになるな。俺としては不本意だが」

「あの、その契約書にサインを書いたらどうなりますか。私も扉の向こうで会いたい人に会えますか」

興奮して語尾が震える。佳奈の声の大きさに反応したのか、カウンターで寝ていた黒井さんがのそのそとこちらへ歩み寄ってきた。眠い中、無理やり目を開けているのか、黒井さんの両目はしょぼしょぼと瞬きを繰り返していた。

　ミツルが肩を竦めた。

「相手による」

「というと？」

「坂橋亮だけは無理だ。ソイツ以外なら、多分会える」

「亮だけが無理な理由は、いつになったら教えてもらえますか」

「アンタが記憶を取り戻したら全て話す」

「本当ですね？　信じますよ」

「あぁ」

　恐々とした手付きで、佳奈はミツルから契約書を受け取る。それは羊皮紙のような質感で、しっかりとした手触りをしていた。と、その時、眠そうにしていた黒井さんがいきなり佳奈に向かって跳び掛かった。いや、厳密に言うと佳奈が持っている契約書に向かって、だ。

　黒猫の強烈な跳躍から身を守る術《すべ》なんぞあるはずもなく、佳奈は「ぎゃっ」と悲鳴を上げた。せっかく入手した契約書は床へと落ち、黒井さんの尻がそれをどーんと下敷きにした。

「あはは」とミツルが愉快そうに声を上げて笑う。

「黒井さんはどうやら契約書にご執心みたいだな」

「笑い事じゃないですよ」

佳奈は黒井さんを抱き上げ、契約書の上からどかした。黒井さんの足は湿っていたのか、契約書にはしっかりと肉球の痕が残ってしまっている。

「黒井さんってば何やってるんですか」

「証になりたいんだろうさ。アンタに忘れられたら寂しいから」

佳奈は紙に残る肉球の痕を指で擦ってみたが、ちっとも落ちそうになかった。「もう」と思わず睨みつけると、まずいと思ったのか黒井さんはオーバーに何も気にしていないですよという顔をして店奥へと引っ込んだ。

「いい記念になったじゃないか」

「そういう問題じゃないんです」

契約書を大事そうに胸に抱いて、佳奈は頰を膨らませた。だが、じゃあどういう問題なんだと言われても答えるのは難しい。

もしも店にまつわる記憶を全て失ったら、この契約書を見返したところで悪戯か何かだと思って捨ててしまうのがオチだろう。なんせ、奇跡だなんて怪しい文字が並んでいる。ただ、そう頭では分かっていてもこの店が存在するという目に見える証が欲しかった。思い出にしたいだなんて綺麗な感情ではない。これは、執着だ。

佳奈は全てを失いたくない。亮も、ミツルも、この店も、全ての記憶を手に入れたままでいたい。

「ミツルさんは、愛と執着の違いってどこにあると思いますか？」

「急になんだ」

「前に言ってたじゃないですか。『人間が何かに執着しすぎると、世界そのものを歪ませる』って」

「アンタはどう思うんだ」

「私は……」

咄嗟に手元を見下ろす。指先で光る、桜貝のような艶やかなピンク色。

「相手を思いやる余裕があるのが愛で、ないのが執着だと思います」

「俺はどっちも同じもんだと思ってる。小綺麗な言い方をしてるかしてないかってだけで」

「その二つが同じなら、愛だって世界を歪ませますね」

そんなつもりはなかったのに、どこか皮肉めいた言い回しになってしまった。無意識なのか、ミツルは皺だらけのシャツのボタンを開ける。襟が開き、彼は少しだけ息がしやすくなる。

「だから、この世界は歪みまくってるだろ」

そう言って、ミツルは床に転がる〈種〉を見遣った。青白く光るそれは宝石のように美しい。流れ星の光をガラスの中に閉じ込めたら、きっとこんな色になるのだろう。

棘に覆われた表面に、歪んだ世界が映し出されている。ワンピースの上から心臓を押さえると、ドクドクとした拍動が佳奈の手の平を震わせた。

それから夜になるまで、二人はぽつぽつと他愛のない話をした。これまでの客や店内にある品についての思い出話、近所にできた洋菓子屋や佳奈の友達について。穏やかな時間だった。

この日常が永遠に続くと錯覚しそうになるくらいに。

時計の針が動く。二十四時が迫り、ミツルは口を噤んだ。饒舌《じょうぜつ》だった佳奈も口を閉じ、二人の間には沈黙が落ちた。底が焦げ付くような、じりじりとした緊張感が満ちていた。

「そろそろ行くか」

立ち上がるミツルの後を、佳奈は慌てて追いかける。ミツルは床に転がっていた〈種〉を腕に抱きあげると、慣れた手つきで奥の扉に手を掛けた。ボーン、と柱時計が二十四時の到来を告げる。佳奈はワンピースの袖を握り締めると、強く息を吐き出した。心臓がドキドキと痛かった。

ミツルが扉を開ける。その先に広がる光景は、佳奈が見知ったものから随分と様変わりしていた。

寒い。

肌に突き刺さる冷気が、佳奈の意識を覚醒させる。天井があるにもかかわらず、木々にはびっしりと霜が下りていた。熱帯雨林を思わせる植物たちが白く色付いている様は不自然で、頭が混乱しそうになる。

地面には薄く雪が積もっており、歩を進める度にサクサクと雪片が潰れる音がする。びゅうびゅうと吹きすさぶ風が大きく伸びる葉を揺らした。まるで屋外にいるみたいだった。

「あっ、こら」

いつの間に青の世界に入って来たのか、注意するミツルの足元には気付けば黒井さんがいた。立派な毛を持つ黒井さんでもこの空間は寒いらしく、「にゃあ」と不服げにミツルを睨みながら鳴いている。

「どうします？」

「もし店の扉を開けたら、もう一度青の世界と繋ぐのに一日は掛かる。〈種〉のサイズから考えて、これ以上保つとは思えない。黒井さんには悪いが、このままいくぞ」

「だって、黒井さん」

「にゃ」

こちらの言葉が分かっているのかいないのか、黒井さんは短く鳴くと二人の後を素直に追いかけて来た。本当に賢い猫だ。

袖越しに腕を擦りながら、佳奈は前を歩くミツルに声を掛ける。

「それにしても、ここ、寒すぎません？」

「世界の限界が近いんだろ。調整機能がおかしくなってる」

「昨日まではこんなんじゃなかったのに！」

「あとはまぁ、青の世界はやって来る人間に対応して状態が変わるからな。正式な客じゃないから空間側から拒絶反応が出てるんだろ。要はこの状況はアンタ仕様ってワケだ。良かったな」

「何も良くないですよ」

唇を尖らせる佳奈に、ミツルは軽く鼻で嗤っただけだった。長ズボンの人にはこの寒さは分からないんだ、と佳奈は膜のように薄いストッキングを睨みつけた。

「ミツルさんは寒くないんですか？」

「俺は……少し寒気がするくらいだ」

「それ、絶対熱出てますよ」

「俺のことは心配しなくていい。この〈種〉さえ壊せば体調はすぐに戻る」

「私のことを心配してくれてもいいんですよ？」

「アンタもまぁ、どうせ〈種〉が壊れたら戻るだろうし。寒いのくらい我慢しろ」

「我慢できる範疇《はんちゅう》を超えてますって」

軽口を叩いている内に、目的地である始まりの木に辿り着いた。巨大な木の表面は霜で覆われている。根も、幹も、枝も、葉も、全てが白い膜に包まれ、雪の彫刻を思わせた。指で触れると、ツンと冷えた感覚が皮膚に刺さる。黒井さんは樹の表面をぺろりと舐めたが、よほど冷たかったのかすぐに舌を口へとしまった。

ミツルは木の根元に腰を下ろし、促すようにトントンと隣を叩いた。佳奈は霜を手で払ってからそこに座った。

〈種〉は昨日から更に大きくなっており、今ではかなりのサイズになっている。

「重くても我慢しろよ」

そう言いながら、ミツルは佳奈の膝の上に〈種〉を置いた。重さは五キロほどだろうか。

「立ったままだと倒れる危険があるから、座ってやるぞ」

「やるって、何をです」

「説明しただろう。その棘を心臓に突き刺す」

佳奈はじっと〈種〉を見下ろした。イガグリを思わせるフォルムの棘の先端は鋭くとがっている。これで心臓を貫いて無事だとは、到底思えない。

「そうしたら記憶が取り戻せるんですよね？」

「あぁ」

「私、本当に無事なんですよね？」

「大丈夫だって言ってるだろ」

「そうは言っても、怖いものは怖いですもん」

〈種〉は、触れるとガラスのように硬い。最初の頃に比べて全体的に膨れたせいでフォルム自体は丸みを帯びているものの、棘は棘だ。刺されたら絶対に痛い。

透き通る表面に、佳奈の影が映り込む。やるしかないとは分かっていても、尻込みしてしまう自分がいる。呼吸が浅くなっていることを悟られたくなくて、佳奈はわざと息を止めた。大丈夫だ、自分ならやれる。必死にそう思い込もうとする。

「俺がついてる」

ミツルの手が、佳奈の右手を握り込んだ。指先が包み込まれ、体温の中に溶けていく。指と指を交差させるようにして、ミツルは佳奈の手を更に強く握った。自分の手が震えていたことに、そこでようやく気が付いた。

「にゃっ」と黒井さんまで佳奈の隣に来てくれた。猫にも応援されているのだ、やるしかない。

息を大きく吸い込み、佳奈はワンピースの胸元をはだけさせる。左手で〈種〉を抱え持ち、皮膚に直接押し当てた。最初は触れるくらいの力で。そして、徐々に手に込める力を強くする。

つぷりと皮膚が破れるような感覚がして、佳奈は咄嗟に自分の胸元を見下ろした。棘は確かに胸に刺さっているのに、血は一滴も出ていなかった。痛みもない。ただ、何かが身体の中心と繋がっている感覚だけがある。

拍動しているのは心臓なのか、それとも〈種〉なのか。

ドクン、ドクン。

身体の内側で熱の塊が大きく脈打つ。快感とも恐怖とも区別のつかない感情の濁流が押し寄せて来て、佳奈は握った右手に力を込める。

「こわい」

無意識に漏れた声に、ミツルが反応したのが分かった。だが、その言葉が聞き取れない。目は開いているのに視界が白く塗りつぶされる。眩《まばゆ》い閃光が、佳奈の網膜を一瞬にして呑み込んだ。

＊＊＊

通り過ぎていく車の排気ガスの臭いに顔をしかめる。冬の冷気が頬に刺さり、それを防ごうとマフラーに鼻先を埋める。花束で両手が塞がっているせいで、先ほどから肩に掛けたバッグがずり落ちそうになっている。撫で肩はこういう時に困る、と口の中で呟きながら、私は肩を上げて花束を抱え直した。

冬だった。

昨日よりもちょっと寒く、しかし明日よりはちょっと暖かい日。太陽は既に沈み、その名残が山間《やまあい》を紫色に染めていた。夜の帳《とばり》が下りきる間近の、清廉《せいれん》な気配が色濃く残る宵だった。

履き慣れた五センチヒールのパンプスは、私が歩く度にコツコツと軽快な音を立てる。浮足立つ気持ちを抑えきれず、私は花束を強く抱き締めたままスキップした。普段ならば歩くのが面倒な駅から家までの道程も、ちっとも苦じゃなかった。

だって昨日、亮にプロポーズされたから！

いつかは、とは思っていた。だけどそれがこんなに早く来るとは思っていなかった。いや、本当は少しだけ期待していたのかもしれない。多分私は、亮と会う時はいつだって何かを期待していた。

昨晩はそのまま亮の家に泊まり、今日の夕方まで一緒に過ごした。二人でコタツに入り、手を繋ぎながらテレビを見た。付き合って最初の頃は一つ一つの仕草にドキドキしていたが、一緒に過ごしている内に好きの質が変化した。心臓が高鳴って落ち着かないというのも好きの一つの形だけれど、穏やかな気持ちになって微睡みのような幸福を感じることもまた好きだ。

花束を左手に抱きかかえると、右手でスマートフォンを操作する。ＬＩＮＥを開くと先ほどまでの亮とのやり取りが残っていた。

〈やっぱりバラは目立つね、電車乗ってたら結構注目されちゃう〉
〈俺も一緒に佳奈の家まで行けばよかったな〉
〈なんで？〉
〈ほら、二人だったらそんなに目立たないじゃん〉
〈絶対目立つでしょ〉
〈俺が渡したんだぞってアピールできるし〉
〈しなくていいよ笑　あ、そろそろ駅着きそう〉
〈家に着いたらちゃんと連絡するように〉

〈はーい。ま、すぐ着くけどね〉

〈くれぐれも気を付けて、佳奈は注意力三万だから〉

〈なにそれ強そう〉

〈間違えた笑〉

亮が最後にメッセージを送って来たのが二分前だ。透明なフィルムに包まれたバラの花束に頬ずりしながら、佳奈はスマホを見つめる。何かを言いたい。何かを伝えたい。一秒でも長く、亮と繋がっていたい。

もうすぐ着くよ、と文字を打とうとした。その時、視界を何かが過ぎった。

車道の真ん中で、黒猫が伏せている。怯えて動けないのか、車が迫っているというのに黒猫は凍り付いたようにその場に竦んでいた。金色と青色の瞳が、縋るようにこちらを見た。

「にゃー」

絞り出すような、か細い声だった。それを聞いた瞬間、私は動き出していた。間に合わないかもしれない。それでも、この子を助けたい！

道路に飛び出し、黒猫の首を摑み、力任せに投げる。小さな身体が歩道に転がったのを確認し、私はほっと胸を撫で下ろした。安堵は一瞬だった。

直後、私の身体は巨大な力に吹き飛ばされた。

宙に浮いた身体が車道へと崩れ落ちる。ガードレールがひしゃげ、タイヤが回転して道路を焼いた。充満する焦げ臭さと誰かの悲鳴。車が曲がり切れずに突っ込んできたのだと、朦朧とする意識の中で理解する。

「大丈夫ですか」という誰かの声がくぐもって聞こえた。水の膜に包まれたかのように、何もかもが曖昧だった。そこに人がいることは分かるのに、何故だか足元しか見えない。自分は道に倒れているのかとそこでようやく気付く。顔を上げようとするのに、全身が動かなかった。感覚が麻痺しているせいで、痛みはなかった。ただ、強烈に眠い。目を開けていられない。

歯を食いしばり、私は必死に目を開けようとした。ここで眠ってはいけないと本能が叫んでいた。

ぼんやりとした視界の中で、力なく地面に投げ出された自分の腕が見える。その指の先端がチカチカと光った。亮の部屋に置いていた、お気に入りのピンクのマニキュア。あぁ、そうだ。気付いてくれたらと思って、亮がお風呂に入っている間に換気扇の下で塗った。今更になって浮かんだ想いに、私はそっと苦笑した。

昨日の夜、綺麗に塗れたマニキュアを可愛いねって褒めてほしい。

そのささやかな言葉が、『私』の最期の願いだった。

＊＊＊

心臓に食い込む〈種〉を、佳奈は更に強く左手で抱き締める。まるで映画を見ているみたいに、一つの記憶をきっかけにあらゆる感情が佳奈の中に流れ込む。

悔しい。眠りたい。起きなきゃ。忘れたくない。亮はどこ？　寂しい。どうして。嫌だ。死にたくない。亮。亮。亮！

——この気持ちは自分のものじゃない。

込み上げる吐き気に、佳奈は胸を搔き毟ろうとした。しかし、星晶花の〈種〉は佳奈の身体にしっかり繫がっていて、結局ただ堪えることしかできなかった。反射的に浮かんだ涙が佳奈の瞳を濡らす。脳味噌が、肉体が、佳奈の魂を置き去りにして勝手に感傷を叫んでいる。

カナは死んだ。

あの冬の日、仲内佳奈は黒猫を助けるために死んだのだ。ここにいる自分じゃない、並行世界のカナが。

「分岐点はここだったんですね」

息も絶え絶えに、佳奈は言葉を吐き出した。ミツルは何も言わず、黙って佳奈の手を握り締めている。

「プロポーズしたかどうかじゃない。私とカナの違いは、事故だったんだ。ミツルさんは恋人を失って、並行世界でカナを求めた。そして、邂逅の間に呼び出された私を現在世界に連れ出したんですね。そのせいでミツルさんは世界の理から外れた」

心臓に食い込む〈種〉が、芽吹くのを感じた。棘の先端が仄かに光り、小さな芽が生まれた。

「受け入れられなかったんだ」

ミツルは言った。顔を伏せたまま、呟くように。

「ＬＩＮＥがいつまでも返って来なくて。カナの親から電話が掛かって来て、それで知った。信じられなかった。信じたくなかった。悔しくて、悔しくて、全然眠れなくて……なのに途中で限界が来て、意識を失って。そしたら夢を見たんだ。『奇跡が起こる店』の夢だった」

星晶花の〈種〉が、ドクドクと拍動を繰り返す。生まれた芽が伸び、根を張り、蔓を伸ばし始める。黒井さんが必死に蔓に嚙みつこうとしているが、全く歯が立っていない。

「あの時の俺は馬鹿だった。奇跡なんて大層なモン、起こるはずがないってのに。それでも、少しでも可能性があるなら縋りたかったんだ。カナに一目会えるだけで良いって、あの時は本気でそう思ってた。なのに、実際アンタを目にしたら耐えられなかった。だってカナと同じ姿でそこに存在しているんだから。今度こそやり直したいって、そう思っちまったんだ。新しい世界で、今度こそカナを幸せにしようって」

「それで私に夢の中で……邂逅の間で、ああ言ったんですか。並行世界の別人だって分かってて」

「アンタは俺が別人だと気付いてなかったし、上手くいくだろうって思った。もう一度カナとやり直せるんじゃないかって」

ミツルがカナという名前を口にする度に、〈種〉が大きく呼応した。青白い光が〈種〉から放たれ、その眩さに佳奈は目を眇《すが》める。

「前の店主からは言われてたんだ。扉の先にあるものを絶対に持ち出すなって。それでも俺は無視した。何が起ころうとどうでも良かった。あの扉を一緒に出た時のこと、アンタは覚えてるか？　世界が青くなった瞬間を」

繋がった手に、更に力が込められる。その瞬間、佳奈の脳裏にある光景がフラッシュバックした。

そうだ。夢の中で亮に手を引かれ、佳奈は扉の外に出た。その瞬間、世界は一瞬にして青く染まった。

あの時、佳奈は咄嗟に目を瞑り——そこからの記憶がない。気付いた時には朝になり、ベッドから身を起こし、そして〈種〉を吐いた。あの日の朝だ。亮の存在が消えたことに気付いたあの日、ニュースではブルーフラッシュ現象が盛んに取り上げられていた。

「あの青い光は、世界が上書きされる時のサインだ」

「上書き？」

額に掛かる前髪を荒々しく掻き上げ、ミツルは深く息を吐く。彼が身動ぎする度に、足元の砂粒が静かに音を立てた。

「そんなつもりはなかった。本当に、そんなつもりはなかったが……俺は世界の理を書き換えた。並行世界にいたアンタの魂を、この世界のカナの肉体に引き入れてしまったんだ。そのせいで元々この世界に存在したカナの中身は肉体から弾き出された。アンタが吐き出した〈種〉の持つ記憶がそれだ」

「さっき見た記憶ってことですか」

「そうだ。そこにある〈種〉の持つ記憶は、元々のカナが持っていた記憶だ。アンタとカナはほとんどの部分が共通していたから肉体と魂は上手く馴染んだが、それでも一致していない部分は弾き出された。事故に遭って自分が死ぬ部分の記憶が、だ。俺のことを考えると〈種〉が大きくなるって、アンタ前に言ってたろ？　それは肉体の本来の持ち主であるカナの感情が作用してるせいだ」

佳奈は胸に繋がっている〈種〉をまじまじと見つめた。それを抱える自分の左手の爪はピンク色をしている。

最初の夢の中で、佳奈はターコイズブルーのマニキュアをしていた。それは佳奈の元々の世界の肉体だったからだ。佳奈の部屋にあったのは間違いなくターコイズブルーのマニキュアだったし、赤いバラだって貰っていない。選択の積み重ねが人格を作るというならば、いくら似ていても自分とミツルの恋人は全くの別人だ。にもかかわらず、佳奈の中身は自覚がないままに並行世界を飛び移った。

「じゃあ、亮がこの世界にいないのは私が元々の自分の世界じゃない、別の世界に来ちゃったからなんですか？　でもこの世界の坂橋亮はミツルさんなんですよね？　なんで誰も亮のことをわからなくなっちゃったんですか」

「坂橋亮はどの世界にも存在してない。それが俺への罰だから」

「罰？」

「世界の理から外れた瞬間、全ての並行世界に存在していた坂橋亮が俺に吸収された。溶けて、混じって……〝並行世界の交差点〟にしかいられない、人間じゃない存在に変わってしまった。だからアンタの亮も消えた。どの世界にいようと結局は一緒なんだ。ブルーフラッシュが起こった瞬間から、坂橋亮という存在は誰の記憶からも消えたから」

「でも、私は覚えてます。亮のことを」

「アンタだけが例外なんだよ。アンタの頭の中以外に、もう坂橋亮は存在しない。並行世界を飛び越えたアンタだけが、無数にある世界の中で唯一俺のことを覚えてる」

「じゃあ、私はずっと覚えてます。絶対に忘れないです、亮のことも、ミツルさんのことも」

「忘れろって言ってるだろ、最初から」

「嫌です！」

〈種〉は佳奈の肉体と融合しつつある。根が佳奈の身体に纏わりつき、抱擁するように腹部を包んだ。そこから生える小さな木が、徐々に枝を伸ばしていく。その先端に、バラの形に似た小さな花がすずらんのように咲いていた。その質感はガラスに近く、細部まで透き通っている。

「頑固だな」

「大体、ミツルさんに私の記憶をどうこう言う権利なんてないはずです。私は店の客じゃないんだから」

「屁理屈だ」

「屁理屈も理屈です」

「しかも聞き分けがない」

ミツルが佳奈の手を握ったまま立ち上がる。腕を引っ張られ、佳奈は〈種〉だった物体を抱いたまま腰を上げた。もう重さは感じなかった。身体に深く突き刺さっているから、きっと落ちたりしない。それでも手を離すのは躊躇われ、佳奈は〈種〉を下から手で支えた。

クックッ、とミツルが喉奥を鳴らして笑う。自嘲の交じった、乾いた音だった。

「この店には過去も未来もない。永遠の中で、次に理から外れる人間がやって来るのを待ち続ける。それが番人の役割だ。……あぁ、湊は惜しかったな。正直、期待したんだが」

「湊君はまだ中学生ですよ」

「年齢なんて関係ない。執着は誰にも止められないんだから」

「それはミツルさんもですか。ミツルさんは今でも——」

恋人を愛してるんですか。続けようとした言葉を遮るように、ミツルは繋がった左手を引いて佳奈を抱き締めた。二人の間には小さな木が存在し、その距離はゼロにはなることはなかった。

佳奈は恐る恐るミツルの背に腕を回した。その肩に額を押しつける。〈種〉は更に成長し、発達した枝が空に向かって大きくしなった。幹が一気に膨れ上がり、巨大な木へと変化する。

シャラン、シャラン。

突如として響き渡る鈴のような音が、世界を大きく揺さぶった。重なり合った音の粒たちがうねりを作り、ビリビリと佳奈の肌を揺らす。

花だ、と数拍遅れで脳が状況を把握する。咲き乱れる透明な花の群れから、その音は生み出されていた。次々と開花し、密集して咲く桜のように空間を透き通る花弁で埋め尽くしていく。

「これが、星晶花……」

顔を上げた佳奈を抱き締めたまま、ミツルが淡々と言葉を紡ぐ。

「星晶花の木は世界に一本しか生息できない。二本以上あると世界の理を壊してしまう」

「それは前にも聞きました。で、この木をこれからどうするんですか？」

「どうもしない」

「え？」

「ここまで成長している木を途中で止めることなんてできない。だから、世界の方を破壊する」

「何を言ってるんですか？」

言葉の意味が理解できない。困惑する佳奈を余所に、ミツルは心臓に突き刺さる根を撫でる。

「アンタが春から過ごして来た現在世界は、アンタの本当の居場所じゃない。本当なら、この世界の仲内佳奈は死んでいたんだ。だから、番人権限でこの世界を犠牲にする。木が伸び切ったらこの現在世界は破壊されるが、アンタは弾き出されて元の世界に戻る。選択肢の数だけ並行世界が存在するんだ、その内の一つが壊れたって別に構いやしない」

つまり、佳奈を助けるために現在世界を破壊するとミツルは言っているのだ。

唖然《あぜん》として、佳奈はミツルの顔を見遣った。その眼差しが真剣であることにゾッとする。

「構いますよ。大丈夫だって言ったじゃないですか」

「俺はちゃんと言ったろ、アンタは大丈夫だって」

「屁理屈です！」

「屁理屈も理屈だ」

身に覚えのある台詞を言い返され、佳奈はその場で歯噛みした。

「そもそもアンタに記憶を戻そうが戻すまいが、この世界は壊すしかないんだよ。〈種〉

がここまで成長した以上、どうにもならない。だったら一つの世界を犠牲にしてアンタを助ける方が合理的だろ？　聞き分けの無いことを言わないでくれ」

「で、でも私だけ戻してどうするんですか。茉莉や湊君はどうなるんです。この世界が破壊されたら、文香さんや吉兼さんは？」

「アンタが元々住んでた世界にもそいつらはいる。気にすることじゃない」

「だけどその人たちは別人ですよ！」

——人間っていうのは選択の積み重ねで出来てると思ってるの。一つでも違う何かを選んでいたら、それはもう別人なのよ。

文香の言葉がハッキリと耳元で蘇る。そうだ、店で助手として働いた数か月で佳奈はいやというほど実感したじゃないか。

「どんなに見た目が似ていても、選んできたものが一つでも違ったらそれは同じ人間じゃないんです。茉莉は小説を書いていないかもしれない。湊君は幼馴染と喧嘩してないかもしれない。文香さんは恋人のことを忘れてないかもしれないし、吉兼さんは弱さを誰にも打ち明けられてないかもしれない」

「何を気にすることがある？　そもそも、アンタがこうやって苦しんでるのがイレギュラーなんだ。アンタは黙って受け入れてりゃいいんだよ、元はと言えば、俺が引っ張り込んだのが原因なんだから」

「そうやってミツルさんは何もかも抱え込んで生きていくんですか。誰にも知られないで、一人で！　それって、勝手な自己犠牲ですよ。自己犠牲は嫌いなんじゃなかったんですか」

「今だって嫌いだ。俺は、自分以外の人間が誰かを守るために自分を犠牲にするのが許せないんだよ」

伸び続ける木がミシミシと軋むような音を立てた。佳奈は咄嗟に両手でミツルの腕を掴む。〈種〉は既に佳奈の心臓にしっかりと根付いていて、殻と化した〈種〉の外側が白い地面へと転がり落ちた。透明なそれが、地面にぶつかる。大した衝撃ではなかったのに、簡単に砕けた。ガラスの破片みたいな鋭さで、欠片が地面に突き刺さる。

「亮を殺したってミツルさんは言いましたけど、私はそうは思いません。並行世界に存在する全ての『坂橋亮』が一つに吸収されたとしたら、ミツルさんは私の亮じゃないけど、でも、やっぱり亮なんです。私の亮でもあるんです！」

「詭弁《きべん》だ。それに、選択肢は他にない。木がアンタに根付いた以上、後は限界まで成長させるしかないんだ」

「世界を破壊し切るまで？」

「何度も言わせるな、この世界はあくまで数多《あまた》ある並行世界の内の一つだ。アンタが気にする必要はない」

「だったら私は、」

ミツルの身体を突き放し、佳奈は間近にある扉に手を掛けた。温室に最初から存在する、始まりの木の幹に埋め込まれた扉だ。取っ手を引くと、扉は簡単に開いた。開いてしまった。

——限界の無い生き物なんて、この世には無いと思いますよ。

一瞬、吉兼の言葉が脳裏を過ぎる。それが最後の後押しとなった。

「待てっ」

意図を察したミツルが制止の声を上げる。伸びた手がこちらの腕を摑むより先に、佳奈は扉の向こうへと飛び込んだ。

——ただ、失敗するってだけだ。扉を開けても邂逅の間には繫がらず、ブラックホール行きの『どこでもドア』に早変わりする。

かつてのミツルの台詞を思い出す。契約が成立していなければ、扉は並行世界には繫がらない。だからきっと扉を開けたって、邂逅の間には繫がらない。

佳奈が扉から踏み出した先。そこにあったのは、予想通り、無だった。

一瞬の浮遊感。その直後に襲い掛かってくる、急速な落下。落ちる。その感覚だけが鮮烈だった。どこまでもどこまでも、佳奈の身体は何もない空間を落ちていく。

並行世界で会いたい人を思い描くことなんて出来なかった。何故なら、佳奈が会いたいと願っている人は既に目の前に存在していたからだ。いくら遠くを捜したって意味がない。

坂橋亮は、ずっとここにいた。たった一人で、佳奈に忘れ去られることを願いながら。

胸から伸びる木を、佳奈はそっと抱き締めた。真っ暗な空間の中で、この木だけが光を放っていた。内側から溢れる光が、葉や枝先、花弁の先端の細やかな輪郭まで明瞭にしている。

この木が成長して世界を破壊し尽くしてしまうというならば、破壊しても問題ない場所に行ってしまえばいい。そうすればきっと、星晶花の木が世界を壊すこともなくなる。

真っ暗な空間に底は無かった。落ちる、落ちる。それが永遠に続くのかもしれないと思った。だが、それも悪くないと心のどこかで思っていた。佳奈は瞬きをする。目の前に広がる色は透き通った黒だった。見覚えのある、キラキラと煌めき続ける黒。

闇を口に含んだらきっと、深みがあり、甘いようで苦いようで、どこか酸っぱい味がする。

「私、やっぱり好きだ」

抑えきれない感情が、口からこぼれ落ちた。瞬きをする度に涙の粒が浮遊する。好きだと思った。ミツルが亮であっても、亮がミツルであっても。

その瞬間、心臓から生えていた木が更に勢いよく伸び始めた。重力に逆らい、枝が天に向かって伸びていく。

シャラン、シャラン。

鈴のような音が重なり合い、何もないはずの空間に反響する。枝に咲きこぼれていた透明な花が一斉に佳奈の方を向いた。重なり合った花弁が真紅に染まり、透き通る物質に埋め尽くされていた空間は一気に鮮やかな赤へ塗り替えられた。シャラシャラと音が鳴る度に光沢のある赤が波打つ。荘厳で美しい、奇跡みたいな光景だった。

やがて落下する速度は徐々に遅くなり、完全に止まった。見上げると、随分と木は大きくなっていた。いくら目を凝らしても、その先端がどこにあるのか見通せない。根と心臓が繋がっているせいで、佳奈は奇妙な体勢で宙ぶらりんになってしまった。

「……吉兼さんの言う限界って、ここかな」

耳を澄ましても、木がこれ以上成長する気配はない。目論見は達成されたが、佳奈の身体は虚空に固定されたままだ。このまま一生を過ごすのは嫌だな、と佳奈は他人事のように思った。それとも、落下が永遠に続くよりはマシなのだろうか。

なんとか体勢を変えられないかと足掻いていた佳奈の腰に、枝の一部が巻き付いた。伸びた枝は心臓から生える木に絡みつき、雑巾を絞るように幹を捩《ねじ》って引っ張った。自分の力ではあんなにもびくともしなかった幹だが、木の力のおかげか真っ二つに折れた。

心臓に張った根はまだいくらか残っていたが、それでも胸の上に木全体が乗っかっている状態よりよっぽど楽だ。

腰に巻き付いた枝によって、佳奈の身体は上へと押し上げられていく。身動きの取れないエレベーターみたいだ。或いは、ベルトコンベヤー。

「まさか、助けてくれるの？」

問いに、枝は答えない。ただ静かに佳奈を運び続ける。

抵抗せずに星晶花の木に従っていると、やがて真っ黒な空間の中にひと際輝く青い光が見えた。それが扉から溢れる光だと分かったのは、距離が近付いてからだった。

「佳奈！」

扉から身を乗り出して、ミツルがこちらを見下ろしている。差し出された腕に佳奈が手を伸ばすよりも先に、扉から黒い影が勢いよく飛び出した。

黒井さんだった。

「ええっ」

呆気に取られた佳奈とミツルを余所に、黒井さんは佳奈の顔面へと見事に着地した。ふかふかの毛が顔に貼りつき、佳奈は「ぐえっ」と思わず悲鳴を上げる。

着地の体勢を取った黒井さんは、佳奈の肩に上手く乗るとワンピースごと襟首を噛んだ。まさかとは思うが、母猫が子猫を運ぶのと同じような気持ちなのだろうか。

「ありがとう、黒井さん」

黒井さんを肩に乗せたまま、佳奈は今度こそ扉から手を伸ばしたミツルの腕を摑んだ。怒られるのではないかと身構えたが、ミツルは何も言わず佳奈の身体を引き上げると、力いっぱい抱き締めた。ここまで身体を運んでくれた枝が、満足したように佳奈の身体から離れていく。

「アンタは馬鹿か」

「でも、星晶花の木の成長は止まりましたよ。これでもう、現在世界は破壊されない」

「結果オーライとでも言えって？」

「だ、だってこうするのが一番いいと思ったんです。木を成長させきってしまえばいいなら、とにかく満足するまで枝を伸ばせる場所に逃げちゃえばいいと思って。イチかバチかではあったんですけど」

「そんな不確定な思いつきに命をかけるな！　星晶花の木の気まぐれがなきゃ、アンタはあのまま永遠にあそこに閉じ込められてたかもしれないんだぞ」

「気まぐれじゃないです」

「え？」

「多分、記憶が……〈種〉の中にあったカナの記憶が、私を助けてくれたんです」

「なんでそんなことがアンタに分かる」

「理由はないんです。でも、そんな気がして……」

腕に込められた力が強くなる。ミツルは息を呑み込むと、佳奈の肩に額を押し付けた。

「また失うかと思った」

吐き出された声は震えていた。佳奈はその腕を右手で摑み、自分の頰に押し付けた。自分でも気付かないうちに頰が濡れていた。

「だって、壊したくなかったんです。この世界を」

「何でだ、思い入れなんてないだろ」

「ありますよ。ミツルさんと一緒に過ごした思い出が」

「にゃぁあ！」

佳奈とミツルの会話に乱入するかのように、肩に乗っていた黒井さんがひと際大きな声で鳴いた。文句を言いたげに、黒井さんの細い尻尾が佳奈の頰を激しくぶつ。否が応でも視界に入って来る、尻尾の先端に嵌まった金色のリング。

「え？」

「まさか」

気付いたのは二人同時だった。咄嗟に、ミツルが自身の左手の薬指を見る。そこにあるはずの番人の証が、いつのまにか無くなっていた。佳奈はフラフラと揺れる黒井さんの尻尾を摑んだ。先端にあるのは間違いなく、ミツルが先ほどまでつけていた金色のリングだった。

「おいおいおい、どうなってんだこれは」

「もしかして、さっきの……」

「さっきのって？」

「黒井さん、契約書を踏みましたよね。多分、あの時に契約者は黒井さんになってしまってたんですよ。で、私の襟首を咥えて扉へ運んだ。それって、向こうの世界からこっちの世界に契約者以外のものを持ち込んでしまったってことにはなりませんか」

「つまり、黒井さんが『Kassiopeia』の新しい番人になったってことか？」

「確証はないですけど、恐らく」

「にゃー」

話を理解してはいないだろうに、肩に乗ったままの黒井さんが満足そうに尻尾を揺らす。

ミツルは困惑したように自身の左手を見つめていたが、ふっと笑いをこぼした。強張《こわば》って
いた両肩から力が抜ける。

「カナへの恩返しのつもりか？」

「にゃ！」

黒井さんは力強く鳴いた。「そうか」とミツルは微笑み、その頭を優しく撫でた。

「こうなったら、ミツルさんはどうなるんですか？」

「分からん。だけど、先代と同じ様に俺も店から自由になったたってことだろ」

「店を出るんですか」

「しばらくは出ないよ。黒井さんを独りにはできない。……でも、これからどうやって生
きるかは改めて考えようと思う」

「花屋さんはどうですか？　私、花を育ててるミツルさんを見るの好きなんです」

「まぁ、考えてはおく。先のことは今は何も考えられない」

「じゃ、お揃いですね。私も将来のこと、悩んでばかりですから」

「そうだな」

ミツルは俯き、自身の手の平で乱暴に目元を擦った。下がった視線を遮るように、彼の
眼前に佳奈は自分の手を広げてみせた。

「ミツルさん」

「なんだよ」

「私の爪、可愛くないですか？」

「は？」

ぽかんと口を開けるミツルの間抜け面が可笑しくて、佳奈はくすくすと身を揺らして笑った。

「褒めて欲しいなって思ってたんですよ、ずっと」

その瞬間、胸元でバリンと何かが弾けるような音がした。心臓に刺さっていた棘が根ごとひび割れ始めていた。

「星晶花の〈種〉……本当に力を使い果たしたのか」

根は次第に水分を失い、干からび始める。佳奈はミツルの腕に縋りついた。

「これ、どうなっちゃうんですか」

「枯れて棘が抜け落ちたら店の記憶も無くなる。星晶花との繋がりが消えるから」

「店の記憶が消える？　それって、」

「俺にまつわる記憶も無くなるだろうな。この世界でアンタと俺は『Kassiopeia』を介して出会ったんだから」

それはつまり、どういうことだ。不穏な予感に、胸がざわつく。

「話が違いますよ。私の記憶を戻したんじゃなかったんですか」

「記憶はちゃんと戻っただろ。ただ、もう一回忘れるだけだ」

「そんな」

言葉を失った佳奈に、ミツルは静かに微笑んだ。その手が伸びてきて、佳奈の身体をそっと抱き寄せる。重ねられた唇の柔らかな感触に、佳奈は泣きそうになった。

唇を離し、ミツルは佳奈の目を見つめて言った。

「自己満足でも、奇跡でもいい。もう一度、佳奈に会えて良かった」

黒い瞳の中に、星屑のような青が映り込んでいる。佳奈の胸からゴトリと何かが抜け落ちる音がした。その瞬間、心臓から血を抜かれたような奇妙な感覚が佳奈を襲った。大事なものがみるみるうちに消えていくような、そんな心地がする。思わず目の前の存在にしがみつくと、相手も抱き返してくれた。

世界が、青く染まる。

瞬きするよりも早く、その変化は起こった。真っ白だった空間が青い光に塗りつぶされていく。霜に覆われていた地面も、木々も、天井も、何もかもが青かった。「書き換えられていく」と目の前の相手が呟いた。だけど佳奈はその相手が誰なのか、今ではよく分からなかった。

微睡みのような心地よさが、佳奈の内側に注がれる。瞼が勝手に下りて来て、佳奈はそれが何故だか嫌だと思った。忘れたくない。覚えていたい。――でも、一体何を？

遠のく意識の端で、相手が佳奈の頭を撫でたのが分かった。指先から伝わる優しい体温が妙にこそばゆかった。

＊＊＊

「うわっ、遅刻！」

ガバッと勢いよく起き上がり、真っ先に目に入ったのは見知らぬ壁だった。自宅のアイボリーカラーのものとは明らかに違う、落ち着いたダークブラウンの壁紙。ここはどこだ、と辺りを見回すと、自分がベッドではなくソファーで寝ていることに気付く。掛けられたブランケットが半分ほどずり落ちていた。

佳奈は慌ててスマートフォンを取り出す。時刻は朝六時、の少し前。寝坊したわけではないが、それよりも最悪な事態が起きている。

きょろきょろと周囲を見回すと、どうやら一般的な家ではなく、何かの店のようだった。棚のディスプレイに一貫性はなく、店奥には巨大な鉄道模型が飾られているし、カウンターの横には花が並べられていた。

中古屋か、玩具《おもちゃ》屋か、はたまた花屋か。何故自分がここにいるのだろうかと佳奈は昨日の自分の行動を思い巡らす。確か、茉莉と一緒に飲んだような気もするし、飲んでないような気もする。記憶が無くなるまで飲んだことなんて人生で一度もなかったのに、何か粗《そ》相《そう》をやらかしてしまったのだろうか。

「お、起きたか」

店奥から顔を出したのは、どこかくたびれた格好をした男性だった。少し癖のある黒髪が彼の目元に影を落としている。年齢は佳奈と同じくらいのようにも、随分と年上のようにも見える。所謂《いわゆる》、年齢不詳ってやつだった。

「あの、すみません。ここどこですか？」

「お客サン、店の前で寝てたんだ。酔っ払うにしても寝るとこは選ばないと危ないぞ」

「えっ、申し訳ないです。とんだご迷惑をお掛けして」

慌てて立ち上がった佳奈に、男は首を左右に振った。唇から白い歯が覗いているのに、どこか寂しげな表情に見える。

「気にしなくていい。よくあるんだ、こういうことは」

「本当にすみません。面目ないです。こんな風に記憶を無くしたことなんてこれまでなかったんですけど」

「まぁ、今後は気を付けるんだな」

男は近くに寄って来ると、ソーサーに載せたティーカップを差し出して来た。中には真っ青な液体が入っていた。湯気が立ち、底には金平糖が沈んでいる。

「これを飲んで帰ったらいい。七月とはいえ、朝はまだ少し冷える」

「何から何まですみません」

頭を下げながら、睡眠薬でも入っていたらどうしようと少しだけ不安になる。確か、ああいう薬は液体に混ぜると青くなると聞いたことがある。

「ハーブティーは嫌いだったか？」

　向かい側のソファーに座った男は、両眉の端をしょんぼりと下げた。佳奈は慌てて首を横に振る。

「い、いいえ、好きです」

「茶菓子もあるぞ。俺は食べないって言ったのに、助手が無駄に買って来たんだ」

　男はそう言って、個包装にされたフィナンシェまで出してくれた。袋には近所のケーキ屋の店名が印刷されている。ここまでされて、親切を無下にするのは心が痛む。

「ありがたくいただきます。このお店、

「もう辞めたがな。ボランティアだったんだ」

「へぇ。ボランティアってことは、大学生の方ですか？　私と同じ大学かも」

「アンタはそういうことやらないのか」

「うーん、時間はあるんですけどね。就職先が決まったらやってみようかなとも思ってますけど」

　カップを傾け、舌先でハーブティーを舐める。青い液体は見た目に反して、芳醇で甘い香りがした。葡萄《ぶどう》を煮詰めたような強烈な甘さの中に独特な爽快さが混じっている。美味しいと美味しくないのとの境界線に位置するような変わった味だが、薬が入っているというわけではなさそうだ。

「色々やってみるのはいいな。大学生の内はモラトリアムし放題だし」

「でも、あんまりモラトリアムを楽しんでばかりでも心配ですし。私、文学部なんですけど、就活って苦手で。自分をアピールばっかりしてると嘘吐いてるような気分になるんですよね。そんなに凄いやつじゃないのにって」

「皆そうだろ。自分は凄いってハッタリかまして生きてたらそれが本当になっていくこともあるし」

「ですかねぇ」

カップをソーサーに戻すと、底が擦れてカチャンと軽やかな音を立てた。眠っていたせいでぐしゃぐしゃになった前髪を整え、佳奈は膝を揃えて男に向き合う。

「お茶、美味しかったです」

「口に合ったなら良かった」

「金平糖を入れるのお洒落ですね、私も真似してみようかな」

「砂糖代わりにちょうどいいんだ」

男はそう言って、何かを思い出したかのように立ち上がった。「ちょっと待ってろ」と言われ、佳奈は素直にそれに従う。

ボーン、ボーン。

男が入っていったカウンターの横には、立派な柱時計が備え付けられていた。六時を告げる鐘の音が店内の空気に染み込んでいく。心地の良い音だと思った。

その時、カウンターの奥でガサガサと何かの気配がした。見ると、戻ってきた男の傍らで一匹の黒猫が澄まし顔でこちらを見ている。オシャレのつもりだろうか、その尻尾には金色のリングが嵌まっていた。

「わあ、可愛い。猫を飼ってらっしゃるんですか？」

「いや。コイツがここの店主だ」

「猫が店主さん？　面白い店ですね」

思わず笑った佳奈に、黒猫は「にゃっ」と妙に自信ありげに鳴いた。男は苦笑し、その小さな頭を撫でている。

「始発はもう出てる。道には迷わないと思うが……まぁ最悪スマホを使え」

「何から何までありがとうございます」

「いや、困ってる時はお互い様ってやつだ」

男は親切に、店の入り口まで見送ってくれた。扉を開けると朝日が差し込み、その眩しさに佳奈は顔をしかめた。

「駅まで送って行こうか」

「いや、大丈夫です」

突然の男の申し出に、佳奈は咄嗟に辞退していた。流石に初対面の相手にそんなことをさせるのは悪い。

「そうか」と男はどこか後ろめたそうに頷いた。彼は店と外との境目を越えようとはせず、柱に腕をついてもたれ掛かったままだった。

注がれる視線は優しく、それが佳奈の足取りを少し重くさせた。理由がないにもかかわらず、どこか離れがたかった。ハーブティーの甘い香りも、男の寂しげな微笑も、何故だか無性に愛おしい。

「あの、このお店って何を売ってる店なんですか？」

時間稼ぎに絞り出した問いに、男は肩を軽く竦めた。

「自己満足を売る店だ」

予想外の答えに、佳奈はぱちぱちと瞬きを繰り返す。その反応すら想定内と言わんばかりに、男は苦笑しながら佳奈を出口の方へ促した。

「さ、そろそろ帰れ。店を閉める」

「あ、はい。すみません」

「気を付けて帰れよ。車には特に」

ここら辺が潮時だ。店の外に一歩足を踏み出した途端、背後から小さく声がした。

「ずっと一緒にいられなくてごめんな」

反射的に、佳奈はその場で振り返った。既に扉は閉まっている。

男の姿は、もうなかった。

# エピローグ

　仕事を終えて帰路につく度に、どうして自分はもっと駅から近い家を借りなかったのだろうと佳奈は思う。

　運がいいのか悪いのか、就活で内定が出た美術館は大学生・大学院生時代に住んでいた家から電車で三十分ほどの場所だった。わざわざお金を掛けて引っ越しする必要もないか。そう思ってずるずると同じ場所に住み続けた結果、この賃貸マンションに住んでそろそろ八年が経とうとしていた。

　二十六歳を過ぎ、同世代の友人たちは結婚や転職など少しずつ人生の転機を迎えている。だが、自分はどうだろう。今の仕事は楽しいし、転職の必要性は全く感じられない。恋愛だって、良い人がいればとは思うけれど、無理に誰かと付き合いたいとどうしても思えない。

　毎日が同じことの繰り返しだが、最近ではそういう生き方もいいんじゃないかと思い始めている。人生は結局、なるようになれ、だ。

　肩にトートバッグをかけ、駅の出口から続く緑道を歩く。この辺りは再開発が進んで色々と風景も変わりつつあるけれど、この緑道だけは大学時代から変わらない。

タイルの敷き詰められた道を佳奈がのんびりと進んでいると、茶トラの猫が突然低木から顔を突き出した。

「うわっ」

思わず声を上げてしまった。逃げるだろうかと立ち止まるが、猫は渋い顔をしてこちらを見たままだった。不審に思って近付くと、猫は口を開けて「にゃっ」と短く鳴いた。助けろと言っているように聞こえた。

「じっとしててね」

そう声を掛け、佳奈はえいっと猫の腹辺りを摑んだ。ずいぶんとぽっちゃりしているらしく、枝と枝の隙間にしっかりとフィットしている。どれだけ餌を食べているのだろう。佳奈が身体を引き抜いてやると、低木に捕まっていた猫はようやく拘束から抜け出せた。

「フシャーッ」

「ごめんごめん」

ずっと抱っこしていると暴れ出しそうになったので、佳奈は慌てて猫の身体を地面に下ろした。猫はフンと鼻を鳴らした。

「にゃにゃっ」

今度は丁寧に鳴き、猫がこちらを振り返る。

「もう挟まらないようにね」

そう喋り掛ける佳奈に向かって、猫はもう一度「にゃ」と鳴いた。そのままトコトコと歩き出し、一定の距離が開いたところで猫が再び振り返る。どうやらついてこいということらしい。

こういうの、ちょっとワクワクする。子供の頃に裏山でやった秘密の探検みたいだ。童心に帰ったような気持ちになり、佳奈は猫の後を追い掛けた。猫は佳奈がついて来ていると確信すると、歩くスピードを上げた。

緑道を抜け、車道を抜け、行き着いた先は花に囲まれた小さな建物だった。洋館を思わせる外観で、壁は白とこげ茶のシックな組み合わせをしている。二階のベランダからは木があふれ出し、建物の大半を覆っていた。

ブリキのバケツ、木製のバスケット、可愛い植木鉢。それらに多くの花が植えられ、入り口は華やかに彩られている。プランターに紐が付いたハンギングプランツからは緑がこぼれ、それが二階から伸びている枝葉と上手く絡み合っている。

荒れているという印象を与えかねない草花の生えっぷりだが、絶妙なバランスでお洒落という印象を与えていた。

入り口の扉には黒色をした猫型のドアプレートが掛かっており、そこには「OPEN」と書かれている。

見るからに素敵な建物だ。だが、佳奈が最も目を惹かれたのは店前の庭だった。

並べられた花壇には色とりどりのバラが咲き乱れている。特に美しいのは真紅のバラだ。ビロードのような質感の大ぶりの花弁が、何重にも重なり合って一つの花を作っている。

猫は「一仕事やり終えたぜ」とでも言いたげな顔で佳奈が通って来た道とは逆方向へ駆けて行った。取り残された佳奈は、とりあえずこの素敵な植物たちを観察することにした。見れば見るほど美しい場所だ。それに、ハッキリとした確信はないのだが、以前に一度、この店に来たことがあるような気がする。

「珍しいお客サンだな」

不意に聞こえて来た声に、佳奈は顔を上げた。青色のエプロンをつけた男が、ジョウロを片手にこちらを見ていた。いつの間にそこにいたのだろう。全然気付かなかった。

男の癖のある黒髪は僅かに跳ね、黒縁眼鏡の奥の双眸は柔和な光を湛えている。正確な年齢は分からないが、佳奈と同世代くらいに見える。少なくとも大学生ではないだろう。

「あ、私は客じゃなくて……猫の後を追い掛けて来たらここに……」

「猫？　あぁ、茶トラの猫か？」

「そうです」

「アイツはここら辺に住み着いてるんだよ。店主と仲良いんだ」

ジョウロを手にしたまま、男は額に滲んだ汗をシャツの袖に擦り付けるようにして拭った。

「お客サン」

「は、はい」

呼び掛けられた声がいやに真摯だったものだから、佳奈は思わず背筋を正した。レンズ越しに、男の眼差しが微かに和らぐ。

「ウチの店、花も扱ってるんだよ。中、見て行かないか？」

「いいんですか？」

「あぁ、店主も喜ぶ。随分恋しがってたから」

そう言って、男は咲き乱れるバラに水を注いだ。水滴が宝石のように艶やかな花弁を彩っている。顔を近付けると、芳醇な香りが鼻腔をくすぐった。

「綺麗」

思わず漏らした声に、男は嬉しそうに目を細めた。

「バラっていうのは色や本数によって花言葉が変わるんだよ」

そう言いながら、男は鋏《はさみ》でバラの枝を切り落とした。棘の付いた枝の先端には、大きな花が咲いている。エプロンのポケットに入っていたチラシで枝を巻き、男はそれを佳奈に向かって差し出した。

「受け取ってくれるか？」

赤い一本のバラ。それが何を意味するか、正確には分からない。佳奈はバラの花言葉なんて、ちっとも詳しくないからだ。

なのに何故か、男の持つバラを手にした瞬間、佳奈の両目からは涙が零れ落ちていた。待ち焦がれていた何かが目の前に現れたかのような、不思議な充足感が佳奈の胸に満ちていく。

チラシごとバラを握り締め、佳奈は男の顔を見上げた。

「私、昔からバラが好きなんです」

「俺もだよ」

男ははにかむように笑うと、それから佳奈に背を向けた。「店はこっちだ」と言いながら扉に向かう男の後を、佳奈は自然と追いかけていた。そうすることが当たり前のような気がしていた。

「あの、ここってなんのお店なんですか？」

尋ねると、男は歩きながらこちらを振り返った。その眼差しが、柔らかに細められる。

声を弾ませ、男は言った。

「そりゃ勿論、『奇跡が起こる店』さ」

初出　別冊文藝春秋二〇二一年三月号〜七月号
引用『幸福な王子　ワイルド童話全集』（新潮文庫）
『星の王子さま』（新潮文庫）
単行本　二〇二二年三月　文藝春秋刊

文春文庫

世《せ》界《かい》が青《あお》くなったら

定価はカバーに
表示してあります

2025年5月10日　第1刷

著　者　武《たけ》田《だ》綾《あや》乃《の》

発行者　大沼貴之

発行所　株式会社 文藝春秋

東京都千代田区紀尾井町 3-23　〒102-8008
TEL 03・3265・1211㈹
文藝春秋ホームページ　https://www.bunshun.co.jp

落丁、乱丁本は、お手数ですが小社製作部宛お送り下さい。送料小社負担でお取替致します。

印刷製本・TOPPANクロレ

Printed in Japan
ISBN978-4-16-792363-1

**累計 50万部突破の**
**大人気シリーズ**

1 満月珈琲店の星詠み

2 ~本当の願いごと~

## 満月珈琲店の星詠み

望月麻衣・著
桜田千尋・画

満月の夜に気まぐれに
現れる『満月珈琲店』。
三毛猫のマスターと
星遣いの猫たちが、
迷えるあなたの星を詠み、
とっておきのスイーツを
提供します。